文庫

任　俠　病　院

今野　敏

中央公論新社

目次

登場人物

阿岐本雄蔵《あきもとゆうぞう》……阿岐本組組長。赤ら顔でスキンヘッドをした昔気質《かたぎ》のヤクザの組長。これまで出版社や学校の経営再建に携わり、成功させた実績を持つ。

日村誠司《ひむらせいじ》……阿岐本組代貸《だいがし》。阿岐本に出会い、一本筋の通ったヤクザとなった。

三橋健一《みつはしけんいち》……阿岐本組組員。喧嘩《けんか》がめっぽう強い。稔以下、若い衆を仕切る。

二之宮稔《にのみやみのる》……阿岐本組組員。元暴走族。解散してぶらぶらしていたところを阿岐本に拾われた。

市村徹《いちむらとおる》……阿岐本組組員。元ハッカー。愛称は「テツ」。

志村真吉《しむらしんきち》……阿岐本組組員。一番下っ端。女をたらし込んで情報を得ることに長《た》ける。

永神《ながかみ》……阿岐本の五厘下がりの兄弟分。大組織「永神組」を一代で築き上げた。

高島一《たかしまはじめ》……駒繋《こまつぎ》病院の院長。

朝顔滋《あさがおしげる》……駒繋病院の事務長。

結城《ゆうき》……駒繋病院の外科医。

多賀禄朗《たがろくろう》……駒繋病院のアルバイト医。病院に所属せず、契約で働いている。

太田道子《おおたみちこ》……駒繋病院の看護師長。

野沢悦子《のざわえつこ》……駒繋病院の受付。

米田政志《よねだまさし》……シノ・メディカル・エージェンシーの営業部員。

若山寛一《わかやまかんいち》……データ商事の営業部員。

耶麻島《やましま》……耶麻島組組長。関東を根城にしているが、関西の系列に属す。

立石猛《たていしたけし》……耶麻島組の若頭。

坂本孝弘《さかもとたかひろ》……暴力団追放運動のリーダー。喫茶店を営む父とは険悪な仲。

坂本香苗《かなえ》……暴力団追放運動のリーダーの娘。真吉に懐《なつ》き、阿岐本組事務所に出入りする。

甘糟達男《あまかすたつお》……組織犯罪対策部（通称「マル暴」）所属の部長刑事。阿岐本組に睨みを利かせているが、ときどき重要なヒントをくれる。丸顔で童顔。

任俠病院

1

夕日が商店街の向こうに沈んでいく。

昔は、高い建物がなくて、もっと空が広く、夕焼けも見られたはずだ。

そんな時代に、この町で暮らしてみたかったと、日村誠司《ひむらせいじ》は思った。

今では、商店街にはマンションが並んでいる。その一階が店舗になっているのだ。この町に来てからどれくらい経《た》つだろうか。

日村は考えた。そして、すぐに考えるのをやめた。この町に来た頃のことを思い出しても何の足しにもならない。

手が付けられないくらいにグレているところを、阿岐本雄蔵《あきもとゆうぞう》組長に拾われたのだ。当時は、まだ組長ではなかったが、いろいろと面倒を見てくれた。

月日が経ち、阿岐本は組長となり、やがて日村は「代貸《だいがし》」とか「代行」とか呼ばれるようになっていた。

商店街を抜けると、鉄道の高架に突き当たる。ガード下にも、さまざまな店が並んでいる。

商店街から見て正面にあるのが、回転寿司《ずし》の店だ。その隣が焼き鳥屋で、さらにその隣はホルモン焼きの店だ。

どちらも、焼き物の店で、店から漂《ただよ》う匂《にお》いも宣伝のうちだ。それが隣り合っていると、匂いが混じり合ってしまわないのかと、心配に思ったことがあったが、不思議なことに、店の前に来ると、焼き鳥屋は焼き鳥の、そしてホルモン焼き屋はホルモン焼きの匂いをちゃんと漂わせている。

日が落ちないうちから、すでに、どちらの店もうまそうな匂いのする煙をたなびかせている。

回転寿司の、通りを挟んで向かい側、つまり、商店街の出口に当たるのだが、そこには小さな花屋がある。

花屋の隣は、うどんのチェーン店。その隣は居酒屋で、さらにその隣が中華料理店だ。

商店街も、ガード下もその向かい側に並ぶ店も、みんな阿岐本組の縄張りだ。昔は、ミカジメを取っていたが、昨今は暴対法などがうるさく、また、町ぐるみで暴力団追放運動などと言い出す風潮なので、なかなか思うようにはいかない。

ちょっと前までは、阿岐本と日村が商店街を歩くと、店主などが声をかけてきたものだ。店が代替わりするにつれて、そういうことが少なくなっていった。

焼き鳥屋の頑固おやじは、いまだに日村に挨拶《あいさつ》をしてくれる。今では、そういう人たちは少数派になってしまった。

店の前を通りかかったので、ちょっと覗《のぞ》いてみた。いつも、おやじが店先で焼いているのだ。

やはりいた。眼が合うと、焼き鳥屋のおやじは、首を突き出すようにして、通りの左右を見た。

日村は、何事かと、その仕草を黙って見ていた。

おやじが言った。

「日村さん、ちょっと入ってくれ」

日村は戸惑った。素人《しろうと》が嫌がるから、なるべく店には立ち入るなと、阿岐本から言われている。素人が嫌がることをすれば、結局地元の店に迷惑をかけることになる。

地元の人を大切にしなければ、阿岐本組が存続することはできない。阿岐本は、そう繰り返すのだ。

「いや、自分は……」

「いいから、へえってくれ。ここじゃ話がしづれえんだ」

「はあ……」

店内にまだ客はいない。総菜用に、店先で焼き鳥を買っていく客のほうが多い。

おやじは、前掛けで手を拭《ふ》きながらカウンターの前にやってきた。客用のスツールに腰を下ろすと言った。

「まあ、掛けなよ」

「いえ、自分はこのままで……」

「そうかい。好きにしてくれ」

「何か、お話があるそうで……」

「まあ、話ってかさ……」

おやじは、ポケットからハイライトのパッケージを取り出し、一本くわえてから、あちらこちらのポケットを探った。ライターを探しているらしい。

日村は、デュポンのライターを出して火をつけてやった。

「お、すまねえな……」

うまそうに煙を吸い込むと、ゆっくりと吐き出した。「最近はナンだねえ。公共の場で煙草《たばこ》が吸えなくなるんだってね。飲食店も、喫煙席と禁煙席を分けろって風潮だ。ばか言ってんじゃないよ。こちとら、四十年以上煙の中で働いているんだ。今さら、煙草の煙が何だって言うんだ」

「はあ……」

まさか、禁煙運動に対する愚痴を聞かせたかったわけでもあるまい。

「いやさ、話ってのはさ、商店街の寄合で発表されたことなんだが、おたくとあんまり親しくしちゃいけねえんだってさ。ふざけた話じゃねえか。こちとらはさ、長年の付き合いを、あ、そうですかって、切れるかって言ったんだけどね。最近は、コンビニだのチェーン店だのが多くって、そういうところは統括だの本部だのってところから、お達しがあるんだってね。暴力団とは一切関わっちゃいけないって……」

しゃべりはじめると止まらない。相槌《あいづち》を打つ暇《ひま》もなかった。

「町内会長だの、商店街の役員だのが、みんな息子の代になっちまった。そうなると、たてまえだけがまかり通るようになっちまってな……。なんか、禁煙運動もそうだけど、世の中、ぎすぎすしてきたような気がしてしかたがねえや。生きにくい世の中になったもんだ」

「つまり、それは……」

焼き鳥屋のおやじが一息ついた隙《すき》に、日村は尋ねた。「商店街は、今後うちの組と一切お付き合いいただけないということですか？」

焼き鳥屋は、顔をしかめた。

「たてまえだよ、たてまえ。そんなことは、考えられねえよ。考えてみねえ。溜《た》まったツケを払おうとしない客から、誰が金をぶんどってきてくれるんだい？　祭りのときなんかに、揉《も》め事があったら、誰が収めてくれるんだい？　乱暴な客が暴れていたら、誰がおとなしくさせてくれるんだい？　町内会や商店街の役員たちは、それは、警察の仕事だ、とか、弁護士の仕事だとか言うんだよ。でもね、事件にならない細々したことに、警察が来てくれるかい？　弁護士が、ツケが溜まった客のところまで足を運んで、金を取ってきてくれるのかい？　ほんと、息子の年代のやつらは何もわかってないね。世の中、きれい事で済んじまうと思ってるんだ」

「しかし……」

また、焼き鳥屋が一息つくのを待って、日村は言った。「それは町内会というか商店街全体の決め事なんですね？」

「だからさ、俺は反対だっての。暴力団、暴力団、言うけどさ、阿岐本組の連中が暴力を振るってるところなんて、誰が見たことあるんだよ」

まあ、若い頃は相当な無茶もやった。

阿岐本に世話になるようになってから、日村も自分を抑えることを覚えた。阿岐本組の若い衆も、たいていがそうだ。

だから、暴力団という言い方は、あながち間違ってはいないと、当の本人である日村も思う。

日村たちは決して堅気《かたぎ》には手を出さない。そういう意味で言えば、堅気よりも非暴力的だ。

だが、縄張り争いなどになると、体を張らなければならない。

相手が同業者なら容赦はしない。そして、堅気はそういう姿を見て日村たちの存在を恐れるわけだ。

素人には、手は出さないが、因縁をつけることはある。金になりそうな場合は、ヤクザは本気で攻めていく。そういう姿も、堅気の人々から見れば、恐ろしいだろう。

つまり、日村たちは、暴力に対する恐怖を利用している部分がかなりある。それは、たぶん暴力を振るっているのと同じことだ。

暴力団と呼ばれても仕方がないのだと、日村は思う。

近所の主婦が焼き鳥を買いに来て、焼き鳥屋の話は終わった。

古くからその地区に住んでいるおかみさんで、店の中を覗き込み、日村に気づいて会釈してきた。

日村は、丁寧に腰を折って礼をした。

「あのさ、日村さん。電器屋の脇を入って行ったところにお屋敷あるじゃない？」

そのおかみさんが突然、外から話しかけてきた。

「はあ」

「あそこのツタがね、電線に絡まっているのよ。本当は電力会社の仕事なんでしょうけど、電話すると、電気工事並に大事になりそうでね……」

日村はうなずいた。

「わかりました。若い者にツタを切りに行かせましょう」

「助かるわ。お願いね」

こういう雑事は金にならない。

だが、ゴミ捨て場の掃除だとか、雑草取りだとかといった細かな雑事をこなしておくことで、地元の住民の信頼を得ることができる。

大きなイベントとか、祭りとかの際に、ちょっと大きな仕事をして、手数料をもらったり、争い事をまとめて、その手数料をもらったりと、地道に稼ぐことができるのも、信頼があればこそなのだ。

日村は、おやじに礼をして、焼き鳥屋を出た。

言われてみて気づいたのだが、町の雰囲気がよそよそしいように感じられる。

気のせいだろうか。だが、特に新しい店の従業員や、コンビニ、チェーンの飲食店などでは、露骨に日村を無視しているような気がする。

関わり合いにならないように気をつけているのだろう。

今時はミカジメを取るわけじゃない。いつも、地元のことを考えていた。そして、人知れず、体を張って地元を守ってきたつもりだ。

ヤクザは所詮《しょせん》、ヤクザなのだ。日村は、引き返すことにした。どうせたいした用事があって出てきたわけじゃない。

町は夕闇につつまれている。街灯がともる。日村は、別に悪いことをしているわけでもないのに、なぜか後ろめたい気分で、商店街を歩いて、事務所に向かっていた。

阿岐本組の事務所は、商店街を抜けてしばらく行ったところにある四階建てのビルだ。四階建てというと、立派なビルを思い浮かべるが、敷地面積が狭いので、たいした建物ではない。

一階が事務所で、二階が若い衆の住居、三階から上が組長の自宅だ。組長の部屋は四階にある。

阿岐本組長は、たいていその四階の部屋にいる。

事務所の前に、でかい黒塗りの車が駐《と》まっていたので、日村は思わず顔をしかめていた。

一目見てヤクザの車とわかる。

今、地元の町内会や商店街の決定を聞いて来たばかりなので、余計に気になる。住民の感情を逆なでするようなことは避けたいのだ。

　一階の事務所に行き、いきなり言った。

「前の車は、誰のだ？」

　その場にいた若い衆が、一斉に立ち上がった。

「あ、お疲れさんです」

　一番年上の三橋健一《みつはしけんいち》がこたえた。

「永神《ながかみ》さんのですが……」

　健一は、ボディービルダーのようにごつい体つきをしている。だぶだぶとしたダブルのスーツがいかにもヤクザっぽい。

　彼は、かつてこのあたりでは知らぬ者がいない不良だった。どんな喧嘩《けんか》も、健一が駆けつければすぐに収まったと言われている。

　今では、若いくせにいっぱしの貫禄《かんろく》を見せるようになっている。

「オジキ、来てるのか……」

「ええ、今、四階でオヤジと話をしています」

「ふうん……」

　オジキの車となれば、文句も言えない。

　日村は、いつも座っているソファに腰を下ろした。一番下っ端の志村真吉《しむらしんきち》が、茶をいれて持ってきた。

真吉は、優男だ。だが、彼には特別な能力がある。少なくとも、日村にはそう思えて仕方がない。

生まれついての女たらしなのだ。

真吉が何もしなくても、周囲の女が、真吉に惚《ほ》れてしまう。それはもう、日村に言わせれば、魔法か超能力の類《たぐい》としか思えない。

ホストをやれば、ずいぶんと稼げるだろうと思い、真吉にそう言ったことがあるが、そのとき、彼はにやりと笑って言った。

「金が絡むと、神通力がなくなるんですよ」

日村は真吉に言った。

「電器屋の脇の道の突き当たりの屋敷だが……。ツタが電線に巻き付いているそうだ。放っておいたら、大事になりかねない。行って何とかしてこい」

「わかりました」

真吉はすぐに事務所を出ていった。まず様子を見て、それから必要な段取りを組むのだ。ヤクザは常に手際よく物事を進めなければならない。

茶を一口すすったとき、事務所の出入り口で、いかにも気弱そうな声が聞こえた。

「あの、ちょっといい……？」

若い衆がまた、一斉に立ち上がり、声をそろえた。

「ごくろうさんです」

戸口の男は、おどおどとした様子で言った。

「いや、そういう挨拶はいいって、言ってるだろう」

所轄のマル暴の甘糟《あまかす》部長刑事だ。丸顔で童顔。まったくマル暴刑事には見えない。

日村は座ったまま言った。

「どうぞ、こちらへ……」

「ちょっと失礼するよ。本当にちょっとだけだから……」

「いやいや、ゆっくりしていってくださいよ」

甘糟は、小さなテーブルを挟んで、日村の向かい側に座った。

健一がすぐに茶を運んでくる。

甘糟がぎょっとしたように健一を見て言う。

「だから、お茶なんていいって言ってるだろう。ヤクザの事務所で飲食なんてしたら、後で何を言われるかわからないんだから……」

「飲食って、たかがお茶じゃないですか」

「僕は飲まないからね。断固として。役所って、そういうところうるさいんだよ。僕、警察官人生を棒に振りたくないんだ」

「それで、何のご用です？」

「あのさ、本庁からのお達しで、暴力団追放の強化月間なんだ。それで、暴力団の資金源を絶つために、いろいろなことをやらなけりゃならないんで、よろしくね」

よろしくね、もないもんだ。

あんたんところが稼ぐのを邪魔させてもらうから、よろしくと言っているのだ。

なるほど、町内会や商店街の決定というのは、警察の肝煎《きもいり》だったのか。

「暴力団追放の強化月間ですって？」

日村は言った。「それは、俺たちをこの町から追い出すってことですか？」

甘糟は目を丸くして言った。

「追い出されたら、どこか行くところ、あるのかい？」

「あるわけないじゃないですか」

「だからさ、しばらくおとなしくしていてくれと言いたいわけよ」

「自分ら、いつもおとなしいですよ」

「いつもより、目立たないようにしていてほしいんだよ」

「わかりました。心がけます」

「普通なら、マル暴の刑事がこんなことは言わないよ。特別なんだからね」

「わかっています」

「それでさ、表の車だけど……」

日村は、また顔をしかめた。甘糟が言いたいことはわかっている。

「たしかに人目を引くかもしれませんね……」

「住民感情を考慮するとさ、ああいうの困るんだよね。いたずらに恐怖感を抱かせるんだよ」

人がどんな車に乗ろうが勝手だろう。だが、ヤクザだけは文句を言われる。黒塗りのセダンは、いかにもそれらしくて、威圧的だというのだ。

「しかし、オジキに、車を買い換えろとは言えません」

「オジキ……？　あれ、お客さんの車？」

「そうです」

「そりゃ買い換えろとは言えないよね。でもね、どこかコインパーキングに入れるとか……」

永神のオジキが、コインパーキングに車を入れているところを想像してみた。あり得ない。まあ、実際には、運転するのはオジキではないが、それにしても、ヤクザの親分の車がコインパーキングに駐車しているというのは、なんとなく想像できない。

「コインパーキングですか……」

「つまり、できるだけ目立たないでいてくれということだよ」

この稼業の人間は、目立ちたがり屋が多い。日村は例外かもしれない。もともと注目を集めることは好きではない。

だが、今さらそんなことを甘糟に説明しても始まらない。ここは、相手の言うことを呑《の》んでおくのが無難というものだ。

「わかりました。できるだけ、おっしゃるとおりにします」

「派手な見送りとか、だめだからね」

甘糟が言いたいのは、組員がずらりと並んで頭を下げるようなことだろう。だが、阿岐本組が全員並んでも、六人しかいない。

たいした威圧になるとは思えない。だが、警察に逆らって得をすることは何一つない。

「気をつけます」

甘糟は、うなずくと立ち上がった。

「もうお帰りですか?」

日村も立ち上がった。

「あんまり長居していると、いろいろと勘ぐられるからね」

「まさか……。監視されているわけじゃないでしょう」

「どこで誰が見ているかわからないからな」

本当に、臆病《おくびょう》だな。

日村は思った。

どうして、この人はいつもこんなにびくびくしているのだろう。生まれつきの性格なのだろうか。それとも、過去に何かつらい経験があったのだろうか。

まあ、そんなことはどうでもいい。問題は、甘糟が教えてくれた暴力団追放の強化月間だ。思えば、日村は若い頃から居場所がなかった。学校に通っているときも、そこが自分の居場所だとは思えなかった。

貧乏を絵に描いたような母子家庭の自宅も、本来の居場所だと感じたことはなかった。そして、街でグレているときも、どこにいても自分の居場所だと思ったことはない。どこにいても苛立《いらだ》っていた。

阿岐本に拾われて、この事務所に転がり込んだとき、なんだかようやく落ち着ける場所が見つかった気がした。

もし、住民の暴力団追放運動によって、この事務所を追われるようなことがあれば、再び、日村は心の置き場所を失うことになる。

その腹立たしさ、悔《くや》しさは、堅気の住民にはわからない。

甘糟が出ていくと、ほどなく真吉が戻ってきた。彼は、二之宮稔《にのみやみのる》と何事か相談していたが、そのうちに、二人で出かけていった。

必要な道具を持って、ツタを切りに行ったのだろう。

稔も丸くなったものだと、日村は思いながら二人が出ていくのを眺めていた。

二之宮稔は、元暴走族だ。解散してぶらぶらしているところを、阿岐本に拾われた。組にやってきた当初は、手が付けられないくらいの跳ねっ返りだった。

日村もずいぶんと手を焼いたものだ。それが、あるとき、急におとなしくなった。日村の言うこともよくきくようになった。

その唐突な変化に、日村は驚いたものだが、今思うと、稔も、自分の居場所を見つけた気分だったのだろう。

あいつらのためにも、ここを出て行くような事態は、絶対に避けなければならない。ここにいれば、稔は飼い慣らされた番犬でいられる。

ここを追い出された稔は、野獣に戻るだろう。

パソコンに向かって何かやっている市村徹《いちむらとおる》にしてもそうだ。彼はテツと呼ばれている。坊主刈りだが、分厚い眼鏡《めがね》をかけていて、とても組員という感じではない。

小学生のときに両親が離婚した。母親といっしょに暮らしていたのだが、中学生のときに、母親が再婚した。だが、新しい父親とは折り合いが悪く、テツは引きこもりになった。学校にも行かず、ほとんど部屋を出ることはなかった。そのときにパソコンに熱中した。情熱を傾けるものは、部屋の中にあるパソコンしかなかったのだ。

やがて、彼はいっぱしのハッカーとなり、政府のコンピュータに侵入したりした。それが発見されて、摘発された。

そんなテツの噂《うわさ》を聞いた日村が、組にスカウトしてきた。彼は、自分の部屋ではない、新たな居場所を見つけたのだ。

もし、彼がここを追い出されたら、再び引きこもりになり、今度はもっと重大な犯罪に手を染めるかもしれない。

追放運動をしている一般人は、そのことに気づいていない。

部屋の奥に旧式のエレベーターがあり、そちらから話し声が聞こえてきた。

永神のオジキと阿岐本のオヤジが下りて来たのだ。日村以下、組員は全員立ち上がって、彼らが姿を見せるのを待った。

二人は談笑している。永神は、阿岐本のオヤジの五厘下がりの兄弟分だ。

事務所まで下りて来ると、阿岐本が永神に言った。

「すまねえが、ここで失礼するよ」

「ええ、よろしく頼みます」

「考えてみるよ、じゃあな……」

阿岐本のオヤジは、階段を上っていった。

赤ら顔で、ちょっと見ると、ただの人のよさそうな老人だ。髪が薄くなった頃に潔《いさぎよ》く剃《そ》ってしまったのでスキンヘッドだが、僧侶のように見える。

一方、永神は、いつも太いストライプのダブルのスーツに身を包んで、なかなかダンディーだが、やはり堅気とはどこか雰囲気が違う。

阿岐本組は老舗《しにせ》だが、所帯が小さい。永神の組は、彼が初代で歴史は浅いのだが、けっこうな大組織だ。

若い衆が、声をそろえる。

「ごくろうさんです」

永神は、事務所の中を通り過ぎようとして、ふと日村に眼をとめ、近づいてきた。

「誠司、元気か？」

「はい。おかげさまで……」

「世の中、なかなか景気がよくならないんで、参るよな」

永神は、どっかとソファに腰を下ろした。健一とテツは、落ち着かない様子で立っている。

永神が二人を見て言った。

「叔父《おじ》に何気ィ使ってんだ？　座れ座れ」

「失礼します」

まず日村がソファに腰を下ろした。若い衆がようやく安心して席に着いた。

「いやあ、おまえにもいろいろと苦労をかけてきたよな」

「苦労など、とんでもありません」

話の筋が読めずに、当たり障《さわ》りのない返事をした。

「うちくらいの会社になると、いろいろな債権者が相談に来てね。そういうのを取りまとめするのも、仕事のうちなんだが、まあ、おおざっぱに言えば、どんな業種だって潰《つぶ》しちまって、債務の取り立てをやったほうが手間がなくていいんだ」

「はい……」

なんだか雲行きが怪しくなってきた。

日村はそう感じていた。

これまで、永神が処分しようとしていたものを、二度にわたって阿岐本のオヤジが経営に乗り出すという暴挙に出ている。

最初は、出版社だった。そして、その次が、私立の高校だった。

そのたびに、日村は、筆舌に尽くしがたい苦労を強いられることになる。

「潰れかけた病院があってな……」

永神は、苦虫を噛《か》みつぶしたような表情で言う。「俺としては、一刻も早く処分しちまいたいんだが、阿岐本の兄貴が、病院というのは社会性が大きいので、おいそれと潰すわけにはいかないと言うんだ」

日村は、目眩《めまい》がしそうだった。

今度は、病院か……。

冗談ではない。出版社のときも、私立高校のときも、たまたま巡り合わせがよくて、何とか経営を立て直せたに過ぎない。

阿岐本組が、債務を背負ってにっちもさっちもいかなくなっていた可能性のほうがずっと高いのだ。

だめだ。今度という今度は、うまくいくはずがない。

「オジキ……」

日村は、助けを乞《こ》おうとした。子が親に文句を言うわけにはいかない。だが、兄弟分なら何とかなるかもしれない。

永神は、さっと右手を掲《かか》げて、日村を遮《さえぎ》った。

「何も言うな」

日村は、言葉を呑んだ。

「言いたいことはわかる。俺だって、道楽でやってるわけじゃないんだ。だがな、阿岐本の兄貴は、ああいう性格だ。言い出したら聞かない。だから、言ったんだ。おまえには苦労をかける、と……」

日村は、泣きたくなった。本当に、もう少しで泣き出すところだった。

永神の声がどこか遠くから聞こえてくるような気がした。

「その病院は、世田谷区上馬《かみうま》にある。住宅街の中だ。ある財団が経営をしていたんだが、政府の特殊法人に対する締め付けが厳しくなって、なんだか様子がおかしくなってな……。その矢先、医療事故を起こしたとかで、訴訟を抱え込んじまった。ま、そっちの件は何とか片づいたんだが、それ以来、患者の数も減り、病院経営が傾いちまったというわけだ」

「待ってください」

日村は、何とか気を取り直して言った。

「病院というのは、非営利団体でしょう。企業なんかが経営に乗り出したりはできないはずです」

「そうだよ。だからさ、問題は、その財団法人のほうなんだ」

「財団法人……?」

「医療法人てのは、財団と社団が認められていてな。問題の病院を経営しているのは財団法人なんだ。経営が傾いて、理事の多くを入れ替えなくてはならなくなった。だが、そんな病院を抱える財団の理事のなり手なんていないわけだ。病院自体は、非営利が原則だが、その周辺では多くの営利団体が関与している。製薬会社に、検体検査、患者の搬送、患者給食、シーツなどの洗濯や、院内の清掃業務……。とまあ、いろいろな利権が絡んでいるわけだ。その債務を取りまとめれば、まあ、それなりの仕事にはなったはずなんだが……」

損切りでも、仕事にはなる。債務・債権の処理というのはそういうものだ。

「それで、オヤジは、その財団法人の再建を買って出るというわけですか？」

「兄貴だけじゃない。おまえも、理事になって病院の立て直しを考えなければならないんだよ」

本当に目眩がしてきた。

なんでヤクザが病院経営なんかやらなきゃならないんだ。

そう叫びたかった。

「ま、そういうわけだから……」

永神は立ち上がった。日村は、立ち上がるのも忘れて、茫然《ぼうぜん》と座っていた。

永神に肩をぽんと叩《たた》かれ、ようやく我に返って慌《あわ》てて立ち上がった。

健一とテツが見送りに出ようとする。

「待て」

日村は、永神のあとを追った。若い衆は、その場に張り付いたように身動きを止めている。

出入り口で、日村は永神に言った。

「暴力団追放の強化月間とかで、目立つことは慎めと言われてまして。見送りは自分一人で勘弁願います」

「暴力団て、おめえのところはうちと違って指定団体を逃れているんだろう?」

「ヤクザ者は、素人から見れば誰もいっしょなんですよ」

「事情はわかった。ま、見送りなんてどうでもいい。兄弟のこと、くれぐれも頼んだぞ」

日村は、永神が乗り込み、走り去るまで黒塗りのセダンを見送った。

事務所のソファに戻ると、ひどく憂鬱《ゆううつ》になり、何もかもが億劫《おっくう》になった。だが、そんなことを言っている場合ではない。

日村が防波堤になって、何とか阿岐本に、病院の経営など諦《あきら》めさせなければならない。

「おい、テツ」

声をかけると、分厚い眼鏡をかけた坊主刈りが、パソコンのモニターの向こうから顔を覗かせた。

「はい、何でしょう?」

「病院のこと、ちょっと調べておけ」

「わかりました」

テツと健一は、永神と日村の会話を聞いていたはずだ。テツには、日村がどんな情報を求めているかわかっているに違いない。

内線電話が鳴った。

来たな。日村は思った。

健一が出て、日村に告げた。

「オヤジからです。すぐに上がって来てくれと……」

日村は、溜め息をついてから立ち上がった。

「しばらくは、電話を取り次ぐな」

「オヤジへの電話もですか？」

「そうだ」

日村は、暗い階段を上って、四階に向かった。

四階は、組長室だが、リビングルームのような造りになっている。絨毯《じゅうたん》が敷きつめられ、大きな革張りのソファセットがでんと置かれている。

テレビやオーディオセットもある。

洋室の造りだが、部屋の正面には大きな神棚が据えられており、ちょっと違和感がある。

日村は、部屋に入ると、出入り口近くで絨毯の上に正座した。

「お呼びですか？」

「いいから、こっち来て、ソファに座んな」

「はい。失礼します」

これは、組長の部屋にやって来たときの、いわば儀式のようなものだ。必ずソファに座れと言われるのだが、部屋を訪ねてすぐにソファに腰かけるわけにはいかない。

親子といえども、礼儀は必要だ。

日村が一人掛けのソファに浅く腰を下ろすと、阿岐本は言った。

「とんと景気のいい話は聞かないねえ……」

「はい」

「シマ内でも、中小企業がばたばた倒産しているってえじゃねえか」

「そのようで……」

「大企業は持ち直しているなんて言ってるが、下の者を切り捨てて、守りに入ってるだけだ。だから、世の中に金が回らねえ」

「おっしゃるとおりです」

「いろいろなものが潰れる。永神から聞いた話だが、病院が潰れるってんだ。おでれえたね」

「昨今は、何が起きても不思議じゃないですよ」

「八百屋《やおや》やスーパーが潰れるのとはわけが違わあ。それまで通っていた患者はどうなるんだ?」

「東京には、病院や診療所がたくさんあります。患者をあちらこちらに振り分けるんでしょう」

「医は仁術って言葉、知ってるかい?」

「もちろん知ってます」

本当の意味はよくわからない。だが、まあ任侠とそれほど違わないのだろうと理解していた。

「そういう気持ちを忘れちゃいけねえと思うんだよね」

それと病院経営は直接関係ない。

日村はそう思ったが、何も言わずにいた。

「他人様《ひとさま》に頼りにされる仕事ってのは、簡単に閉めちまったりしちゃいけねえってことだ。いいかい、患者ってのは、命を預けるんだ。一度他人様の命を預かっておきながら、左前になったからといって、じゃあ、閉めちまいますってわけにゃいかねえだろう」

ここが勝負どころだ。

日村は腹をくくることにした。

「おっしゃることはわかります。ですが、物事にはできることとできないことがあります」

「誠司よ。おめえ、出版社のときも、学校のときも、そんなこと言ってたよな」

「申しました」

「だが、結果を見てみねえ。『梅之木《うめのき》書房』も『井の頭《いかしら》学院高校』もちゃんと立ち直ったじゃねえか。潰れかけてた、出版社も高校も、今も健在だ」

「あれは……」

日村はそこまで言って、語気を弱めた。子の苦労を親に訴えても仕方がない。「運がよかったんだと思います」

「運はさ、味方にするもんなんだよ」

「博打《ばくち》だって、いつも勝てるとは決まっちゃいないんです」

「おい、おめえだって、いっぱしの博徒《ばくと》だろうが。博打も喧嘩も、常に勝つんだよ」

「たしかに出版社も高校も何とかなりました。でも、病院はやばいです」

「なぜだ？」

あらためてそう訊《き》かれると、どうこたえていいかわからない。

「だって、病院ってのは、非営利で、ヤクザなんかがおいそれと手が出せるもんじゃないでしょう」

「学校だってそうだったよな」

「いや、でも、学校よりもずっといろいろな業者が絡んでいるんだと思います。永神のオジキも、そんなことを言っていました。損切りでもいいから、債権をまとめるほうが仕事になるって……」

「永神の兄弟は、そんなことを言ってたのか？　まったく物事がわかってねえな。目先のことしか考えねえんだから……。それでよく、あのでかい組を切り盛りしてるもんだね」

いや、だからこそ切り盛りできているのだと思うが……。

阿岐本の言葉が続いた。

「いいか、誠司。俺が言うことはきれい事に聞こえるかもしれねえ。だがね、他人様に頼りにされる仕事ってのは、おいそれと閉めたり畳んだりしちゃいけねえんだよ。さっきも言ったが、病院ってのは、他人様の命を預かるところだから、なおさらだ」

「病院を経営しているのは、財団法人だとか……」

「そうだ。正確に言うと医療法人だが、医療法第六章の第三九条で、財団と社団が認められている。そのうちの財団のほうだ」

こういう知識は、永神からの受け売りだろう。

「その財団法人の理事が入れ替わるんだとか……」

「六人の理事のうち、四人が高齢やら何やらの理由をつけて辞任したらしい。なに、本当のところは、閉鎖の責任をおっ被《かぶ》されるのを恐れて逃げ出したんだよ」

だめだ。そんなものに手を出しちゃ絶対にだめだ。

「オヤジ、それは、はなから負け戦じゃないですか」

「決めてかかるなよ。おめえの悪い癖《くせ》だ」

自分では悪い癖だとは思っていない。若い頃はけっこう無鉄砲だったが、オヤジの桁の違う無鉄砲さを見て、自分の役割は手綱を締めることだと思うようになった。

日村は、小さく深呼吸してから言った。

「それは、シノギになるんですか?」

「小せえこと言うなよ」

「うちの台所事情も、なかなか苦しいんです。若い衆を食わせなければなりませんし……」

「わかってるよ。目算がねえわけじゃねえ。ま、おいらに任せておけよ」

任せてはおけない。だから、こうして覚悟を決めて意見をしているのだ。

ドアを叩く音が聞こえた。

阿岐本が声を張り上げる。

「誰だい？」

「すいません。三橋です」

日村は、舌打ちした。

「電話も取り次ぐなと言ってあったんですが……」

「よほどのことだろう。かまわねえよ」

日村は席を立って、ドアを開けた。健一の表情が硬い。

日村は尋ねた。

「何があった？」

「お取り込み中のところ、すいません」

「いいから、用件を言え」

「ツタを切りに行っていた、真吉と稔が、パクられたらしいんで……」

暴力団追放強化月間だから、目立つことはひかえろと言われていた矢先だ。

日村は、阿岐本に言った。

「ちょっと面倒なことになったようなんで、失礼します」

「おお。病院のことは、決定事項だからな」

その言葉を背中で聞いていた。

2

「おまえらは来るな」

日村は、事務所の出入り口で健一とテツに言っていた。

ただでさえ警戒されているのに、組員が三人で路地を駆けていたとなると、何を言われるかわからない。

「でも、代貸……」

健一が言った。

「心配するな。おまえらは留守を守っていろ」

まだ、何か言いたそうにしていたが、結局、健一はうなずいた。

「わかりました。お気をつけて……」

日村は、なるべく平静を装って、なおかつ早足で現場に向かった。日村が走るだけで、周囲の住人を緊張させることがある。

ヤクザはそこまで気を使わなければならない。

電器屋の脇の路地をしばらく進むと問題の屋敷が見えてきた。住宅街に建つけっこう大きな二階建ての家だ。

木造だが、立派な造りで、近所では「お屋敷」と呼ばれている。何より、家の周囲に植物が繋っており、なかなか怪しげな雰囲気を醸《かも》し出している。

梅の木があり、毎年たくさんの実をつける。アロエが、ここまで増えるのかと驚くくらいにぐにょぐにょと伸びている。

その他、日村が知らない植物が門から玄関までの細く短い通り道の両側にびっしりと生えている。

その中にはツタもある。

どうしてツタなんて植えたのだろうと、不思議に思うが、人間は、いつ何を思いつくかわからない。

そのツタが、伸びて電線や電話線の引き込み線に絡まっているのだ。

住んでいるのが老夫婦なので、なかなか手入れができないのだろう。昔は、近所の若者が、梅の実取りだの、植物の剪定《せんてい》だのの面倒を見ていたのだろうが、このあたりもだんだん住人の高齢化が進んでいる。

門柱につながる石垣に脚立が立てかけられていた。真吉たちが持って来た脚立だろう。

まだ、騒ぎの余韻が残っている。近所の人が、辻《つじ》で立ち話などをしている。日村を見ると、露骨に家に引っ込む人もいた。

お屋敷の住人の婆《ばあ》さんが隣の住人と話をしていたので、近づいた。

「あ、日村さん……」

婆さんは、すぐに声をかけてきた。

「お宅の若いのが、警察に連れてかれたのよ」

「聞きました。それで慌ててやってきたんですが……。いったい、どういうことになっているんです？」

「このあたりも、すっかりアパートとかマンションとかが増えちゃったでしょう？　そういうところの住人が、通報しちゃったらしいのよ」

「通報した……」

「私は感謝していたんですよ。ツタがいつのまにか伸びちゃって、どうしたらいいかわからなくて……。うちの爺《じい》さんに言っても、そのうちに切るなんて言うだけで何にもしないから……」

「それで、真吉たちはどうして捕まるはめになったんです？」

「なんでも、電線に触るのは、許可を得ている電力会社とかの作業員に限られるんですってね。電気ナントカ法で決まってるんですって」

「電気事業法……」

「たぶん、それね。そして、通報した人が、おそらく、作業しているのが、その……、日村さんたちみたいな……」

「ヤクザだと言ったわけですね」

「そう。そういうことだと思うの。マンションなんかに住んでいる人たちは、ここの町内会の当番なんかもやらないわけだし、私たちとはまったく交流がなくってね……。そして、古くからの町内会のしきたりとか付き合いとかを知らないわけよ」

「はあ……」

しまった、この婆さん、しゃべり出したら止まらないんだ……。

日村は、一刻も早く警察に行きたかった。彼らを身受けするために、何とか手を尽くさなければならないのだ。

「ゴミの出し方も知らないのよ。分別はしないし、出しちゃいけない日に資源ゴミを出したりするし……。注意しても聞かないのね。ゴミの集積場所の掃除をするのも、いつも古い住民でね。マンションの住民なんて、ほんと地元のことを何もしてくれないの。どうせ、二年か三年で引っ越しちゃうつもりなんでしょうけどね。そんな人たちが、この町内にもどんどん増えているのよ」

「あの……」

「あら、なあに？」

「お話はごもっともだと思います。ですが、自分、ちょっと真吉たちの様子を見に行きたいんですが……」

「あらまあ……。ごめんなさい。そうよね。さ、早く行ってあげて……。あらやだ、また知らない連中がこっちを見てる」

日村は、はっとした。

「自分なんかと話をして、ご迷惑がかかりませんか？」

「ばかね。何、気にしてるのよ。あんな連中なんかより、阿岐本組のほうがずっと長く地元にいるんですからね。文句があるんなら、どぶ掃除の一つもやってごらんなさいっていうのよ」

「警察に行ってみます」

「ま、ごめんなさい。私、また引き止めちゃってたわね。若い子たちの様子がわかったら教えてね」

「わかりました。失礼します」

お屋敷を離れてから携帯電話を取り出して、甘糟にかけてみた。さすがに警察官だ。コール三回で出た。

「はい……」

「すいません、日村です」

急に声を落とした。

「何なの？　僕、何か忘れ物でもした？」

「うちの真吉と稔が引っぱられたというんですが……」

「何それ、どういうこと？」

「電器屋の脇の通りを入ったところの、お屋敷ありますね……」

「ああ、君村《きみむら》さんの家ね。それがどうしたの？」

「ツタが伸びて電線に絡まっているというので、真吉と稔が切りに行ったんです」

「それで……？」

「ヤクザが電線に触っていると、通報した人がいるらしいんです。なんでも、マンションか何かに住んでいる新しい住民だとか……」

「言っただろう。目立つことしないでって……」

「自分ら、頼まれたら、断れないんです」

「頼まれたって、誰に？」

「商店街のおかみさんです」

「とにかく、僕、知らないからね」

「そんなこと言わないで、ちょっと調べてみてください。頼れるのは、甘糟さんしかいないんです」

「そんなこと言われてもね……」

「お願いします」

甘糟は、ふてくされたように言った。

「わかったよ。地域課が引っぱったんだろう？　調べてみるよ。この番号に返せばいいんだな」

「恩に着ます」

電話が切れた。

交番に連れて行かれたのか、警察署に身柄を持って行かれたのか、それすらもわからない。

日村は、阿岐本のオヤジから言われた病院の話を思い出して、ひどく憂鬱な気分になっていた。

　だから、動きようがなかった。なんでこんな面倒事が次から次へと起きるんだ。

　電器屋の角で電話を待った。五分ほどして甘糟からかかってきた。

「お宅の二人、署に連れて来られてるよ」

「何の容疑です？」

「知らない。ただ、ほら、暴力団追放強化月間だろう？　通報者が、お宅の二人のことヤクザだって言っちゃったんで、地域課のやつら、張り切っちゃって」

「張り切られても困るんですが……」

「わかってるよ。でも、すぐに帰るのは難しいかもしれないなあ。電気事業法とか暴対法とかいろいろあるし……」

「暴対法と言っても……」

　日村は、周囲を見回して声を落とした。「自分ら、指定団体じゃありませんよ」

「あ……」

　甘糟はちょっとの間、沈黙した。「それ、忘れてた」

「忘れんでください」

「でも、阿岐本の親分は、指定団体の連中と盃(さかずき)を交わしているんだろう」

「それは個人的な関わりで、うちはどこの傘下にも入っていませんから……」

「じゃあ、暴対法で引っぱるのは無理があるなあ……」

「それ、地域課の人に説明してくださいよ」

「なんで僕がそこまでやらなきゃならないの？」

「自分が言っても聞いてくれないでしょう。やっぱりそこは、その道のプロの甘糟さんが言ってくださらないと……」

我ながら、みえみえのよいしょだ。

だが、甘糟はまんざらでもない口調で言った。

「どうしようかなあ。口きいてやってもいいけど……」

「お願いします。何度も言いますが、甘糟さんしか頼れる人がいないんです」

「わかったよ。ちょっと待ってな」

電話が切れた。

日村はタクシーを拾える通りまで出た。警察署までは徒歩では遠すぎる。オヤジのシーマで警察署に乗り付けるわけにもいかない。

とにかく警察署まで行って、甘糟からの連絡を待つことにした。

タクシーで、十分ほどの距離だった。警察署に来るたびに嫌な気分になる。いい記憶なんて一つもない。

四尺二寸一分の杖《じょう》を持った目つきの悪い係員が玄関に立っている。日村が脇を通り過ぎるとき、執拗《しつよう》に睨《にら》みつけてきた。

日村は、小さく会釈して通り過ぎた。

一階は、受付と交通課になっていた。

人工皮革を張った、いかにも座り心地の悪そうなベンチがあったので、そこに座って待つことにした。

そこで、三十分ほど待った。

甘糟は何をしているのだろう。

真吉と稔は、電線に絡まっていたツタを切っただけで、このまま勾留《こうりゅう》されてしまうのだろうか。

日村はしびれを切らして、受付の警察官に言った。

「あの、すいません。四係の甘糟さんを呼んでいただきたいのですが……」

「失礼ですが、あなたは？」

「日村といいます」

「どちらの日村さんですか？」

まさか、ここで看板を名乗るわけにもいかず、日村は住所を言った。

受付の係員は、胡散臭《うさんくさ》いものを見る目つきで日村を見ながら、内線電話をかけた。

連絡を取り終えた係員は、日村に言った。

「上がってきてくれと言っています。四階です」

た。

「はあ……」

ヤクザが、署内深く立ち入っていいのだろうか。何とも、脳天気な対応だと、日村は思っ
エレベーターで四階まで上がる。ものすごく落ち着かない。当然だ、まわりは警察官だら
けなのだ。

甘糟がいる四係に近づくと、何やら笑い声が聞こえる。

日村は思わず立ち尽くしていた。

女警《じょけい》二人と、男三人が談笑している。

男たちは、真吉、稔、甘糟の三人だ。話題の中心になっているのが、真吉だった。

真吉はすっかり二人の女警に気にいられている様子だった。彼の不思議な力を、ここでも
発揮したというわけだ。

稔が日村に気づいて立ち上がった。

「あ、代行……」

事務所にいるときは、代貸と呼ばれることが多いが、最近は、外では「代行」という言い
方をされることもある。

なんだか、運転の代行業みたいだと、いつも思っていた。

甘糟が日村に言った。

「いや、ちょっと盛り上がっちゃってね……」

日村は、できるだけ感情が表に出ないようにして言った。

「自分はずっと下で待っていたんですがね……」

「いや、ごめんごめん」

甘糟が言う。「なんせ、僕もね、普段、この子たちと話す機会がなかなかないもんで……」

この子たちというのが、真吉たちのことかと思ったら、どうやら違うようだ。女警たちを指しているのだ。

怒る気も失《う》せた。

「それで、真吉たちは、放免されたんですか？」

「ああ、もう問題ないよ。ただね、電線に触るのはまずいからね。ちゃんと電力会社に連絡するように、君村さんに言っておいてよ」

警察署を出ると、真吉が背後から言った。

「すいませんでした、代貸……」

日村は、甘糟と別れてからここまで、一言も口をきかなかった。口を開くと、真吉たちを怒鳴りつけそうだったたし、一度怒鳴りつけると、歯止めがきかなくなりそうだった。

二人をぼこぼこにしかねない。

だが、真吉たちが悪いわけではない。彼らは、日村の言いつけどおり、お屋敷のツタを切りに行き、近所の人に通報されて警察に連行された。

警察では、嫌な思いをしたことだろう。

それがわかっているから黙って怒りに耐えているのだ。

心配して警察署まで迎えに行き、三十分以上待たされた。それなのに、真吉たちは女警と談笑していた。

それが悔しいというだけのことだ。どうってことはない。

日村は、自分にそう言い聞かせ、自分をなだめていた。

「すいません」

稔も言った。

日村は黙ってタクシーを拾った。一人で乗り込んで事務所に向かった。真吉たちはやるべきことを心得ているはずだ。

お屋敷に行って、脚立を片づけ、電力会社を呼ぶようにと、君村の奥さんに告げなければならない。

タクシーの中で日村は思った。

二人をほっぽり出して、一人でタクシーに乗るなんて、俺も大人気《おとなげ》ない。そう思うと、急に残された二人がかわいそうになってきた。

感情にまかせて行動すると、必ず後悔する。それはわかっているのだが、なかなか改めることはできない。

阿岐本のオヤジにヤクザは我慢だと教えられた。だから、こうして我慢しているのだが、それでも若いやつらを傷つけたかもしれない。

なんだか後味が悪い。

事務所に戻ると、健一が尋ねてきた。

「二人はどうなりました？」

「ああ、だいじょうぶだ。今ごろ、お屋敷に片づけに行ってるだろう。ちょっと、オヤジにも報告してくる」

日村は、四階に向かった。

ドアをノックすると、「誰だい」という声が聞こえた。

「日村です」

「おう、へえんな」

「失礼します」

部屋に入って、絨毯の上に正座する。いつもの儀式だ。

「こっち来て座れ。二人はどうなった？」

日村は、ソファに浅く腰かけてからこたえた。

「放免です。甘糟さんが手を打ってくれました」

「甘糟さんがねえ。そうかい。じゃあ、何か礼をしておかなけりゃならないな」

「あの人は、そういうの、かえって嫌がりますよ」

「かといって、何にもしねえというわけにはいくめえ」

「金品を受け取ると、贈収賄になるんだとか……。飲食もダメです」

「昔のマル暴ってのは、もっとなんというか、くだけてたけどな。よくたかられたもんだ……。時代が違うのかね」

「……というか、あの人の、人柄だと思いますが……」

「じゃあ、こういうの、どうだい？　今度、病院に来てくれたら、治療費をただにしてさしあげるんだ」

病院……。

思い出してしまった。気分が重くなった。

「それ、違法なんじゃないですか？　保険料の請求とか、いろいろ事務処理があるんでしょう？」

「細けえこと、言うなよ」

いや、細かいことじゃないと思う。本気で経営をやるなら、決して手が後ろに回るようなことをしてはいけない。

ヤクザが経営に関わるというだけで、いろいろと問題が起きるはずだ。だから、なおさら不正をやらないように気をつけなければならないはずだ。

だが、今ここで、オヤジにとやかく言っても始まらない。

「あの……、ちょっと訊いていいですか？」

「何だ？」

「オヤッサンは、あくまで財団法人の理事という立場で経営に関わるわけですよね。病院のほうは、専門家がちゃんと切り盛りするということでいいんですね？」

「オヤッサンは、って……。おめえも、ちゃんと参加するんだよ。辞めちまった理事は、四人だ。事情を詳しく聞かなきゃならねえが、それを俺たちで補充しなけりゃならねえかもしれねえんだ。俺とおまえは決まりだ。あとは、健一とか稔とかで穴埋めすることになるかもしれねえ」

健一や稔が医療法人の理事……。

想像もできなかった。

「理事ってのは、選挙で選んだりしなくていいんですか？」

「そういう手間はいらねえ。頭数がそろえばいいんだ」

「そんな……」

「社団法人の場合はな、株主みてえな社員というのがいて、選挙だの総会だのをやらなけりゃならねえ。だが、財団の場合は理事会が最高決定機関なんだ。ただ、理事長は医者じゃなきゃならねえという決まりがあるらしい」

それなりに調べてはいるらしい。いや、これも永神の受け売りかもしれないが……。

「じゃ、理事長はお医者さんなんですね」

「ああ、院長先生を理事に加えなけりゃならないんだそうだ。その院長先生が、理事長をやる場合が多いんだそうだが……」

「そうだが……？」

「病院を立て直すからには、その院長先生と膝詰めで話をしなけりゃならねえだろう。院長先生に理事長をやらせるのはいいとして、こっちの言い分を聞き入れてもらえるようにする必要がある」

日村は頭を抱えたくなった。

院長を敵に回すことになりかねない。それで病院の立て直しなんてできるのだろうか。どんどん不安が募っていく。

だが、オヤジがやると言うのなら、それに逆らうことはできない。

胃が痛くなりそうだった。胃潰瘍《いかいよう》にでもなって、俺がその病院に入院するはめになったら、しゃれにならないな……。

「明日、さっそく病院に出かける。時間は十時でいいだろう」

「明日ですか？」

「そうだよ。善は急げだ」

善なのだろうか。

日村は、ますます暗い気持ちでオヤジの部屋を出た。

事務所に下りると、真吉と稔が戻って来ており、神妙な顔をしていた。日村は、何も言わず、いつも座っているソファに腰を下ろした。

なんだかいい匂いがする。

そういえば、八時半を過ぎているが、まだ夕飯を食っていなかった。

目の前の低いテーブルの上に、たこ焼きがのっていた。透明のパックに八個入っている。

日村は思わず尋ねた。

「何だ、これは……？」

健一がこたえた。

「真吉と稔が買って来たんです。代貸に召し上がってほしいと……」

詫《わ》びのつもりだろう。

実は、たこ焼きは大好物だった。

日村が子供の頃、何か祝い事があると、母親が仕事帰りにたこ焼きを買って来てくれた。おそろしく貧しかったので、屋台のたこ焼きを買うのも、母親にしてみれば、精一杯だったに違いない。

子供だった日村は、母親が何かを買って来てくれるというだけで喜んだ。滅多にないことなので、特別な感じがしたのだ。

いつだったか、母親が一度だけ言ったことがある。

「こんなもので、ごめんね」

誕生日か何かだったと思う。

その言葉の意味がずっとわからなかった。今なら、こう言ってやるべきだったということがわかっている。

「とんでもない。俺にとっては、ごちそうだ」

それを言ってやらないうちに、母親は死んだ。

日村は、真吉と稔を見た。二人はまだびびっている。

日村は二人を見たまま言った。

「ビールがほしいな」

真吉が、冷蔵庫のところに飛んで行って、缶ビールを持って来た。

プルトップを引いて、ビールを一口飲む。爪楊枝《つまようじ》でたこ焼きを一個つまみ、口に放り込んだ。

うまい。

組のシノギがきついので、真吉も稔も金などそんなに持っていないはずだ。彼らにとっては、たこ焼きすら安い買い物ではないかもしれない。母親にとってそうだったように……。

二つ目をほおばったとき、涙が鼻の奥を伝ってきて、ちょっとしょっぱくなった。

日村は、そばにいた真吉に言った。

「こいつは、俺にとっては、ごちそうだ」

3

警察は大嫌いだが、病院も嫌いだ。

普通の人にとっても、病院などいい思い出はないに違いないが、日村にとってはなおさらだった。

切った張ったの時代に担《かつ》ぎ込まれた記憶が多い。あとは、仲間が死ぬ場面をどうしても思い出してしまう。

オヤジだってそうに違いない。なのに、病院の経営に関わろうなんて、どういう神経なのだろう。

やはり、俺なんかとは人間の度量が違うのかもしれない。日村は、そう思った。

「ここですかね……」

シーマを運転していた稔が言う。

日村は、道路に面して建っている古い建物を見上げた。壁《かべ》はもともとは白かったのかもしれないが、今はくすんだ灰色で、雨によってできた黒い筋が何本も表面を走っている。

窓ガラスは曇っている。玄関のドアもガラスでできているのだが、それもくすんでいた。

ペンキのはげかけた古い看板に、『駒繋《こまつぎ》病院　内科・消化器科・外科・整形外科・皮膚科』と書かれていた。

日村は、その建物を見上げたまま言った。

「ずいぶん薄汚れてますね。まだ診察を続けてるんですかね？」

「とにかく行ってみよう」

阿岐本のオヤジは、車を下りると言った。

「なあ、誠司。まずやらなければならないことが、はっきりしたよなあ」

「はあ……」

かつて、荒れ果てた高校を立て直そうとしたとき、阿岐本のオヤジがまずやったのは、掃《そう》除《じ》と荒れた花壇の手入れだった。

建物がすさんでいると、その中にいる人々の気持ちもすさむ。

それはたしかにそうだと、日村も思った。とにかく、高校のときはそれが功を奏したのは間違いない。

オヤジが、ガラス製のドアを押して中に入る。稔は車に残った。日村だけが同行した。

「このドア、重くねえか？」

「そうでしょうか……」

「ここに来るのは、体力のない病人とか老人だよ。こういうところに気が回らなくっちゃ……」

「はい」

入るとすぐに待合室と受付がある。普通の病院と変わらない。消毒薬の臭いがする。

待合室に並んでいるベンチは、固そうで座り心地が悪そうだった。部屋は薄暗い。そこに座っている人々の表情も暗い。

病気や怪我《けが》で、診察を待っているのだから、表情が暗いのはわかる。だが、それにしても雰囲気が重たすぎる。

オヤジが言う。

「ここも、考えなきゃならねえな……」

「そうですね」

「おい、とにかく、院長に会おう」

「わかりました」

日村は、受付に行った。

しかめ面をした中年女性が日村を見て眉をひそめた。

おや、と日村は思った。こちらの素性を見て取ったのかもしれないが、これほど露骨に嫌な顔をされることは珍しい。最初から反感をむき出しにしている感じだ。

「あの……」

日村は、できるだけ丁寧に言った。「院長にお会いしたいのですが……」

「お待ちください」

用向きも訊かれない。

日村は、その対応を訝《いぶか》しく思った。

受付の中年女性は、内線電話をかけている。やがて、電話を切ると彼女は言った。

「院長室へどうぞ」

「何です?」

「あの……」

「院長室はどこですか?」

中年受付嬢が怪訝《けげん》な顔をする。

「ご存じでしょう?」

「いえ、初めて来ましたので……」

「三階の奥です」

「ありがとうございます」

ご存じでしょう……。

この言葉にもひっかかった。誰かと間違われているのだろうか。

阿岐本のオヤジに告げた。

「院長室へ来てくれということです。三階の奥だそうです」

「行ってみようじゃねえか」

エレベーターを探した。建物は三階建てで、普通のビルだとエレベーターなどないだろうが、ここは病院だ。エレベーターは必ずあるはずだ。

思ったとおり、奥に進むと業務用と一般用のエレベーターが並んでいた。

一般用のエレベーターが一階にやってきて、ドアが開いた。

中にいた白衣の中年男が、ぎょっとした顔で日村と阿岐本を見た。たしかに、日村たちはどこに行っても嫌われる。だが、彼の反応はちょっと大げさな感じがした。

日村は阿岐本のオヤジをちらりと見た。

オヤジはまったく気にしていない様子だ。日村も気にしないことにした。

三階でエレベーターを下りると、すぐにナースステーションがあった。そこで、院長室の場所を尋ねた。

窓口にいたナースは、受付の中年女性と同じような表情を日村に向けた。

怪訝そうな顔で、院長室を教えてくれた。受付の中年女性が言ったとおり、院長室は、廊下の一番奥にあった。

ノックすると、「どうぞ」という声が聞こえてきた。

日村がドアを開ける。

「失礼します」

広い院長室だった。部屋の奥に院長の机があり、そこに白衣を着た白髪の男がこちらを向いて座っている。

部屋の中には、会議ができそうな大きなテーブルが置いてあり、その周囲に簡素な椅子《いす》が並んでいた。

両側の壁には、書棚があり、乱雑に医学書だのファイルだのが並べられている。

阿岐本のオヤジがにこやかに声をかけた。

「院長先生ですか。お初にお目にかかります。阿岐本と申します」

白髪の男はにこりともしない。無言で、オヤジを見つめている。

失礼なやつだな……。日村は思った。

阿岐本は、まったく意に介さない口調で続けた。

「理事の方が、四人辞任されたということで、我々が、その補充としてつとめさせていただくことになりました」

院長の表情にようやく変化があった。

眉をひそめて戸惑ったような表情になる。それから、おろおろと阿岐本と日村を見て、口を開いた。

「理事ですって……?」

阿岐本がうなずく。

「さようです。今のままだと、この病院が閉鎖になってしまうそうですね」

「それはそうなのですが……」

「えーと、まず、お名前をうかがってよろしいですかな?」

「あ、私、院長の高島《たかしま》と申します」

高島は慌てて名刺を取り出した。阿岐本と日村に手渡す。

「恐れ入ります」

阿岐本が言った。「私ども、まだ名刺を持っておりませんので……」

日村は名刺を見た。

「駒繋病院　院長　高島一」とある。一は、はじめと読むのだろう。小学校のときに、自分の名前を書くのが楽だったろうなと、日村は思った。

「理事の入れ替えがあるという話は聞いております。……というより、四人の理事が辞任したのですから、当然その補充をしなければなりませんが、なり手がなかったというのが現状でした」

阿岐本はうなずいた。

「私は知り合いからその話を聞いて、じゃあ、我々が引き受けようということになったのですが、それについて異存のある方はおられますか？」

「異存ですか……」

高島院長は、考え込んだ。「まあ、残った理事は、私の家族ですから、病院が存続できるということになれば、異存はないと思うのですが……」

なんだか、煮え切らない発言だと、日村は思った。

「ほう、残られた理事は、ご家族の方ですか」

「もともと、うちの先祖の財産をもとに財団を作って医療法人としたので……」

「辞められた理事は、やはりお身内の方々だったんですか？」

「私の兄がいましたが、これは事実高齢で、理事の仕事ができないということで辞任しました。あとは、元事務長と、医者が二人でした。その三人は、すでに病院を辞めています」

「事務長とお医者さんが二人、お辞めになっている……。それはお困りでしょう」

「ええ、まあ……」

「確認をしておきたいのですが、私どもは医者ではないし、医療の知識もございません。それが理事会に参加することに、何か問題はありませんか？」

「院長である私が理事をやっていれば、問題はないと思います。医療法人の役員は、理事長を含む理事三名以上、監事一名以上と定められていますが、監事は、病院の職員が兼務することができないのです」

問題があると言ってほしかった。

日村はそう思った。

その時点で、阿岐本のオヤジに諦めさせることができたかもしれない。

「じゃあ、お辞めになった四人全員の穴埋めをする必要はないのですね？」

「はい。現在でも、理事は二名おりますから、理事一名と監事を補充すれば、条件は満たされることになりますが……」

「それでは、抜本的な改革は難しいというわけですね」

阿岐本のオヤジが、「抜本的な改革」などという難しい言葉を使ったので、日村はちょっと驚いた。

「まあ、そういうことですね……」

「場合によっては、我々で四人の理事を用意しなければならないと思っていたのですが、その必要はないということですね？」

「医療法人を満たす要件としては、それは必要ありません」

「わかりました。では、私を監事にして、この日村を新たに理事に加える。それでどうです？」

　高島院長は、しばらく考えてから言った。

「理事には、基本的にはどなたでもなれますので、問題ないでしょう。監事は、さきほども申しましたように病院の職員がなることはできませんし、法人と関係の深い人もなることはできません。そういう意味では、むしろ、適任かと思いますが……」

　阿岐本のオヤジは、満足げにうなずいた。そして言った。

「ところで、その監事というのは、何をやればよろしいので……？」

　日村は、驚き、顔が熱くなるのを感じた。

　高島院長になめられるのではないかと思った。だが、それは杞憂《きゆう》だったようだ。

　高島は、きわめて事務的に説明を始めた。

「監事の役割は、おおざっぱに言って、法人の財産について、眼を光らせることです」

　阿岐本は、首を何度も縦に振って言った。

「そいつは、私にうってつけの役割ですな」

　高島の説明がさらに続いた。

「さらに、理事がちゃんと仕事をしているかどうかを監視することも、監事の役割です」

「おお、そいつも、私がやりたかったことだ」

「それからですね……」

「何でしょう」

「理事の中から常任理事を選ばなければならないのです」

「常任理事？」

「理事長を補佐する役目です。医者である必要はないので、今までは女房が常任理事をやっていましたが……」

阿岐本は、スキンヘッドの頭をつるりと撫《な》でた。何か言いにくいことを言おうとするときの癖だ。

「それについては、まあ、おいおい相談しましょう。私としては、奥さんの負担を減らして、この日村に常任理事を任せようと思っているんですが……」

日村は、高島が反発するものと思っていた。彼らには既得権がある。阿岐本のオヤジの言い分はそれを侵害するもののように聞こえるはずだ。

だが、意外にも高島はぱっと顔を輝かせた。

「それは、私どもにとっても、悪い話じゃありませんね」

阿岐本はにこやかに言った。

「あなたとはうまくやっていけそうですね」

高島院長は、こたえた。

「そう願いたいものです」

日村は、この言葉を額面どおり受け取るわけにはいかないと思っていた。高島は、阿岐本や日村の正体を知っているはずだ。

医者がヤクザとうまくやっていくことを願うはずはない。

阿岐本が言った。

「ところで、今ちょっと病院を拝見してきたのですが、いろいろと改めなければならないところがあるように感じました」

「ほう、具体的にはどのようなことですか？」

「なに、簡単なことですよ。まず、掃除ですね。外壁をきれいにして、ガラスを磨く。そこからです。待合室の照明も、もっと明るくする必要があるかもしれません」

とたんに、高島院長の表情が暗くなった。

「それは、実は簡単なことではないのです」

「なぜです？　掃除なんざ、たいした手間じゃありません。職員の方がお忙しいというのなら、新理事のこの日村にやらせます」

「新理事に……？　いや、とんでもない」

「どういうことはありません」

高島院長は、ますます暗い表情になった。

「それが、この病院では、いろいろと問題がありまして……」

「たまげたな。掃除するのに、何がそんなに問題になるんです?」

日村も疑問に思った。

阿岐本のオヤジが言ったとおり、外壁の掃除や窓ガラスを磨くことくらい、一日もあれば終わるだろう。

高島院長は、眼をそらし、しばらく何事か考えている様子だった。

阿岐本と日村が不思議そうに顔を見合ったとき、高島院長が言った。

「いずれ明らかになることですから、お話ししましょう」

阿岐本と日村は、高島院長の顔を見つめた。

4

「どこの病院でもそうですが、掃除は外注なので、職員が掃除をする必要はないのです」

　高島院長が説明した。

　阿岐本は、一瞬怪訝な顔をした。

「外注ですか？」

「はい。掃除だけでなく、消耗品の購入、売店の商品納入、入院患者の給食、医療廃棄物の処理等々、外部の業者に頼らざるを得ないわけですが、私の病院ではそれを一括してやってくれる業者に任せているわけです」

「掃除くらい、病院の者で済ませればいいじゃないですか」

「そうはいきません。病院の掃除というのは、なかなかたいへんなのです。さまざまな薬品がこぼれていたり、感染した血液などの体液がこぼれている恐れがあります。ただきれいにすればいいというものではなく、消毒など特殊な措置も必要です。専門の業者に頼むのが一番なのです」

「ふうん。そういうもんですかねえ……」

「そういうもんなんです」

「たしかに病室とかはそうかもしれませんがね……。私が言っているのは、病院の外壁とか、待合室のことで……」

日村は、阿岐本の言いたいことをすでに理解していた。

心を入れ替えるためには、まず掃除なのだ。それが阿岐本のやり方だ。人の気持ちは入れ物で変わる。暗く陰気な場所にいるだけで、心はすさんでくる。

「せっかく高い金を払っているのですから、職員が余計なことをする必要はないでしょう」

「高い金……？　掃除に高い金を払っているということですか？」

「ですから、すべてひっくるめて、です。備品や消耗品の納入、売店の品揃《しなぞろ》え、患者の給食……。そういったものをひっくるめて委託しているわけです」

阿岐本組長は、腕を組んで考え込んだ。しばらくしてから、阿岐本は言った。

「業者にやらせるまでもないことです。ちょっと、待合室の掃除をするだけです。特に、天井の照明だ。カバーをきれいに拭いて、必要なら蛍光灯を取り替えてください」

院長は、ぽかんとした顔で、組長を見た。

「何のために……？」

「私は、病院を立て直すためにやってきました。そのための第一歩です」

「病院の職員は、みんな疲れ果てています。今の仕事に加えて掃除なんぞやらそうものなら、ぶっ倒れてしまいますよ」

「いや、ですから、掃除は私の身内にやらせます」

「お身内……」

高島院長が、急に用心深くなったような気がした。

日村は、おや、と思った。

ヤクザは、相手のこういう反応に敏感だ。

「そうです。さっきも言いましたが、この日村一人にやらせてもいい」

「あの……、もしかして、あなた、ＳＭＡと何かご関係が……？」

「ん……？　何ですか、そのエスなんとかというのは？」

「シノ・メディカル・エージェンシー……。私どもが業務委託している業者です」

「いや、存じませんね。どうして、私が、その業者と関係していると思われたのですか？」

「あ、いや、私の勘違いでした……。とにかく、勝手に掃除することはできないのです」

「そりゃ困りましたな……」

阿岐本は本当に困ったような顔をした。

これが曲者《くせもの》であることを、日村は知り尽くしている。

こんなことで、はい、そうですか、と引っ込むオヤジではない。

院長は、用心深い表情のままで、阿岐本を見ている。

「病院を立て直すためにいらしたということは、よくわかりました。それならば、まずは、理事会のメンバーを確定して、手続きを取らねばなりません」

「手続き……？」

「はい。医療法人は、都道府県の監督下にあります。理事長が変更したなど、理事の改選があれば、届ける必要があります。まずは、理事会の顔ぶれを確定しませんと……」

「じゃあ、早いとこ、決めちまいましょう。理事は、理事長を含めて、三人いればいいんでしたね？」

「そうです」

「じゃあ、理事長は、今までどおり、院長先生がやってください。常任理事は、この日村がやります。もうひとりの理事は、奥様にお願いすればいい。監事は私です。これで、いいわけですね」

「条件は満たしています。だいじょうぶでしょう」

院長はどこか不安げだった。阿岐本や日村を見れば、素性は明らかだ。それが理事会に名を連ねるのだから、嫌な気分になって当然だ。

日村は、なんだか院長が気の毒になってきた。

阿岐本はさくさくと話を進める。

「じゃあ、それで決まりだ。明日からはその体制でいきましょう」

「ちょっと待ってください。いちおう、旧理事会を開いて、新理事の選任をしなければなりません」

「そんな必要あるんですか？」

「形式的なものですが、議事録が必要ですよ」

「そのへんは、適当にやっといてください」

「最近また医療法が改正されまして、監事のチェックがより重要になったんです。ちゃんとチェックしないと、面倒なことになりますよ」

「じゃあ、すぐに旧理事会を開いてください」

「……といっても、四人の理事はすでに、辞任していますから……。こういう場合、どうしたらいいのかな……。理事会の定足数は三分の二以上なんですが……」

「すぐにあなたと奥さん、それに私たちで、新理事を選任しましょう」

「え……？」

院長は、目を丸くした。「でも、それじゃあ……」

「理事三人、監事一人が役員の要件なんでしょう？　つまり、四人の理事が辞任されて理事会が維持できなくなった。私たちは、その補充として役員となったわけです。現時点で、私と日村は、旧役員というわけです。選挙の繰り上げ当選みたいなもんです。二人補充された段階で、旧理事会は四人。あなたと、奥さん、私、そして日村の四人がいれば、定足数の三分の二を満たしてることになる」

こういう屁《へ》理屈はヤクザの得意分野だ。

「はあ、そういうことになりますか……」

「奥さんが理事会に参加できないのなら、委任状をお取りになればよろしい。それで、成立です」

「では、さっそく……」

「現在、事務長が不在ということですか？」

「いえ、かつて事務局員だった者を後任につけております」

「それに、補佐を付けたいと思うのですが、どうでしょう？」

「事務長補佐ですか？」

「役に立つと思います。市村徹という者ですが……」

日村は驚き、少々うろたえた。

テツに病院の事務をやらせるというのか……。

オヤジは何を考えているのだろう。

「人件費を削減したい折りですので、人を増やすというのは、ちょっと考えものですが……」

「金のことは、監事の私に任せてください」

そんなことを言っていいのだろうか。日村は、不安になった。

「はあ……」

そのとき、院長の机の電話が鳴った。内線電話らしかった。

「わかった」

院長は、そう言うと立ち上がった。電話を切り、阿岐本と日村に告げた。

「急患です。救急車が来ます」

「ほう、ここは救急指定病院だったんですか？」

「一次救急ですがね……。ちょっと、失礼します」

高島院長は、ばたばたと駆けて院長室を出ていった。

阿岐本が日村に尋ねた。

「一次救急って何だ？」

「自分が知るわけないじゃないですか」

「ま、そりゃそうだな。どれ、行ってみるか……」

阿岐本は悠々と歩き出した。日村は、素人がうろうろしていたら邪魔になるのではないかと訝《いぶか》りながら、阿岐本についていった。

一階は、ちょっとものものしい雰囲気だった。患者の受け入れ準備だ。

阿岐本が言った。

「ほう……。正面の玄関とは別に出入り口があるんだな……」

救急病院なら当然だろうと思った。

夜間も患者を受け入れているのだろうから、そのための出入り口が別になっているはずだ。

救急患者は、そこから受け入れるのだろう。

日村の頭の中では、海外の救急救命医療を扱ったドラマのシーンが展開していた。ストレッチャーに乗った患者の回りを看護師や医者、救急隊員が囲んでいる。

廊下を進みながら、わけのわからない医学用語が飛び交う。緊迫したシーンだ。

救急車のサイレンが近づいてきた。いつ聞いてもサイレンというのは、嫌なものだなと、日村は思っていた。

救急車のサイレンも、パトカーのサイレンも……。

出入り口の自動ドアが開く。ストレッチャーに乗せられた患者がやってきた。男の子のようだ。母親らしい女性が付き添っている。

院長が看護師に命じた。

「処置室へ……」

それから、ストレッチャーを押している救急隊員に尋ねた。「症状は？」

救急隊員は、ちょっと白けた様子でこたえた。

「左手第二指の切創《せっそう》です」

院長は無言でうなずいた。

今のやり取りは、海外ドラマとはまるで違っていた。医療関係者は誰も緊張していない。青くなっているのは、母親だけだった。

院長は、近くにいた看護師に言った。

「結城《ゆうき》先生はいるか？」

「外来を診察中ですが……」

「急患を処置するように言ってくれ」

「わかりました」

高島院長は、阿岐本と日村がそこにいるのに気づいて、声をかけてきた。

「えーと、何のお話でしたっけ？　話の続きをしましょうか」

付き添っていた母親が目を吊《つ》り上げた。三十代半ばで、髪を栗色に染めている。

「先生、どこにいらっしゃるんですか？」

言葉は丁寧だが、棘《とげ》のある口調だった。

「ご安心ください。今、うちの外科医が処置にやってきます」

「それまで、うちの子はほったらかしですか？」

高島院長は、溜め息をついて、阿岐本に言った。

「すいません、ちょっと待っていてもらえますか？」

「私はかまいません。様子を見させていただいてよろしいですか？」

付き添いの母親は、初めて日村たちに気づいたようで、ぎょっとした顔をした。

高島院長は、母親の思惑などおかまいなしという様子で言った。

「ええ、かまいませんよ。処置室はこっちです」

付き添いの母親は、何か言いたそうにしていたが、阿岐本や日村がいるので、無言でついてきた。

ヤクザというのは、いるだけで堅気にプレッシャーをかけるものだ。それは自覚している。なんせ、シノギのために、それらしい雰囲気を出せるよう、鏡を見て練習したりするのだ。

実際、日村も若い頃にやったことだ。

処置室で、男の子が診察台にぽつんと座っていた。近くで看護師が、医療器具を用意している。

子供は、小学生だろう。左手の人差し指に包帯を巻いており、その包帯に血が滲《にじ》んでいる。

院長が、あまり関心ない様子で、母親に尋ねる。

「どうされたのですか?」

「学校で、カッターナイフを使っていて、手を切ったらしいんです。学校から知らせが来て、駆けつけたら保健室で血を流していたんですよ。すぐに救急車を呼んでもらいました」

日村は、仰天した。

ナイフで指を切ったくらいで、救急車を呼ぶという神経が理解できなかった。

日村が十代の頃は、いつも傷だらけだった。ナイフで腕《うで》や腿《もも》を刺されたこともあった。包帯で縛《しば》っておけば、いつの間にか治ってしまったものだ。

過保護が子供をだめにする。それがどうして今時の母親にはわからないのだろう。不思議でならなかった。

同じことを、かつて立て直しを手がけた高校でも感じたことがある。こういう母親が、日本を滅ぼすのだ。大げさではなく、日村はそう考えていた。

「早く治療してください」

母親は、まるで子供が死にかけているような表情で訴えかけた。

そこに、院長とは違った形の白衣を着た無精髭《ぶしょうひげ》の男がやってきた。ケーシースタイルという白衣だということを、日村はなんとなく知っていた。

髪も乱れているが、気にした様子はない。彫りが深く、なかなかハンサムだ。無精髭が似合っている。

「急患だって？」

高島院長がその男に言った。

「あ、結城先生……。患者さんは、あちらです」

彼が、外科医なのだろう。

「どうしたんです？」

結城の質問に、高島院長がこたえた。

「学校で、カッターを使っていて手を切ったんだそうです」

結城は厳しい表情のまま尋ねた。

「凝固因子《ぎょうこいんし》の異常か何かですか？」

高島院長は、母親に尋ねた。

「血液凝固因子について、異常がありますか？」

母親は、ぽかんとした。

「は……？」

高島院長は、訊き直した。

「血友病だと言われたことはありますか？」

「いいえ」

結城は、さきほどの院長と同様に、小さく溜め息をついてから、子供に近づいた。看護師が、包帯を取る。

まだ出血している様子だったが、血は止まりかけている。日村にもそれがわかった。

しばらく、傷口を見ていた結城が、看護師に言った。

「消毒は？」

「学校の保健室で済ませてあります」

「じゃ、包帯を巻いてあげて」

結城は子供のもとを離れた。子供は、ただされるがままに、ぼんやりとしているだけだ。おそらく、救急車で病院に運ばれたということに驚いているのだろう。

一方、母親は、結城の言葉に、また目を吊り上げた。

「それだけですか？　ちゃんと治療してくれないんですか？」

結城は、母親を見た。眼が充血している。顔色もあまりよくない。さきほど、高島院長が、「病院の職員は、みな疲れ果てている」と言っていたが、それは大げさではないようだ。

結城は、母親に言った。

「それ以上のことは必要ありません」

母親は、結城を睨みつけて抗議した。

「血がものすごくたくさん出たんですよ」

「切り傷で、血が出ないほうが問題ですよ」

そりゃそうだ、と日村は思った。切って血が出なけりゃ、それは死人だ。

「それにしたって、包帯を巻くだけだったら、学校の保健室と変わりないじゃないですか」

「そうです」

結城は、母親を見据えて言った。「保健室の処置で充分なのです。すでに血は止まりかけています」

「だって、あんなに血が出たんです。何かしてもらわないと……」

「死にゃあしませんよ」

「何ですって？」

「人間は、全体の三分の一の血液を失わなければ死にません。ちなみに血液量は、体重一キログラムあたり約七十ミリリットル。お子さんの体重は三十キロくらいでしょうか？　だとしたら、お子さんの血液量は二千百ミリリットルくらい。おおざっぱに言って二リットルですね。だから、七百ミリリットル失血しない限り死にません」

母親は口をあんぐりと開けて、結城を見ている。

「指先というのは、出血しやすいものです。ですが、学校の保健室で包帯を巻いてもらったおかげで、すでに血は止まりかけています。あとは、流水で傷口を洗って包帯を巻いておけばだいじょうぶです」

母親はまだ納得しない様子だ。

「院長先生のご意見もお聞きしたいんですけど」

結城は皮肉な笑みを浮かべた。

「セカンドオピニオンは歓迎ですよ」

高島院長が言った。

「私も、結城先生と同じ意見ですよ」

「ま……」

母親は言った。「どうして、救急車はこんな病院に運んだんでしょ」

「どんな病院に行ったって同じですよ」

結城は言った。「お母さん、救急車って何のためにあるかご存じですか?」

「救急車は救急車じゃありませんか」

「命の危機にある人を、いち早く病院に運ぶためです。救急車はタクシーじゃないんですよ。救急車一台出動するのに、どれだけの費用と労力がかかっていると思っているんです」

「利用するのは、当然の権利でしょう」

「そう。あなたが死の危機に直面しているのならね。では、患者が待っているので、失礼しますよ」

結城は、さっさと処置室を出ていった。

日村は、結城の言葉に、胸がすく思いだった。気が合いそうだと、日村は思った。まあ、向こうがどう思うかわからないが……。

母親は、怒りの向けどころを探すように、高島院長を見た。

院長は、彼女が何か言う前に言った。

「感染症になるといけないので、いちおう、抗生物質の処方を出しておきますよ。薬局に行ってください」

抗生物質と聞いて、母親の怒りは急にトーンダウンしたようだ。

「わかりました」

院長は、阿岐本と日村に目配せした。阿岐本はうなずいて、処置室を出た。日村がそれに続く。

院長が出てきた。

抗生物質の一言で、相手を煙に巻く。この人は、なかなか喧嘩のやり方を心得ているじゃないか。

日村はそんなことを思っていた。

「じゃあ、院長室で、話の続きを……」

高島が言うと、阿岐本は、首を横に振った。

「いや、お忙しいのがよくわかりました。また明日出直してきます。明日、臨時の理事会を開くということで、いかがです？」

「妻が出席するかどうか確かめて、出席できない場合は委任状を書かせる。それでいいですね」

「けっこうです。ご都合がいいのは、何時くらいでしょう？」

「さあ、その日になってみないとわかりませんね」

今日のように急患が来ないとも限らないというわけだ。

阿岐本はうなずいた。

「では、今日と同じく午前十時にうかがいます」


シーマに乗り込むと、阿岐本は言った。

「掃除も好きにやれないってのは、どういうことだろうな……」

「さあ……」

その業界ごとにいろいろ都合があるのだろう。日村はそれくらいにしか考えていなかった。

「院長先生は、気になることを言っていたな?」

「そうですか?」

「何とかいう、業者と、俺たちが関係あるんじゃないかとか……」

「SMAとか言ってましたね……。たしか、シノ・メディカル・エージェンシーでしたか……」

固有名詞を覚えるのは得意だ。一流のヤクザと一流のホステスは、一度聞いた名前は忘れない。

「院長先生は、なんでそんなこと、言ったのかねえ……」

「なんででしょうねえ……」

「おい、誠司」

「はい」

「おめえ、本気で考えてねえな」

「いや、そんなことは……」

「どうせ、考えてもわからない、なんて思ってたんだろう」

図星だった。さすがはオヤジだ。

本気で考えても、わかるはずもない。医療の世界など、筋違いもいいところだ。こちらは、言ってみれば壊す側、あちらが治す側だ。

「思ってません。考えていたんです」

「考えていただと？　だったら、なんで院長先生はあんなこと言ったんだと思う？」

何かこたえなければならない。

こうなったら、口から出まかせだ。

「その業者、自分らと同じ稼業なのかと……」

阿岐本が日村をじろりと睨む。

いや、さすがにそれはあまりに的外れか……。

もっと、ましなことを考えろと、オヤジに説教を食らうかもしれない。日村は覚悟した。

「いい読みだな……」

え……。

日村は、面食らった。本気で言ったわけではないのだ。

「でも、医療関係の請負を、極道がやるなんて……」

「なんだよ、おまえ、自分で言っておいて……」

「すいません」

「極道だからできるんだよ」

「はあ……？」

「清掃業から雑貨、食料品の買い付け、給食の手配、病院の消耗品の納入……。これらてんでばらばらのことを一手に引き受けられるのは、どういう連中だと思う？」

日村は考えた。たしかに、極道ならばやれる。ヤクザは、いわば小さな総合商社だ。

阿岐本は、続けて言った。

「そのシノなんとかって業者が、ヤクザとは限らねえがな……」

「つまり、フロント企業ってことですか？」

「おまえ、ちょっと調べてみろ」

オヤジにそう言われたら、「はい」と言うしかない。

「わかりました」

「もし、同じ稼業の連中だとしたら、うかつなことはできねえ。どの筋か、ちゃんと調べねえと、面倒なことになる」

もう、充分面倒なことになっているのだが……。

そう思ったが、そんなことは口が裂けても言えない。日村は、黙って話を聞くことにした。

「その連中が、病院の立て直しを邪魔するようだったら、ちょっと考えねえといけねえな……」

「オヤジ……」

「心配《しんぺえ》するな。俺は負けるような喧嘩はしねえよ」

「はあ……」

心配するなというほうが無理だ。

「まあ、何かあっても、おまえは病院の理事だ。いつでも治療してもらえる。こんなに心強いことはないよな」

冗談に聞こえなかった。

5

事務所に戻ると、健一がすぐに駆け寄ってきた。

「あの……、甘糟さんが……」

見ると、ソファで居心地悪そうにしている。健一の態度からすると、何かよくない話のようだ。

日村はうなずくと、甘糟に近づいた。

「やあ、昨日はどうも……。おかげで助かりました」

深々と頭を下げてから、向かい側のソファに座る。

甘糟が気弱そうなのはいつものことだが、今日は特におどおどしているように見える。

「そのことなんだけどさ……」

甘糟は、そこまで言って、言葉を探すように押し黙《だま》った。

日村は言った。

「真吉と稔のことで、何かありましたか？」

「うーん……。僕としては問題ないと思ったんだけどね、あの後、町内会の役員から署に電話があってね……。二人がおとがめなしだったと聞いて、抗議してきたんだ」

「抗議ですか……」

「警察は何をやってるんだ、というわけよ。まったく、ほんと、面倒なことしてくれたよ」

頭を下げるしかない。

「すいません」

「僕も、係長に言われてさ……。おまえ、このままで済ませるつもりか、なんて……」

「真吉と稔を逮捕なさるおつもりですか？」

甘糟が、いっそううろたえた。

「いやいや、逮捕なんて、そんな……。ただね、僕としても、どうしていいかわからないわけよ」

「自分らにそう言われましても……。町内会の役員の方と話をしろと言われれば、話しますが……」

「冗談じゃないよ。そんなことをしたら、向こうはすっかり怯《おび》えてしまうよ」

そうかもしれない。

一般人は、ヤクザと関わりを持つのを嫌がる。面と向かって話をするなんて、彼らにとってはとんでもないことなのだろう。

「じゃあ、どうしろと……？」

健一、テツ、真吉、稔の四人が、聞き耳を立てているのがわかる。特に、真吉と稔は真剣だ。

自分たちが話題にされているのだから、当然だ。

「当分、町の人たちとの接触を避けてもらいたいわけよ」

日村は、だんだん腹が立ってきた。

阿岐本のオヤジから、素人衆に迷惑をかけるなと、厳しく言われている。だから、飲み屋にも滅多に行かない。

道も、真ん中は素人衆が歩くもので、おまえらは端っこをひっそりと歩けと言われている。そのとおりにしているつもりだ。

目立たぬように、徒党を組んで歩くようなことはしない。

町を歩いていても、向こうから声をかけられない限り、会釈程度の挨拶しかしないことにしている。

そこまで気を使っているのに、まだ足りないというのだ。

「接触を避けろと言われますが、自分らも人間ですので、飯も食わなきゃなりません。買い物もします。どうすりゃいいんですか?」

「そのへんは、何とか考えてよ」

「いや、考えろと言われましても……」

「買い物とかは、車でちょっと離れたところのスーパーとか行けばいいじゃない。飲食は、自宅でするようにしてさ……」

オヤジはお人好しだ。

シマの古い住人たちには、慕《した》われてきた。昔は地域と阿岐本組は、持ちつ持たれつの、いい関係を保っていた。

働き盛りが、地元を離れ、古い家はマンションに建て替えられていった。地域社会が崩壊する。それと同時に、地域と阿岐本組の関係もぎくしゃくしてきた。

マンションなどの新たな住人たちにとって、ヤクザの組事務所は目の上のたんこぶ、喉《のど》に刺さった魚の骨なのだ。

後からやってきて、何をぬかす。そう言ってやりたいが、そうもいかない。ヤクザがそんなことを言ったら、たちまち、害悪の告知だと訴えられる。

「今、暴力団追放強化月間だと言っただろう。町内会ではさ、昨日のことをきっかけに、あんたらの追放運動を始めようという動きがあるんだ」

「自分ら、ここでおとなしくしているだけじゃないですか。シマの中じゃ決して素人衆に迷惑はかけませんよ」

「僕にそんなことを言ってもダメだよ」

甘糟は困り切ったような顔で言った。

「暴力団とおっしゃいますが、自分らは、指定団体じゃありませんよ」

「わかってるよ。だからさ、僕も、ここのことは、いろいろと大目に見てきたんだ。だけど、町内会の話し合いに、僕が口を出すわけにもいかないしね……」

「いや、自分らとしては、ぜひとも口を出していただきたいですね。そして、きっちりと説明してやっていただきたい。自分らは、これまで、地域のためを思って体を張ってきたんだと……」

「あのね」

甘糟が、むっとした顔で言った。「なんで、僕がそんなことしなくちゃいけないわけ？もとはといえば、あんたんとこの若いのが、勝手に電線に触ろうとしたわけでしょう？」

「電線に触ろうとしたわけじゃありません。電線に絡まっていたツタを取り除こうとしたんです」

「同じことじゃないか」

「同じじゃありません。目的が違います」

「結果的に同じなんだよ」

「じゃあ、なんですか？　間違って犬のフンを踏んだら、そいつはスカトロマニアってわけですか？」

甘糟は、たじたじになった。

しまった。つい、ヤクザの癖が出た。屁理屈だ。

日村は言った。

「すみません。余計なことを言いました。つまり、こういうわけですね。しばらくは、謹慎していろってことですね」

「謹慎ってのは大げさだけど……。まあ、そういうことかな……」

日村は、大きく溜め息をついてから言った。

「わかりました。買い物は、よその町でするようにします。飲み食いは、自宅でします」

甘糟は、さらに言った。

「もしかしたら、町内会の連中が何か言ってくるかもしれない」

「追放運動ですか？」

「そう。そんときに、手荒なことは絶対にしないでよね」

「当たり前です。自分ら、素人衆に手を上げるようなことは、決してしません」

「若い衆にも徹底しておいてよ」

「普段から、きっちりと言い聞かせてあります」

「そういうところで揉め事があったら、僕はもう救えないからね……」

甘糟はそう言って立ち上がった。日村も立ち上がる。

「じゃ、そういうことで……」

出入り口まで送ろうとすると、甘糟は言った。「あ、いいってば。そういうことしなくても……」

「じゃあ、こちらで失礼します」

甘糟は、何か思い出したように言った。

「そういえば、親分といっしょに、世田谷の病院に行ったそうだね？」

さすがは警察だ。情報が早い。

「よくご存じで……」

「おたくの若い衆から聞いたんだよ」

なんだ、そういうことか……。

甘糟は、探るような眼差《まなざ》しで言った。

「親分、どこか具合でも悪いの？」

「いや、そういうことじゃないんで……」

日村はつい苦い顔をしてしまった。

「じゃ、なんで病院なんて行ったんだよ。しかも、世田谷なんて、えらい遠いじゃないか」

「いや、まあ、いろいろとありまして……」

甘糟が、はっとした顔になった。

「まさか、また、アレじゃあ……。出版社や高校みたいに……」

日村はますます苦い顔になる。

「隠し事してもしょうがないんで言いますが、そのとおりです。また、オヤジの病気が始まったってわけです」

甘糟は、泣きそうな顔になった。

「どうして、そういうことするわけ？　地元でおとなしくしてくれてりゃいいものを……」

「甘糟さんにはご迷惑はかからないと思いますよ。管轄外でしょう？」

「そうはいかないよ。警察なんて、ヤクザとおんなじなんだよ。僕の担当の組が、よその管轄で問題を起こしたとなれば、僕の立場はなくなるよ」

「はあ、警察とヤクザはおんなじですか……」

まあ、そうかもしれない。

「ああ、もう、信じられないよ。なに？　出版社の次は高校で、今度は病院？　どうして懲《こ》りないんだ？」

懲りるもなにも、出版社も高校も、それなりにうまく立ち直ってしまったのだ。阿岐本のオヤジには、特別のツキがあるのかもしれない。

だから、オヤジは懲りるどころか、ますます調子に乗っているわけだ。

日村は言った。

「すいません。おそらく、そのうちに飽きると思うんですが……」

「あのさ、くれぐれも、世田谷で揉め事なんて起こさないでよ」

「わかっています」

「ほんと、頼むよ」

甘糟は、ぶつぶつ言いながら事務所を出ていった。

四人の若い衆は、口も開かず、身動きもしない。事務所の中が、しゅんと沈んでしまっている。

日村は言った。

「なにしけた面《つら》してるんだ。気にするな。そのうち、ほとぼりが冷める。とりあえずは、暴力団追放強化月間とやらを、乗り切ればいいんだ」

健一が言った。

「それで済みますかね……」

「俺たちは、他に行くところなんてないんだ。それをわかってもらうしかない」

「すみません」

真吉が言った。

「何がすまないんだ？」

「自分が、もっと気をつけていれば……」

日村は言った。

「気にするな。頼まれたことなんだ。気をつけるも何もない。だが、今後はそういかない。今、話を聞いただろう。しばらくは近所で買い物も飲み食いも禁止だ」

健一がみんなの代表でこたえた。

「わかりました」

四人が不憫《ふびん》だった。

彼らは何も悪いことはしていない。町内会の役員たちに言わせれば、ヤクザになったこと自体が悪いことなのかもしれない。

「オヤジには言うな。気に病むかもしれないからな」

健一が言う。

「いずれ耳に入るかもしれません」

「そのときはそのときだ」

何もかも俺がかぶる。

それが代貸のつとめだ。

「あのう……」

テツが恐る恐るという口調で言った。何か訊きたそうにしている。

「何だ？」

「近所での飲み食い禁止ということですが、出前とかもダメなんでしょうか……」

日村はちょっと考えた。そういえば、そろそろ昼の時間だ。

「馴染《なじ》みの店から何か取るんなら問題ないだろう」

財布から五千円札を出して一番近くにいた真吉に差し出した。「ほら、これで昼飯を食え」

四人は一斉に頭を下げた。健一が代表で言う。

「すいません。いただきます」

日村は、テツに言った。

「あ、それからな。おまえは、病院のほうで、事務長補佐をやってもらうことになった」

「事務長補佐……。病院のですか？」

テツは、眼鏡の奥で眼を白黒させている。

「そうだ」

「でも、病院の事務って、レセプトだの保険点数の計算だの、専門知識がいるんでしょう？」

「そんなことは知らない。オヤジが決めたことだ」

「はあ……」

オヤジに何か考えがあってのことなのだろう。そう思いたい。

「おい、稔」

「はい」

「飯を食ったら、永神のオジキのところに行くぞ」

「わかりました」

シノ・メディカル・エージェンシーとやらのことを調べろと言われた。とりあえず、永神から話を聞いてみようと思ったのだ。

それくらいしか、今は思いつかなかった。

6

二時にアポイントを取って、時間どおりに永神のオジキに会いに行った。帰りは適当に考えるからと、稔を帰した。

シーマは、オヤジの車だから、本来は、子が使えるものではない。だが、昨今は、不景気でタクシー代もばかにならない。電車に乗ると、堅気が嫌がるだろうからと、オヤジが日村にだけはシーマを使えと言ってくれた。

だが、やはりオヤジの都合を最優先にしなければならないので、好き勝手に乗り回すわけにはいかない。

永神のオジキの組事務所は、近代的だ。組の看板など出しておらず、組員も、サラリーマンのように白いワイシャツにネクタイという恰好《かっこう》をしている。

人数も多く、会社だと言われても違和感はない。

永神は、まだ外から帰っていないというので、社長室とみんなが呼んでいる永神の部屋で待たされた。

茶を出されたが、手を付けずにいた。

五分ほど経って、勢いよくドアが開き、永神がばたばたと駆け込んで来た。

「おう、誠司。すまん。待たせたな」

「いえ、お忙しいところ、すいません」

すぐに秘書だという女性がやってきて、永神に茶を出す。日村の茶も取り替えてくれた。

「まあ、掛けろ」

永神は、デスクではなく、ソファのほうにやってきて腰を下ろした。テーブルを挟んで、日村の向かい側だ。

日村もソファに浅く座った。

「それで、話ってのは、何だ？」

「はい。例の病院のことなんですが……」

「おお、行ってみたかい？」

「はあ、今日の午前中に……」

「一時期は、それなりに回ってたんだがなあ……。今じゃ、仲介業者の物件の中でも、お荷物だからなあ……」

「仲介業者……？」

「病院を買いたいという需要はけっこうあるんだ。経営がうまくいっていない病院を、買いたいという人に紹介する仲介業者がいるんだよ」

「へえ……」

「最近の話題では、あれだ、大手の居酒屋チェーンのオーナーがある病院を買い取って、その病院の理事長になった。法律上、現在は株式会社が、病院の経営をできないことになっているので、そのオーナーは、個人で病院を買ったということにしているようだ。そのオーナーは、仲介業者に、他にも優良な物件があれば、買いたいと言っているらしい」

「優良な物件というのは、どういうものなんですか？」

「まあ、個人が手が出せる規模とか、立地とか、設備の問題とか、いろいろあるんじゃないのか？」

「駒繋病院が、そういう仲介業者にとってもお荷物だとおっしゃいましたね」

「ああ……」

「何か、特別な理由があるんじゃないですか？」

永神は、無言で日村を見つめた。日村も、永神を見返していた。

オジキに対して、失礼な物言いだったかもしれない。だが、確認しておかなければならない。

まあ、オジキがキレたら、土下座でも何でもすればいい。そう腹をくくった。

だが、驚いたことに、頭を下げたのは、永神のほうだった。

「すまねえ、誠司。実は、阿岐本の兄弟に話を持っていった後で知ったことなんだが……」

「頭を上げてください。自分はオジキに頭を下げていただく立場ではありませんので……」

「阿岐本の兄弟に頭を下げているつもりなんだ」

「話を聞かせてもらえますか？」

「病院てのは、外部の医療関連サービスってやつで成り立っている。検査だの、滅菌・消毒だの、患者の給食だの、寝具類の洗濯、院内清掃、それから、最近は、コンピュータ・システムもおろそかにできねえ。そういうものは、すべて外注なわけだ」

「そういう話は病院で聞きました」

「駒繋病院の場合は、シノ・メディカル・エージェンシーという業者がいるわけだ」

「そうだ。そのシノ・メディカル・エージェンシーというのは、ちょっと曲者《くせもの》でな……。けっこう多額のマージンを取っているらしいんだ。それが、あの病院の赤字が膨《ふく》らんだ原因の一つでもあるらしい」

「マージン……。じゃあ、実際の清掃や患者の食事などを、シノ・メディカル・エージェンシーがやっているわけじゃないんですね」

「医療サービスというのは、どれも特殊な業務で、専門性が高い。素人が簡単に手を出せる世界じゃないんだ」

「病院は、業者に直《じか》に発注すれば、そのマージンを節約できるということですね？」

「ところが、病院としては、個々に外注していたんでは、手間もかかるし、費用の計算もわずらわしい。そこで、シノのような代理店業務が成立するわけだ。病院の代わりに、専門の業者を派遣したり、業者に発注したりしてくれるわけだ」

「そういう代理店業務は、どこも多額のマージンを取っているのですか？」

「それが商売だから、手数料は取る。だが、シノ・メディカルは、かなり悪質だということだ」

「つまり、普通では考えられないマージンを取っているということですね？」

「そうだろうな」

「駒繫病院は、どうしてそんな代理店と手を切れないんですか？」

「シノ・メディカルのバックに俺たちとご同業がいるからだ」

「どこの筋です？」

「関西の枝《えだ》の枝だ。耶麻島《やましま》組って知ってるか？」

「いえ……」

「もともとは、東京の地元の組だったが、一九七〇年代に、関西に吸収された。シノ・メディカルが、どういう経緯で駒繫病院に食い込んでいったのかは知らない。だが、かなり長い付き合いらしい」

そういう連中が一度利権を手に入れたら、何があっても手放そうとはしない。自分たちも同じ稼業だからよくわかる。

もっとも、阿岐本組長がそれくらいにえげつなければ、組はもっと潤っているかもしれない。

「わかりました」

日村は言った。「帰って、オヤジと相談してみます」

「面倒なことになりそうだったら、手を引いていいんだ。俺に義理立てすることはない。阿岐本の兄弟にはそう伝えてくれ」

「はい」

「誠司」

「は……？」

「苦労をかけるな」

「とんでもありません。自分のつとめですから……」

オヤジに、この一言を言ってもらいたい。日村は、そんなことを思いながら、永神の事務所をあとにした。


さてどうしたものか……。

道を歩きながら、日村は考えていた。

院長先生が、勝手に掃除もできないと言っていた理由がわかるような気がした。掃除業者を使わなければ、シノ・メディカル・エージェンシーはマージンを取れない。職員が清掃業者の仕事を取ってしまえば、それだけ中間搾取《さくしゅ》している彼らの実入りも減るのだ。

普通の代理店なら、いちいちそんなことに目くじらは立てないだろう。だが、ヤクザは違う。

甘い顔をすれば、相手がつけあがることをよく知っているのだ。既得権に関しては、寸分の妥協もしない。それがヤクザだ。

理事会で阿岐本のオヤジが好き勝手をすれば、シノ・メディカル・エージェンシーのバックにいる耶麻島組が黙っていないだろう。

枝の枝とはいえ、西の系列だ。面倒なことになるのは、眼に見えている。

さすがのオヤジも、二の足を踏むかもしれない。そうなってくれれば、かえって好都合かもしれない。

昨日、受付に院長室を尋ねたとき、「ご存じでしょう？」と言われた。ずっと気になっていたのだが、今ならどうして受付係があんなことを言ったのか想像がつく。

日村を、耶麻島組の組員だと思ったのだろう。ということは、フロント企業の社員だけでなく、バックの組員もあの病院に顔を出すことがあるということだ。

日村たちと直接顔を合わせることもあるかもしれない。そうなれば、病院の立て直しどころの騒ぎではない。へたをすれば、戦争になる。

どうしたものか……。もう一度、日村は心の中でそうつぶやいていた。

とにかく、帰って、報告だけはしよう。あとはオヤジの考え一つだ。

日村は、また溜め息をついていた。


事務所に着いたのは、午後三時半頃だった。四人の組員は、事務所でおとなしくしていた。

テツはもともと、引きこもりの傾向があるので、滅多に外を出歩いたりはしない。いつも事務所でパソコンに向かっている。あとの三人は、実に退屈そうだった。

日村が戻ると、彼らは一斉に立ち上がり、「お疲れさんです」と言った。その眼が、何か期待しているように見える。

帰ってきた親に土産《みやげ》を期待する子供のような顔だ。外に出られないので、何か面白いことがないか聞きたがっているのかもしれない。

日村は、ぶっきらぼうに言った。

「オヤジは上か?」

健一がこたえる。

「はい、部屋におられます」

「ちょっと、話をしてくる」

階段に向かいかけて、ふと思いついて、日村は言った。

「テツ、シノ・メディカル・エージェンシーってのを、ちょっと調べておいてくれ」

テツは、立ち上がり、度の強い眼鏡の奥の眼を日村に向けて、しばしぽかんとしていたが、やがて、「わかりました」と言った。

日村は、階段を上った。

阿岐本の部屋を訪ね、いつもの儀式を終えた後、ソファに腰かけた。

「永神のオジキのところに行ってきました」

「例の業者の件かい?」

「はい」

「何かわかったかい？」

「バックに、耶麻島組というのがいました」

「耶麻島組かあ……」

オヤジは、腕を組んで、何事か考え込んだ様子だ。

「ご存じですか？」

「知ってるよ。もともとは、三軒茶屋《さんげんぢゃや》あたりに縄張りを持っていたが、今はどうなんだろうな……」

「西の三次団体だと聞きました」

「ふうん……。永神のやつぁ、それを承知で俺に押っつけたのかな……」

「いや、話を持ってきた後で知ったとおっしゃってました。ひどく恐縮されていて、オヤジに申し訳ないと……」

「話を持ってきたのは、昨日のことだ。知らなかったはずはねえな、あのタヌキめ。だが、まあ、本人が知らなかったと言ってるなら、しゃあねえや」

「それで、どうします？」

「どうするって、何が……？」

「今のうちに手を引かないと、揉めるかもしれませんよ」

「手を引く？　病院から手を引くってことか？」

「はい」

「冗談言っちゃいけねえよ。明日は理事会だ。もう後には引けねえよ」

「永神のオジキは、面倒なことになりそうだったら、手を引いてもいいとおっしゃってました。俺に義理立てすることはない、と……」

「兄弟への義理立てなんて、関係ねえよ。これはもう俺の問題だ。あの病院を放っておくわけにはいかねえ」

日村が一番恐れていたこたえだった。

「いや、ですが、西と事を構えることになりかねません」

「どうしてだい？」

「いや、どうしてって……」

「誠司。おまえは、心配性でいけねえ」

オヤジが心配しなさすぎだと思うのだが……。

「はあ……」

「なあ、誠司。俺は何も、縄張り荒らしをやろうってんじゃねえんだ。傾きかけた病院を立て直そうってだけのことだ」

「でも、シノ・メディカル・エージェンシーというのは、あの病院の赤字の大きな原因になっているということです。べらぼうなマージンを取ってるんだとか……。そいつを排除しないことには、立て直しは難しいでしょう」

「そうかもしれねえな」

「シノ・メディカル・エージェンシーをあの病院から外すということになれば、当然、バックの組と揉めることになるでしょう」

「そうかね？」

「そうですよ」

今、オヤジの頭の中は、医療法人の理事会に名を連ねるということで一杯なのではないだろうか。

でなければ、当然危機感を覚えるはずだ。巨大暴力団にしてみれば、どこの傘下にも属していない阿岐本組を叩くことなど、蚊を潰すくらいのものでしかない。

「まあ、出たとこ勝負でいいんじゃねえのかい？」

「そんな……」

「明日は、旧理事会だ。その日のうちに、新理事会を発足させて、第一回の理事会を開く。そこで、今後の方針を打ち出す」

「本気なんですね？」

「当たり前だ。俺は常に本気だよ」

これまで、阿岐本の運の強さで、いろいろな問題を切り抜けてきた。出版社や高校を立て直せたのは、奇跡だと、日村は思っている。

だが、今度ばかりは、奇跡は望めない。相手が悪すぎる。

オヤジの道楽のせいで、命を落とすことになるかもしれない。

俺はいい。どうせオヤジに拾われた命だ。十代の頃は、喧嘩三昧の日々だった。オヤジがいなければ、とうに野垂れ死にしていたかもしれない。

だが、健一たちのことを考えると、いたたまれなくなってくる。

何とか考え直してもらえないものか……。

日村は、必死で考えた。だが、オヤジを説得できそうな言葉は思い浮かばなかった。

阿岐本が言った。

「明日は、テツを連れていく。稔と二人で、外の壁をきれいに洗うように言ってくれ」

日村は驚いた。

「院長先生の言ったことをお聞きになったでしょう。勝手に掃除することはできないんですよ」

「清掃の契約について調べてみなけりゃならないが、外壁の掃除は別立てだろう」

「はあ……」

「とにかく、病院があぁ陰気だと、治るものも治らなくなるぜ」

これ以上、親に楯突《たてつ》くことはできない。

明日までに、気が変わるといいが……。

日村はそんなことを思っていた。

7

事務所に下りると、相変わらず、みんな退屈そうにしていた。普通なら、さりげなく町中を見回ったりするのだが、それもままならない。

テツだけが、さかんにマウスを動かしたり、キーボードを叩いたりしている。

日村は、テツに声をかけた。

「おい、何かわかったか？」

テツは、慌てて立ち上がった。

「いちいち立たなくてもいいよ。どうだ、シノ・メディカル・エージェンシーのほうは……」

「医療サービスのかなりの分野をカバーしてます。看護師の募集や派遣もやっているようですね」

「看護師の……？」

「今は、医療の分野は、人材不足なんです」

「ほう……。それで、その会社の経営状態とかはわかるか？」

「上場していないので何とも言えませんが、ネットで調べた限りでは、悪くはないようですね」

「そうか」

「あの……」

テツが、おずおずと言った。

「何だ？」

「この会社がどうかしたんですか？」

「オヤジが手がける病院と契約しているようだ。なんでもえらく高い手数料を取っているということだ」

「はあ……」

テツは、今一つぴんとこない様子だ。それはそうだろう。

「おまえは、オヤジから病院の事務長補佐に指名されたんだ。その会社とも関わることになるだろう」

「ええと……」

テツはまだ何か言いたそうだ。

「何だ？」

「代貸が気にされているのは、耶麻島組のことじゃないかと思いまして……」

日村はびっくりした。

「ネットでそんなことまでわかるのか？」

「公式のホームページなんかじゃわかりませんよ。でも、いろいろな掲示板で、噂になったり、匿名のチクリがあったりするんです」

掲示板というのは恐ろしいものだと、日村は思った。ヤクザは情報が命だ。ネットはその先を行っているのかもしれない。

健一が尋ねた。

「何です、そのヤマシマ組って……」

日村はどこまで話そうか迷った。

若い連中に余計な心配はかけたくはない。だが、ある程度心の準備も必要だろう。今後、オヤジの出方によっては、どう転ぶかわからないのだ。

「シノ・メディカル・エージェンシーは、フロント企業で、そのバックについているのが、耶麻島組だ。西の組の三次団体だということだ」

事務所の中に、さっと緊張が走った。

健一が言う。

「そんなところに手を出すとやばいんじゃないですか？」

「当然、やばいだろうな」

「オヤジはどう言ってるんです？」

「気にしてないようだ」

四人は、互いに顔を見合った。彼らはみるみる不安そうになっていく。

一番平然として見えるのが、不良やヤンキーとまったく無縁のテツだった。もともと、喜怒哀楽の変化にとぼしいのだが、アウトローの世界とあまり馴染みがないので、他の三人ほど恐ろしさの実感がないのかもしれない。

健一、稔、真吉の三人は、それなりにグレていたので、裏社会の恐ろしさが骨身にしみているのだ。

日村はテツに尋ねた。

「ネットの掲示板とかでは、シノ・メディカルのことをどう言ってるんだ?」

「直接の中傷はないですね。でも、『あの病院と契約している医療サービスは、ＳＭＡといって、バックには広域暴力団系列の暴力団がついている』というような書き込みはあります。これ、おそらく、病院内か病院を辞めた人が書き込んだんですね」

「どうしてそんなことがわかる」

「なんとなく、内部の人間だなって、臭いがするんですよ」

「掲示板の書き込みで、そんなことがわかるのか?」

「わかりますよ」

「ふうん……」

感心している場合ではない。

一番腹がすわっているはずの健一さえ青くなっている。

健一が言った。

「これから、オヤジはどうするつもりなんですか?」

「明日は、稔とテツで外壁を洗うと言っていた」

「外壁を……」

「ずいぶんと薄汚れているんだ。オヤジのモットーだ。汚れたところにいると、人の心もすさんでくる。陰気な病院だと、治るものも治らないとおっしゃってる」

「はあ……」

健一は、拍子抜けしたような顔をしている。

「外壁の掃除くらいなら、波風は立たないと思ってるな？」

「ええ」

「世の中何が起きるかわからないぞ。事実、稔たちだって、電線に絡まっているツタを取り除こうとしただけで、警察に引っぱられたんだからな」

「まあ、それはそうですが……」

「いいか、シノ・メディカル・エージェンシーってのは、駒繋病院のほとんどの外注を一手に引き受けている。院内の清掃もその一つだ。院長に言わせると、病院の職員は掃除も勝手にできないんだそうだ。なぜかわかるか？」

「ええと……。つまり、掃除を請け負っている業者の仕事を奪っちゃいけないってことですか？」

「まあ、そういうことだな。俺が、シノ・メディカルみたいな会社だったら、絶対に掃除はやらせない。なぜなら、使っている業者にやらせれば、それだけマージンが取れる。病院の職員に勝手にやられたんじゃ、一銭も取れない」

「そりゃそうですね」

「シノギってのは、そうやって、一円の金でもむしり取るつもりでやらなきゃならない。外壁の掃除を許したら、今度は、待合室を掃除するということになるだろう。そうやって、徐々に院内で、業者が掃除する区域が減っていく。すると実入りも減っていくわけだ」

「なんだか、代貸、シノなんとかの味方をしているように聞こえますよ」

「そうじゃない。こいつは、そのなんだ、シュミレーションてやつだ」

「シミュレーションです」

テツが訂正した。恥ずかしくて、ちょっとむかついた。

「どっちだっていい。極道は、そういうのを決して許さないんだ。院長先生はそのことを知っているんだ。過去に苦い経験があるのかもしれない」

健一が、また青い顔になった。

「つまり、外壁を掃除するだけで、そのシノなんとかのバックにいる耶麻島組と対立することになりかねないと……」

「それくらいの覚悟でやらなきゃならないということだ」

事務所の中は、重い空気で満たされた。

病院の話はこれくらいでいいだろう。話題を変えようと思った。

「その後、追放運動とか、どうなってる?」

健一がこたえる。

「今のところ、別に何も言ってきませんが……」

「油断するな。俺たちを眼の仇《かたき》にしている住民は、一挙一動に眼を光らせている」

「はい。気を付けます」

「夕飯も、何か店屋物を取るんだな」

「二階で料理でもしようかと思ってるんですが……」

真吉が言った。

「買い出しもできないんですね」

日村はうなずいた。

「当分、近所での買い物は禁止だからな」

「誰かに買い出しを頼むのも、だめですか？」

真吉が言う誰かというのは、だいたい想像がついた。生まれついての女たらしだ。真吉の周囲には常に何人かの女がいる。

別に本人が女の尻を追っかけているわけではない。女のほうから寄ってくるのだ。

真吉は、女に買い出しに行かせようというのだろう。

「別に問題ないだろう」

「じゃあ、そうさせてもらいます」

彼らは、事務所の二階に住み込んでいる。事務所から外に出られないということは、軟禁状態にも等しい。

多少のことは大目に見ようと思った。若い衆には、事務所内での飲酒を禁止している。だが、外出禁止の間だけビールを飲むくらいのことは認めてやってもいいかもしれない。

真吉が携帯電話のメールを送っている。おそらく、女を呼んでいるのだろう。

午後四時だ。この時間に呼び出せる女の職業は限られている。水商売かもしれない。出勤前に、事務所に寄るのは可能だろう。

まさか、主婦ということはないよな……。

いや、そんなことはどうでもいい。今は、真吉の女のことを考えている場合ではない。

日村は、いつも座っているソファに腰を下ろして、考えはじめた。

どうすれば、オヤジに病院経営を諦めさせることができるだろう。それが無理でも、西の巨大組織と事を構えるようなことだけは避けなければならない。

だが、曲がったことの大嫌いなオヤジだ。法外なマージンを取っているというシノ・メディカル・エージェンシーを放っておくはずがない。

経営の立て直しをするためには、無駄なコストを削減しなければならない。そのためには、シノ・メディカル・エージェンシーとの契約を解除することも必要だろう。誰でもそう考えるはずだ。

当然、オヤジもそうするだろう。

すると、バックの耶麻島組が出てくる。

こちらの看板を知ったら、ただでは済まないだろう。

かといって、シノ・メディカル・エージェンシーを使い続けていれば、経営の立て直しなどできない。

考えが堂々巡りを始める。耶麻島組との対立を避ける方策など思いつかない。

参ったな……。

日村は、ソファに座り、腕組みをしていた。おそらくひどく難しい顔をしているのだろう。

誰も声をかけてこなかった。

「こんにちはあ」

出入り口から、すっとんきょうな声が聞こえてきた。若い女性の声だ。

ヤクザの事務所には、まったくそぐわない声と口調だ。日村は思わず上体をひねって出入り口を見た。

女子高生だろう。制服姿で出入り口に立っている。

なんで、組事務所に女子高生が……。

日村が眉をひそめていると、真吉が言った。

「あ、こっちに入ってよ。今、買い物してもらうリストを渡すから……」

「はーい」

日村は慌てて立ち上がった。

「ちょっと待て」

真吉と女子高生がぽかんとした顔で、日村を見る。

「真吉、おまえが買い物を頼むと言ったのは、その人か?」

「そうですけど……」

「おまえの常識はどうなってるんだ? 制服姿の女子高生が組事務所に出入りしていいと思ってるのか?」

「まずいっすか?」

「まずいだろう」

「どうしてです?」

「どうしてって、おまえね、そちらさんは高校生だろう。ここは、組事務所だぞ」

「だから、どうして高校生がここに来ちゃまずいんですか?」

あらためてそう訊かれると、ちゃんと説明することができない。

「まずいものはまずいんだ」

「えーっと……」

女の子が言った。「私、どうすればいい?」

真吉が、日村に言った。

「制服じゃなければいいですか?」

どうだろう。

いや、やっぱり高校生はまずいだろう。日村が考え込んでいると、真吉が女子高生に言った。

「制服はまずいらしいよ。着替えてから来てくれるか？」

「面倒臭いなあ……」

「そう言わないでさ」

「わかったよ」

彼女は去って行った。

日村は、真吉に尋ねた。

「おまえ、女子高生と付き合ってるのか？」

「いや、付き合ってるっていうか、なんか、なつかれちゃって、向こうが勝手に付きまとうんですよ」

相手が真吉でなければ、ぶん殴りたくなる言い草だ。だが、不思議なことに真吉が言うと厭味《いやみ》に聞こえない。

本当にそのとおりなのだろう。

「他に誰かいないのか？」

「他にって、何のことです？」

「つまり、その買い物を頼む相手だよ」

「うーん。あの子は、パシリには持ってこいなんですけどねえ……」

女をパシリに使うという発想自体が、日村には信じられなかった。

「香苗《かなえ》はかわいいやつですよ」

健一が言った。

「香苗……？」

「坂本《さかもと》香苗。今の子ですよ」

「おまえも知っているのか？」

「ええ、ここに何度か来たことありますし、真吉といっしょに歩いていると、どこからともなく現れて、くっついてきちゃうんで……」

「ここに何度か来たことがあるだって？」

目眩がしそうだった。「おまえがいながら、どうしてそんなことを許してるんだ」

「いや、そんなことって言われましても……。別に悪いことをするわけじゃないですし……」

「世間様ではな、組事務所に出入りするだけでも、充分に問題なんだよ」

「はあ……。でも、自分ら、十代の頃からここに出入りしてましたし……」

「おまえらは別だよ。うちの者《もん》なんだから……」

「はあ……」

こいつらの常識に期待しても無駄かもしれない。なにせ、ガキの頃から世間の常識なんてものとは無縁の生活を送ってきたのだ。

健一は喧嘩三昧。真吉はヒモのような暮らしをしていた。稔は暴走族だった。テツだけが、アウトローとは無縁だったが、彼は完全な引きこもりだった。

坂本香苗が、組事務所に出入りしている、などということを、学校が知ったらただでは済まないだろう。教育上、これほど問題なことはないと、学校側は考えるはずだ。

箸《はし》にも棒にもかからないような若い衆を、きっちりと躾《しつ》けするのが、日村の役目だった。そういう意味では、今時の学校よりも、ここのほうがずっと教育の役に立つ。だが、そんな言い分は、世間には通らない。

真吉が、目をぱちくりさせている。それを見て、日村は溜め息をついた。

「おまえ、あの子の親や学校の先生の気持ちを考えてみろ。娘や受け持ちの生徒が、ヤクザの事務所に出入りしていてうれしいか？」

「うれしくはないと思います」

「そうだろう。あの子が事務所にいるところを、甘糟なんかに見られてみろ。あれこれうるさく言ってくるに違いない」

「そうですね」

「わかったら、もうあの香苗って子に、ここに来させるな」

「来るなって言っても、来ちゃいますよ。ここに来ないと、自分に会えないわけですし……」

この言い方も、真吉以外のやつだったら、腹が立っただろう。

真吉の言いたいことも、わからないではない。なにせ、彼らは、事務所から出られないのだ。もし会いたいのなら、向こうから来るしかないのだ。

この上、誰にも会うなとは言えない。

日村はまた考え込んだ。

どうしたらいいだろう。

そこに、香苗が戻ってきた。ジーンズのショートパンツをはき、Tシャツとタンクトップを重ね着している。

「着替えてきたよ。これならいい？」

真吉が言った。

「こちら、俺たちの上司の日村さん」

上司だと……。兄貴分とか代貸とか言わないわけだ。

香苗は、ぺこりと頭を下げた。

「初めまして。坂本です。よろしくお願いします」

「ああ、よろしく……」

そう言うしかなかった。

真吉がさらに香苗に言う。

「日村さんがな、香苗がここに来るのはよくないと言うんだ」

香苗が目を丸くした。

「どうして？　私、邪魔とかしてないし……」

「いや、そういうことじゃなくって、高校生がこういうところに出入りすること自体がよくないことなんだそうだ」

「意味わかんない」

わかれよ。日村は、心の中で舌打ちをしていた。

だいたい、この子は、ここがヤクザの事務所だということを、知っているのだろうか。普通は、怖がって近づかないはずだ。

真吉と香苗の会話が続いていた。

「だからさ、おまえ、もうここに来ちゃだめなんだ」

「何でよ。別に私悪いことしてないじゃん」

香苗は、べそをかきはじめた。

「泣くなよ。泣いてもだめだからな」

「どうして会いに来ちゃいけないのよ」

泣き出した。

日村は、なんだかひどく残酷なことをしているような気分になってきた。

真吉が言った。

「だめなものはだめなんだ。さあ、もう行けよ」

香苗は、悲しそうに真吉を見る。愁嘆場《しゅうたんば》だ。日村は、こういうのが苦手だ。それに、なんだかどうでもいいような気がしてきた。

「おい、真吉」

日村は言った。「買い物頼むんなら早くしろ」

「え……？　いいんですか？」

「おまえらは、外に出られないんだからな。誰かに買い物を頼むのも仕方ないだろう」

香苗は、ぱっと笑顔を見せた。

真吉が香苗に言う。

「じゃあ、夕食の材料とか買ってきてもらおうかな。こっちに来いよ」

二人は、買い物の相談を始めた。香苗は、真吉がメモ用紙に何か書き込むのを覗き込んでうれしそうにしている。

若い女の中には、ヤクザと付き合うことでハクがつくような勘違いをしているやつもいる。だが、香苗はそういう連中とは違うようだ。

純粋に真吉と会っているのが楽しいらしい。いつもはむさ苦しい事務所の中が、ちょっと華やいで感じられる。

日村は、そんな二人を眺めながら、再び考えはじめた。

なんとか、耶麻島組との衝突を回避する方法はないものか……。

オヤジはいったい、どうするつもりなのだろう。

香苗がいそいそと出かけて行った。彼女に買い物に行かせて、二階で誰かが料理をするのだろう。小さな流し台があり、一口コンロが置いてある。

四人で食事するのもいいだろう。

日村は、健一に尋ねた。

「誰が料理するんだ？」

「自分がやりますよ」

そういえば、健一は、将来は板前になりたかったのだと言ったことがあった。料理の腕は、なかなかのものだ。

真吉も、ヒモ生活をしていただけのことはあり、料理をはじめとする家事は一通りこなす。

健一が言った。

「日村さんも、いっしょにどうです？　外で食事ができないのは、日村さんも同じでしょう？」

言われてみればそのとおりだ。

コンビニ弁当でも食おうと、漠然と考えていたのだ。

久しぶりに若い連中と飯を食うのも悪くないかもしれない。明日は、また病院に行かなければならない。

どんな出来事が待ち構えているかわからないのだ。今日の夕飯くらいは楽しく食っておいたほうがいい。

しばらくして香苗が帰ってきた。ビニールの袋に詰まった野菜だののパック入りの肉だのを真吉が受け取る。

それを二階の居室に運ぼうとする。それに香苗がついていこうとした。

「おい」

日村は言った。「部屋に上げるのはダメだぞ。買い物をしてもらうだけという約束だ」

真吉が日村に言った。

「あれ、そんな約束しましたっけ？」

「俺がしたと言えば、したんだよ」

真吉は、しゅんとした。

「すいません」

香苗が言った。

「私、料理得意なんです。お手伝いしたいんです」

「あのね、お嬢さん。ここはヤクザの事務所なんですよ。友達の部屋じゃないんだ」

香苗はきょとんとした顔になった。

「だって、真吉さん、ここに住んでいるんでしょう？」

日村は溜め息をついた。

まあ、今日のところはいいか。

「あんまり長居しちゃいけませんよ」

真吉と香苗はいっしょに二階に上がっていった。

俺も甘くなったもんだ。日村は、二人の後ろ姿を見てそんなことを思っていた。

8

二階から煮炊《にた》きの匂いが漂ってきた。それとともに、何やら楽しそうな男女の声も洩《も》れてくる。

健一と真吉、そして香苗が料理をしているのだ。夕刻の煮炊きの匂いは、どんなときでもなつかしさを感じる。

おそろしく貧乏だったので、幼い頃の思い出などろくなものはないが、それでも、母親が台所に立って料理をしている光景は、眼の奥に焼き付いている。

それを思い出すのは、悪くないものだと、日村は思う。

だけど、こんなにほのぼのしていていいのだろうか。ここは、組事務所なのだ。

別に組事務所が、いつも殺伐としている必要はないとは思う。だが、緊張感が欠けているような気がする。

本来は、もっと、びしっと引き締まった雰囲気であるべきだ。

明日は、駒繋病院の外壁を掃除する。オヤジに命じられたのだから、逆らうわけにはいかない。

だが、それが、どういう騒ぎに発展するか、まったく予想がつかない。シノ・メディカル・エージェンシーの出方次第だ。

場合によっては、西の大組織と事を構えることになるかもしれない。想像するだけで、気を失いそうになる。

最悪の事態を考えて、準備をしておく必要がある。どんな準備かというと、逃げる準備だ。巨大組織と事を構えたら、逃げるしか手はないのだ。

それなのに、日村は、事務所のソファにのんびりと腰を下ろして、夕餉《ゆうげ》の仕度の匂いをかいで、なつかしい気分に浸っている。

これでいいのだろうか……。

そんなことを考えていると、健一が、日村を呼びに来た。

「仕度ができました」

「おう……」

二階に上がるのは久しぶりだ。部屋住みの頃を思い出す。

狭い部屋にテーブルを二つならべて、それをみんなで囲んだ。料理といってもたいしたものではない。豚肉が入った野菜炒めに、冷や奴《ひやっこ》だ。

だが、温かい飯と味噌汁があると、充分に恰好がついた。市販のものだが、タクアンまで切って添えてある。

健一が言った。

「オヤジに声をかけなくていいですかね？」

日村は言った。

「ばか、オヤジを若い者《モン》の部屋にお呼びする気か」

「それもそうですね」

真吉が言う。

「でも、俺たちだけ楽しそうにしていると、あとで必ず何か言いますよ」

日村は、考え込んだ。真吉の言うとおりだ。来る来ないは別として、いちおう声をかけておくべきかもしれない。

そして、それは日村の役目だ。

「そうだな」

日村は言った。「ちょっと、一声かけてくるか……」

「自分は、事務所にいます」

健一が言った。「事務所を空にするわけにはいきませんから……」

真吉と稔の二人がちょっと淋《さび》しそうな顔をした。テツは表情がとぼしいので、何を考えているかよくわからないが、おそらく二人と同じことを思っているに違いない。

三人の気持ちを、香苗が代弁するように言った。

「どうしてよお。みんなでいっしょに食べようよ」

健一が言う。

「誰かが番をしなけりゃならないんだよ」

「ご飯食べるあいだくらい、いいじゃん」

「そうはいかないんだよ」

本来なら、健一の言うとおりだ。だが、別に差し迫った用があるとも思えない。日村は言った。

「健一、下はしばらくいい。せっかくだから、今日くらいは、みんなでいっしょに飯を食おう」

「え……」

健一が驚いた顔で言った。「いいんですか?」

「今日だけだぞ」

そう言い置いて、日村は四階に向かった。

ノックをして、名乗った。

「日村です」

「おう、どうした?」

ドアを開けて、その前に膝をつき、言った。

「若い衆が、部屋で自炊をして、これから食事なんですが……」

「ほう、それは経済的でいいね。たぶん、健康のためにもいいだろう」

「はい。自分もこれからいっしょに食べるつもりです」

「俺に気をつかったってわけか?　いいよ。気にすんな。俺がいちゃ気詰まりなこともあるだろう」

「そんなことはないと思います」

「いいって、いいって。若い者同士でやってくんな」

「わかりました」

「けどよ、誠司……」

「はい」

「二階で自炊なんて、金や健康のことが理由じゃねえだろう」

「はあ……」

「なんでまた、あいつらはそんなことをやってるんだ？」

話すべきか、迷った。

だが、いつかは耳に入るだろう。今、ここで話したほうがいいかもしれない。日村はそう思った。

「甘糟さんが来て、しばらくは外を出歩かないようにと……。なんでも、近所の人たちと自分らを接触させたくないそうです」

阿岐本は、きょとんとした顔になった。

「それはまた、どういうこったい？」

「暴力団追放強化月間なんだそうで……」

「俺たち、暴力団なのかい？」

「世間では、ヤクザはみんな暴力団ということになっているようです」

「昔から付き合いのある人たちとも、会っちゃいけねえってことかい？」

「問題は、マンションなどに新たに引っ越してきた人たちのようなんですが……。暴力団追放運動なんてことをやりかねないという話もありまして……」

「追放運動ねえ……」

さすがに阿岐本は、浮かない顔になった。「強化月間が終わるまでは、近所を出歩くなと、若い衆に言ってあります」

「せちがらい世の中になったもんだな」

「はい」

「わかった。みんな、待ってるんだろう。早く行ってやんな」

日村は、頭を下げた。

「失礼します」


食卓では、誰もが笑顔だった。

日村は、こんな食事を経験したことがないような気がした。本当に家族で食事をしているようだ。

いや、今時は、家族でもこんな食事はできないに違いない。一家団欒《だんらん》などという言葉は、死語になっているのではないだろうか。

香苗もここで飯を食っているのだから、家族とは食事をしていないということだ。

飯はうまかった。やはり、店屋物よりずっといい。こんな日があってもいい。日村は思った。

明日からは、駒繋病院で何が起きるかわからない。近所の追放運動の動向も気になる。ふと、嵐の前の静けさという言葉を思い出した。

食事が終わると、健一とテツは事務所に下り、真吉、稔、香苗の三人で洗い物を始めた。日村は、香苗が帰るのを見届けてから、自宅に戻ることにした。

万が一にも間違いがあってはならない。近所の眼にも注意しなければならない。

洗い物を終えると、二階にいた三人も事務所に下りてきた。

「じゃあ、私、帰るね」

香苗が真吉に言った。

「おう、じゃあな」

実にそっけない。ひょっとしたら、これがもてる秘訣《ひけつ》なのかもしれない。

香苗が事務所を出ていく。日村は、ソファでしばらく何事も起こらないことを確かめていた。

やがて、彼も事務所をあとにした。

翌日は、テツと稔を連れて、十時に駒繋病院にやってきた。

阿岐本のオヤジは、真っ直《ます》ぐに院長室に向かった。日村はテツと稔を連れて、そのあとについていった。

高島院長は、阿岐本を見ると言った。

「さて、それじゃ、昨日の打ち合わせどおり、旧理事会を開き、その後にすぐに新理事会を開くという段取りでいいですね？」

阿岐本が言う。

「その前に、事務長補佐を紹介しておきます。市村徹です。私ら、テツと呼んでますんで、それでもけっこうです」

テツが一歩前に出た。ぺこりと頭を下げる。高島院長は、表情を曇らせた。

「見たところ、ずいぶんお若そうですが……」

「人間、見かけじゃありません。それなりに使えると思います。特に、パソコンのことは詳しいので……」

「はあ……」

院長は、釈然としない顔だ。「そちらの方は……？」

「ああ、二之宮稔といいます。今日は、テツの手伝いをさせようと思いまして……」

「事務の手伝いですか？」

「いやいや、今日は、病院の外壁を洗わせようと思っています」

院長は、目を丸くした。

「あの……。そういうことは、勝手にはできないと申したはずですが……」

「病院内の清掃は、業者がやるのですね。それについてはよくわかりました。病院内部の掃除というのは、素人が手を出すと危険ですからね。薬品がこぼれていたり、何かに感染している恐れのある血液がこぼれていたりするわけですからね」

「はあ……」

「しかし、外の壁を洗うのは問題ないでしょう。シノ・メディカル・エージェンシーや清掃業者との契約については、詳しく調べていませんが、おそらく外壁を掃除してはいけないということは書いていないでしょう？」

「たぶん、そうだと思いますが……」

「新理事会が発足して、ここにいる日村が常任理事になったら、すぐに彼が、テツと稔に命じて外壁を掃除させます」

「いや、しかしですね……」

「院長……。私は、新理事会発足で監事になるわけですが、ただの監事じゃない。私は、この病院を立て直しに来たんです」

「それは承知しているつもりです」

「今までどおりやっていたんじゃ、この病院は潰れちまう。ですからね、思い切った改革をどんどんやっていかなければならないんです。それもわかってもらえますね？」

「はい。しかし、それと壁の掃除とどういう関係があるんです？」

　阿岐本のオヤジは、にっと笑った。

「まあ、見ててください」

院長が自宅から夫人を呼んで、理事会が始まった。院長の奥さんは、加寿子《かずこ》という名で、おっとりとしたタイプだった。

口うるさいオバサンだったらちょっと嫌だなと思っていたのだが、彼女を見て、日村はほっとした。

人数合わせのための理事だということがすぐにわかった。これまでも、病院の経営には口を出さなかったということだ。

旧理事会で、新理事を選任した。旧理事会を終了し、すぐに新理事会を開いた。顔ぶれが同じなのだから、どうでもいいだろうと、日村は思ったが、財団法人というのは、こういう手続きが重要なのだ。

ちゃんとした議事録を残しておかないと、医療法人を所管する東京都に何を言われるかわからない。

阿岐本が言った。

「さて、新理事会が無事発足したので、常任理事、さっそく例の件を実行してくれ」

日村は憂鬱になった。

本当に、外壁の掃除などやってだいじょうぶだろうか……。

だが、ここでノーとは言えない。

「わかりました」

日村は、席を立ち、待合室で待たせていたテツと稔に、病院の外壁を洗うように命じた。

「あの……」

テツが言う。「道具はどこにあるんですか？」

訊かれて日村も、はてと思った。

「ちょっと待ってろ」

受付に行って、尋ねてみた。

「外の掃除をしたいんですが、バケツやデッキブラシのようなものは、ありますか？」

受付係の眼差しには、昨日ほどの敵意はなかった。だが、日村たちを快く受け入れているわけではないことは、明らかだった。

「えーと、そういうものは、病院には置いてないと思いますけど……」

「ない？」

「ええ、清掃業者が持参してきますから……」

「いちいち運んでくるんですか？」

「そうだと思います」

それも無駄な話だ。

「詳しいことは誰に訊けばわかります？」

「事務長を呼んできます」

「すみません」

受付係が奥に引っ込む。しばらくして、中年男を連れて戻って来た。

「何でしょう?」

「あの……、新理事の日村といいます」

「新理事……?」

「ええ、常任理事です」

「ああ……。何人か理事が入れ替わるという話を聞いていましたが……。そうですか、あなたが、常任理事……」

「事務長さんですね?」

「ええ、事務長の朝顔《あさがお》といいます」

珍しい名前だ。

「朝顔さんですか?」

「朝顔滋《しげる》といいます」

朝日の中、朝顔がいっぱいに繋っているところを連想してしまった。

「病院の外壁を掃除したいのですが、バケツとかデッキブラシとか、そういうものはありますか?」

「ありませんね。もし、病院に置いてあったとしても、私らは勝手に使うことはできません」

「なるほど……」

「掃除なら、定期的に業者がやってくれますよ」

「いや、それでは意味がないんで……」

「意味がない……？　どうしてです。掃除なんて、誰がやっても同じでしょう」

「自分が住む場所や働く場所は、自分の手できれいにする。これが新理事会の基本方針なんです」

　新理事会の方針というより、オヤジの方針だ。だが、別に嘘《うそ》をついたことにはならないと、日村は思った。

「はあ、変わった基本方針ですね」

「病院にないのなら、必要なものを買いにやらせますが、いいですか？」

「ええと、それは病院の備品ということですか？」

「そういうことになりますね」

「領収書をもらってくれれば、月末に精算しますよ」

　テツと稔に、道具や洗剤を買いに行かせた。彼らは、病院に戻り次第作業を始めるはずだ。

日村は、院長室に戻った。

　院長夫人は、すでに帰宅したらしく、姿が見えない。

　高島院長と阿岐本は、まだ話を続けていた。日村の姿を見ると、阿岐本が言った。

「おう、掃除、始めたか？」

「それが……」

病院には道具がないので、買いにやらせたことを説明した。

「ま、いいだろう。今日明日中には、きれいにしてくれ」

「はい……」

「ま、常任理事も座ってくれ。今、病院の問題点について、いろいろとレクチャーを受けていたところだ」

「はあ、レクチャーですか?」

阿岐本は、高島院長に視線を戻した。

「……それで、話はどこまででしたか……」

「医者不足の件です」

「そう、それだ。私はね、不思議でならないんですよ。日本に医科大学はいくつもある、そこから毎年、お医者さんが生まれるわけでしょう?」

「それでも足りないんです。現在、全国に二十九万人ほどいることになっていますが、これでは、もう絶対的に足りない。日本で、人口あたりの医師数が一番多いのは京都府なんですが、それでも、人口一千に対して医師は二・九人しかいないのです」

「ほう……」

「しかも、日本では、実際に医者をやっているかどうかではなく、単に医師免許を持っている者をカウントしていますから、実態は、もっと少ないはずです。結婚して勤務を辞めてしまう女医さんもいるでしょうし、高齢のために辞めてしまった人もいる。そういう人までカウントしての二十九万人なんです。実際は、二十一万人ほどに過ぎないと言われています」

「なるほど……」

阿岐本のオヤジは、何度もうなずいているが、日村は、二十九万人とか二十一万人とか言われてもぴんとこない。

実際、都内には病院がたくさんあるし、そこには医者が何人もいる。診療所だってたくさんある。

地方の過疎地ならいざ知らず、東京都内で医者が不足しているという実感がない。まあ、日村は、滅多に医者にかからないので、病院の実態など知る由もなかった。

だが、医療法人の常任理事になったからには、そうも言っていられない。院長の話に耳を傾けることにした。

「医者の絶対数が不足しているので、病院で必要としている医者が不足することになります。それでも、かつては、何とか病院が医者を確保することができました。大学病院の医局のおかげなんですが……」

「医局……?」

「医者の控え室のこともそう呼びますが、この場合は、大学病院の診療科ごとの教授を頂点とした組織のことを指します。昔は、医科大学を卒業して医師免許を取ったら、みな医局に所属して、系列の病院などを回らされました。それで、病院はある程度の医者数を確保できたのです」

日村にはちんぷんかんぷんだった。

阿岐本も難しい顔をしている。

「今はそうじゃないんですか？」

「二〇〇四年に、新医師臨床研修制度というものができましてね。それまでは、新人医師は、大学病院なんかの特殊な場所でしか研修ができなかったんですが、一般の病院でも研修ができるようになりました。つまり、医局に属さなくても研修を受けられるようになったのです」

「つまり、こういうことですか？」

阿岐本が言った。「それまでは、新人医師は、医局に所属しなければ一人前の医者になれなかった。で、医局は、馴染みのある病院などに、新人を派遣したりすることができた。でも、その新しい制度によって、新人医師は好き勝手に病院を選んだりできるので、医師不足の現場が増えたと……」

「まあ、簡単に言えばそういうことになりますが、実際はもっと複雑です。新人医師は、症例の多い大きな病院での研修を選択することが多い。雑用ばかりやらされる大学病院や地方の小さな病院は、敬遠されるのです。その結果、地方の大学病院などの医師数が足りなくなってしまった。すると、高度な医療の水準を維持することができなくなります。それで、大学病院では総合病院などに派遣していた医師を呼び戻すことになります。それで、現場では医師がますます不足することになったのです」

「うーん。なんだか、根が深そうだな……」

「特に、小児科、産科、救急といった診療科は、たいへん忙しい。それで、とてもやっていられないと、転科する医師が増えたり、志望する医学生が減り、医師は決定的に不足しています」

「科によって、そんな差があるんですか？」

「うちの病院でも、かつては産婦人科があったのですが、担当医師がいなくなって、閉鎖してしまいました。小児科の専門医もいないので、子供は内科医の私が診ることになっています」

「医は仁術という言葉があったと思うんだがなあ……」

　高島院長は、皮肉な笑いを浮かべた。

「若い医者は、みなおそろしく過酷な生活を強いられています。二十四時間の当直を終えた後、そのまま診察室に入る、などということもざらです。病院の勤務医は、みな疲れ果てている。だから、ある程度経験を積むと、みんな開業医になりたがる。それも、総合病院や大学病院に医師が不足する原因でもありますね」

「医者が足りなければ、増やせばいいでしょう？」

「一九八〇年代から、政府は医師数を抑制する政策を取っているのです。一九八二年に、臨時行政調査会が、医師数が過剰だという答申を出したのです。それはまったく根拠のないものでしたが、日本医師会などもそれに賛同し、政府が医師数抑制の方針を決めたのです」

「なんでまた、そんないい加減なことが……」

高島院長はかぶりを振った。

「私には、政治のことはわかりません。ですが、おそろしい失策だったことは間違いありません。私に言わせれば、新医師臨床研修制度も、失策の一つです。医局を解体することに、何の意味があったのか、私にはわかりません」

それで、ちゃんとした治療ができるのだろうか。病院にかかるのが不安になってきた。

阿岐本が高島院長に尋ねた。

「この病院では、今でも医者が不足しているのですね？」

高島院長は、時計を見た。

「ちょうどいい。医師不足の現状を実際にごらんにいれましょう」

高島院長が立ち上がった。

9

阿岐本と日村は、「医局」という札が掲げられた部屋に案内された。この場合の医局は、医者たちの控え室という意味だろう。

テーブルがあり、ソファがある。ロッカーが並んでいて、その奥にもう一つ長いソファがあった。

そこで、いびきをかいて寝ている中年男がいた。無精髭が伸びており、髪は乱れている。

院長は、その人物を見て言った。

「紹介します。アルバイト医の多賀《たが》禄朗《ろくろう》先生です」

阿岐本は怪訝な顔で尋ねた。

「アルバイト医……？　何です、そりゃあ……」

「病院に所属しないで、契約で働いてくれている先生です」

「寝てますね……」

「ええ。朝一番で、沖縄から飛んでいらしたので……」

「沖縄から……？」

「おそらく、昨夜は夜勤だったと思います。昨夜の当直医の結城先生と交代ですが、しばらくは寝かせてあげることにしています。多賀先生は、救急医療が専門で、アルバイト医として日本中を駆け回っているのです。うちの病院には、週に二回来てもらっています」

「日本中を駆け回っている……」

「ええ。飛行機で、沖縄まで足を伸ばしています。こういう人が、今の救急医療を支えていると言っても過言ではありません」

日村は、心底驚いていた。

見たところ、冴《さ》えないおっさんだ。おそらく五十歳を過ぎている。とても、日本の救急医療を支えているとは思えない。

だが、院長が言うのだから、間違いはないだろう。

高島院長が言った。

「彼がいなければ、この病院はとっくにパンクしていました」

阿岐本は腕を組んで「うーん」とうなった。何を考えているかわからない。おそらく、病院が抱える問題が、予想以上に大きいことに驚いているのだろう。

「これは手に負えない」と思ってくれないだろうか。日村は、密《ひそ》かにそう期待していた。

突然、何かのブザーが鳴った。

そのとたん、いびきをかいていた多賀が飛び起きた。

インターホンのブザーだった。多賀は、すぐに応じた。

「何だ？」

インターホンから女性の声が流れてくる。

「救急車で患者が搬送されてきます。交通事故による外傷」

「わかった。処置室に行く」

多賀は、すぐにケーシースタイルのグリーンの治療着に着替えた。

そこで、ようやく三人に気づいた。

「院長先生、何か用ですか？」

「多賀先生、新しい理事を紹介しようと思ったのですが……」

「後にしていただけますか？」

「そうですね」

多賀は、医局を飛び出していった。

「行ってみよう」

阿岐本が言った。「現場を見ておきたい」

「いいでしょう」

院長がうなずいた。

ストレッチャーが廊下を進んでくる。救急隊員が早口で、何かを言っている。バイタルとか何とか言った後に、数字を羅列する。

日村にはもちろん何のことかわからない。それに、多賀がてきぱきと応じる。

「頸椎《けいつい》四方向、それと、腹部のレントゲン……」

ストレッチャーが救急の処置室に運ばれる。もちろん、日村や阿岐本は室内に入ることはできない。院長とともに、廊下からガラス越しに室内の様子を見ていた。

すさまじい現場だった。

血を見ることには慣れているつもりの日村だったが、今までの経験など生やさしいものでしかなかったと思い知らされた。

膨らんだ腹にメスを入れたとたんに血が噴き出した。脛《すね》の皮膚が破け、白い骨が突き出ている。

多賀の行動には、一瞬の躊躇《ちゅうちょ》もなかった。メスでかっさばき、管を突っ込み、血を吸い出し、縫合する。

床もベッドも血まみれだ。輸血と輸液が続けられている。

日村は、目眩がしそうだった。阿岐本は、顔色一つ変えずに、じっと多賀の動きを見つめている。

さすがだと思った。オヤジは日村などよりずっと多くの修羅場をくぐっているのだ。

やがて多賀は、患者のもとを離れて、血まみれのエプロンとゴムの手袋を外した。それを、大きなゴミ箱に捨てると、処置室を出てきた。

院長が尋ねた。

「どうです？」

「安定しました。あとは、整形外科に任せます」

脛のことを言っているのだろう。まだ、患者の脛からは白い骨が飛び出したままだ。

昨日会った結城という医者が駆けてきた。処置室の出入り口で、多賀と短いやり取りをする。

「あとは引き受けた」

結城が言った。彼は、ひるむことなく、患者の脛に挑んでいった。

プロのやり取りだと、日村は思った。

多賀が院長に言う。

「またしばらく眠らせてもらいますよ」

「はい」

多賀が医局のほうに向かう。

「さて」

院長が阿岐本に言った。「私も診察を始めなければなりません。あなたがたは、どうなさいます？」

阿岐本がこたえる。

「どこか席があれば、そこで仕事をしたいのですが……」

「しばらく院長室を使ってください。明日までに、どこかに席を用意します」

「わかりました」

阿岐本は院長室に向かう。日村は阿岐本に言った。

「自分は、テツたちの様子を見てきます」

「おう、そうしてくんな」

院長と阿岐本が去っていくと、日村はなんだか急に心細くなった気がした。


テツと稔の作業は、問題なく進んでいるようだった。彼らは、黙々と壁を洗い続けている。初夏の陽気で、それほど暑くはないが、彼らは汗びっしょりだった。灰色にくすんでいた外壁の色が、実は白だったということがわかった。

正面の部分は、すでに半分ほど掃除が終わっていた。

「ほう、きれいになるもんだな……」

日村が言うと、稔が額《ひたい》の汗を拭きながら、掃除の終わった部分を眺めて言った。

「水垢《みずあか》がなかなかしつこいんですけど、何とか、ここまで来ました」

「表は今日中に終わりそうだな」

「ええ、楽勝です。脇の部分は、地面の掃除から始めなきゃならないですね」

言われて隣の建物との境目を見た。二メートルほどの隙間だが、草は伸び放題で、ゴミが捨てられている。

隣は、一階に美容室が入ったマンションだ。病院は、角地に建っているので、反対側は歩道に面している。

「全部きれいにするのに、どのくらいかかる？」

稔がこたえる。

「明日いっぱいで何とかなると思います」

「わかった」

日村は、もう一度きれいになった外壁を見た。

なるほど印象が変わるもんだ。きっと、全体の掃除が終わったら、見違えるようになるはずだ。

日村が気にしなければならないのは、掃除の進み具合だけではない。この掃除によって、シノ・メディカル・エージェンシーや、その背後にいる耶麻島組がどう動くかを警戒しなければならないのだ。

阿岐本のオヤジは、まったく気にしていない様子だ。日村などとは器の大きさが違うのだ。だが、いくら阿岐本でも、西の巨大組織を相手にしたら、ひとたまりもない。

いったい、オヤジは何を考えているのだろう。日村は、不安で苛立っていた。今にも、シノ・メディカル・エージェンシーのやつらが、文句を言ってくるのではないかと、気を引き締めていた。

院長室に戻ると、阿岐本が来客用の椅子に座り、腕組みをして、何事かしきりに考えている。苦慮している様子だ。

病院は、これまで手がけてきた出版社や私立高校とは違う。問題の根が深い。単なる経営不振では片づけられない問題が山積しているのだ。

オヤジが、そのことを考えてくれているといいのだが。そして、その結論として、とても手に負えないので撤退する、というのが、日村にとっては理想的だ。

そうすれば、耶麻島組と事を構える心配もなくなる。

日村は、しばらく阿岐本をそっとしておこうと思った。だが、部屋を出ようとすると、声をかけられた。

「誠司……」

「はい」

「あの多賀という医者は、たいしたもんだな……」

「はい。患者の命を見事に救いました」

「おそろしく冷静で、まるで、機械の修理をしているみたいだった。あれが本当のプロってやつだな」

「そう思います」

「その立派なプロが、なんで、アルバイトで日本中を駆け回らなきゃならんのかな……」

俺に訊かれてもな……。

「そうですね」

「あの年でそんな生活は、さぞかしきついだろうにな……」

「はあ……」

「あの整形外科の先生もそうだ」

「結城先生ですか？」

「ああ。昨日は当直だと言っていた。警察でも役所でも、当直の次の日は休みだ。それなのに、あの先生は今日も働いている」

「自分も驚きました。医者っていうのは、おそろしくタフなんですね」

「ろくに寝ないで、仕事をしている。それも、間違いが許されない仕事だ。なにせ、患者の命を預かっているんだからな」

阿岐本のオヤジが何を言いたいのかわからず、ただ相槌を打つしかなかった。

「ええ……」

「俺はね、感動したんだよ」

「感動ですか？」

日村は、思わず眉をひそめていた。

「そうだ。感動だよ。俺たちはさ、男を売り物にしている。地域の人たちのために、体を張ってきたつもりだ。それなりの誇りもあったし、自負もあった。けどな、多賀先生や結城先生を見て、そんな誇りや自負は吹っ飛んじまったよ。恥ずかしくなったね」

「はあ……」

「あの人たちこそ、本当の男だ。患者の命を助けるために、自分の命を削ってるんだ。そう思わねえか？」

そうオヤジに言われて気づいた。

実は、日村も同じようなことを感じていたのだ。

切った張ったで男を上げるなんて、あの二人を見ていると、たいしたことではないような気がしてくる。

「自分も、あの人たちはたいしたものだと思います」

「俺はね、院長から問題点をいろいろ聞いて、こりゃ、とても俺なんかが立ち入れるもんじゃねえと思った。病院の問題は、そのまんま日本の医療全体の問題だった。その問題を解決するのは政治家の仕事だ」

もしかしたら、病院の立て直しを諦めてくれるのだろうか。日村は期待した。

「でもね」

阿岐本は言った。「多賀先生や結城先生を見て、きっぱり思い直した。あの人たちを助けてやらなけりゃならねえ。それが、俺の仕事だと思った」

日村は、がっくりときた。

やはり、何があろうと、一度決めたことからは引かない人だった。

「オヤッサン、でも、どうやったら多賀先生や結城先生を助けられるんです？　院長先生も言ってました。医者の数が不足しているんです。それがそもそも、医者たちに激務を強いている原因なんです」

「医者を増やせばいい」

「それができれば、院長はとっくにやっているはずです。経営が傾いている病院で、新たに医者を雇うことなんてできません。人件費が破綻《はたん》しちまいます」

「人件費をなんとか捻出《ねんしゅつ》するんだよ。何より大切なのは医者や看護婦の人件費だろう」

「看護師です」

「なに？」

「今時は、看護師と言わないと叱《しか》られるみたいですよ」

「そんなことはどうでもいい。とにかく、早くなんとかしないと、患者より前に医者たちがくたばっちまう」

「それはそうですが……。でも、どうやって……？」

「それを、これから考えるのさ」

日村は、そっと溜め息をついた。

そのとき、ドアがノックされた。

「誰だい？」

阿岐本がこたえると、ドアが開き、テツが顔を覗かせた。

日村は尋ねた。

「どうした？」

「あの……、掃除をしていたら、そういうことはやらなくていいと言われまして……」

「誰に言われたんだ？」

「シノ・メディカル・エージェンシーの人です」

来たか。

日村は、思わず阿岐本を見ていた。

阿岐本は平然としている。

ここは、俺が何とかしないと……。

日村がそう思ったとき、阿岐本が言った。

「こちらにお通ししな。俺が話を聞いてみる」

日村は、思わず阿岐本を見つめていた。

10

院長室にやってきたシノ・メディカル・エージェンシーの男は、背広姿だった。きちんと整髪しており、まるで銀行員のようだと、日村は思った。

掃除などの作業を担当しているというから作業着姿の男がやってくるものと思っていたから、ちょっと意外な感じがした。

間違いなく堅気だ。どんなに素性を隠そうとしても、極道なら一目でわかる。

「監事の阿岐本といいます」

阿岐本のオヤジはにこやかに言った。「何か、こちらで不都合があったとか……」

「監事……？」

男は、怪訝な顔をした。

「はい。今日、旧理事会が解散しまして、新理事会が発足したばかりです。以後、お見知りおきのほどをよろしくお願いいたします」

「そうですか……」

男はまだ疑い深そうな表情だが、名刺を取り出した。

「シノ・メディカル・エージェンシーの米田《よねだ》といいます」

阿岐本は名刺を受け取り、それを見つめながら言った。

「すいませんね。今日、正式に監事になったばかりなので、まだ名刺がないもんで……」

「いえ、かまいません」

「そちらにいるのが、常任理事の日村誠司です」

米田は、丁寧に礼をしてから、日村にも名刺を出した。

営業部営業課・米田政志《まさし》と印刷されている。

「まあ、お掛けください。お話をうかがいましょう」

阿岐本は院長の席に腰かけ、米田は来客用のソファに座った。日村は、ドアの脇に立っていた。

「こちらには定期的に顔を出させていただいているのですが、今日うかがって、驚きました。病院の営業中に掃除をされている方がおられまして……。病院の清掃は我々がすべて担当することになっています」

「ええ、そういう話はうかがっております」

「ですから、他の方が掃除をなさる必要などないのです。あの方たちは、どういう方なのですか？」

「掃除をしていた二人ですか？」

「ええ」

「ボランティアです」

「ボランティア……」

日村は、驚いた。組員がボランティア……。

まあ、まるっきりの嘘ではない。日当をもらって掃除しているわけではないので、ボランティアのようなものだ。

だが、あっさりとこういう台詞《せりふ》が口を突いて出るところが、阿岐本のオヤジのすごいところだと、日村は思った。

「そうです。こういう病院というのは、地域と密着した医療を心がけなければなりません。住民との関わりが大切なんです」

よく言う。

日村は、半ばあきれていた。あの二人は、地元の住民ではない。

「それはそのとおりだと思いますが……」

「ああいう若者が積極的に病院の清掃などやってくれますと、住民の方々も関心を持ってくださいます」

「しかし、病院の清掃というのは特殊なものなので、我々のようなちゃんとした業者に任せていただかないと……」

阿岐本は鷹揚《おうよう》にうなずいた。

「そういう話は院長から聞いています。ですが、それは特殊な薬品だとか感染している恐れのある血液だとかが床にこぼれていたりするかもしれないからでしょう？」

「まあ、そういうことですね」

「ならば、問題はないでしょう」

「問題ない？」

「はい。ボランティアの方々が掃除しているのは、病院の外です。たしかに、病院内はあなた方の管轄かもしれない。だが、病院の外は管轄外でしょう？」

米田は言葉に詰まった。

「どうです？」

阿岐本のオヤジが言った。「私の言っていることは間違ってますか？」

「いえ、そういうことではなくてですね……。契約で、ここの掃除は我々がすべてやることになっているわけでして……」

「契約書をお持ちですか？」

「私は持っていませんが、院長先生がお持ちだと思いますが……」

「後で調べてみましょう。外壁を掃除してはいけないとは書いていないはずです」

米田は、うろたえている。

「それはそうだと思いますが……」

「ちょうどいい機会だ。私は、今後、病院の諸経費を見直さなければならない立場にあります。無駄な出費は極力削らなければならないのです。自分たちでできる仕事は自分たちでやって、外注を少しでも減らさなければならないと考えています」

米田の表情が変わった。それまで、阿岐本に言い込められて、たじたじだったのだが、外注を減らすという一言で、別人のように厳しい表情になった。

「この病院とは、長いお付き合いをさせていただいています。今後もいろいろとお手伝いさせていただくつもりです」

「はいはい、もちろんですよ。今後、よりよいお付き合いをさせてもらうためにも、適正な契約内容にしようと申しておるのです」

「適正な契約内容ですか？」

「はい。ご存じかもしれませんが、今この病院は廃業の危機にあります。その状態で、高い外注費用を払い続けていくわけにはいかないのです。限られた収入の中から、大切な人件費を捻出するのが、目下の最大の懸案事項なのです」

「一方的に契約を見直すと言われても、はいそうですか、というわけにはいきませんね。こちらも、誠意をもって見積もりを出させていただきました。それを、院長先生に納得していただいたわけですから……」

「時代は変わります。過去の契約がずっと適正とは限らない」

「私どもも、ぎりぎりのところまで勉強させてもらっているのですよ」

「そうですかね」

阿岐本のオヤジは、凄味のある笑みを浮かべた。これだけは、素人には真似《まね》ができない。

案の定、米田の顔色が悪くなった。

「あの……、それはどういう意味でしょうか？」

「おたくの費用は、ずいぶん割高だという噂を聞いたもんでね……」

「そんなことはありません。どこで聞いた噂ですか」

「噂は噂です。どこで聞いたとかいう問題じゃない」

「そりゃ、うちより安い業者はあるかもしれません。しかし、それはおそらくその値段の価値しかないんです。我々は、質の高いサービスを常に心がけています。長い眼で見れば割安になると思いますよ」

「長い眼で見てる余裕がないんですよ。おたくだって、この病院が潰れたら、元も子もないわけでしょう?」

米田は、また返答に困っていた。

外壁の掃除に対するクレームが、まさかこんな話に発展するとは思わなかったのだろう。

米田が黙っているので、阿岐本が日村に言った。

「あのボランティアの方々に、作業を再開するように言ってくれ」

「わかりました」

「待ってください」

米田が言った。阿岐本は余裕の表情だった。

「何です? 病院の外側はあなたがたの管轄外だということは、わかっていただけたと思ってましたが……」

米田は、おろおろと視線をさまよわせていたが、やがて諦めたように言った。

「わかりました。外のことはいいとしましょう。ただし、契約の見直しというお話は、私の一存ではいかんともしがたいので、また改めてお話にうかがいたいと思います」

「あんたの一存ではどうしようもないって？」

阿岐本が不思議そうな顔をする。もちろん、演技だ。「あんた、営業担当でしょう。あんた以外の誰と交渉しろと言うのです？」

「いや、お話が大きすぎるので、上の者と話をしませんと……」

「けっこう」

阿岐本はうなずいた。「重要な問題ですから、おおいに話し合ってください」

米田は毒気を抜かれた顔になった。

「では、今日のところは、これで失礼します」

「何か用があって病院に来られたのではないのですか？」

阿岐本にそう言われて、米田は困ったような態度になった。

「定期的にお邪魔しているんです。ただ、それだけですから……」

日村はぴんときた。

誰かが掃除のことをシノ・メディカル・エージェンシーに知らせたのかもしれない。だから、営業の米田が飛んで来たのだ。

病院内に、シノ・メディカル・エージェンシーと通じている者がいるのだろうか。あるいは、知らせたのは患者かもしれない。

いずれにしろ、油断はできない。

阿岐本が日村に言った。

「お帰りのようだ。玄関までお見送りしろ」

「いえ……」

米田が言った。「ただの出入りの業者ですから、おかまいなく……」

日村は言った。

「どうせ、外にいるボランティアの方々と話をしなければなりません」

日村は、米田を玄関まで見送った。米田は、シノ・メディカル・エージェンシーと英語で書かれた車に乗り込んだ。

その車が走り去るのを待たずに、日村は、テツと稔に言った。

「掃除を再開してくれ」

稔がこたえた。

「わかりました」

二人は、また掃除を始めた。すでに壁はあらかたきれいになっていた。建物の印象がずいぶん明るくなったと感じた。

ただ、壁をきれいにするだけで、病院に対して信頼度が上がったような気がした。阿岐本のオヤジが言うことは、いつでも間違いなく効果的だ。

感心している場合じゃなかった。

日村は、急いで院長室に戻った。

「なんだい、血相変えて……」

阿岐本のオヤジが日村の顔を見て言う。

「米田ってやつは、フロント企業の社員でしょう。あいつは間違いなく堅気でした」

「そうだろうね」

「あいつは、バックにいる耶麻島組に、外壁の掃除や契約のことなんかを相談するんじゃないでしょうか？」

「当然、するだろうね」

「そして、耶麻島組の背後には関西の大組織がひかえています」

「わかってるよ、そんなこたあ」

本当にわかっているのだろうか。

「この病院に手を出したことで、へたをすると関西と事を構えることになるかもしれません」

阿岐本は、じろりと日村を睨んだ。その目つきは本当に恐ろしかった。それから、阿岐本はにっと笑った。

「そうなったら、おまえ、どうする？」

「いや、どうするって……」

どうしようもないじゃないか。

日村は、心の中で悲鳴を上げていた。

阿岐本のオヤジは、笑顔のまま言った。

「おまえは、本当に苦労性だな」

いや、オヤジが無頓着すぎるのだ。

日村は思った。

耶麻島組は、三次団体だが、いざ揉め事があれば、必ず本家筋が顔を出してくるに違いない。

「それよりさ……」

阿岐本が言った。「俺たち、正式に理事になったんだから、職員の人たちとか紹介してもらわないとな……」

それどころではないような気もするが、オヤジは、あくまで病院の経営が第一のようだ。

「いずれにしろ、診察時間中は無理でしょうね。看護師なんかは、仕事のシフトがあるでしょうし……」

「そうだな。まあ、のんびり構えようか……」

のんびり構える……。

いったい、どれくらいの期間この病院に関わるつもりだろう。

「事務長を呼んで来てくれないか?」

「わかりました」

日村は、事務局に行って朝顔に声をかけた。

「すいません。新監事がお呼びです」

朝顔は、眉をひそめた。

「何の用だろうな……」

「わかりません」

「さっき、シノ・メディカル・エージェンシーの米田さんが来てましたよね」

「ええ」

「やっぱり、外の掃除のことですか？」

「そうです」

「どうなりました？」

「監事が、煙に巻きました」

「煙に巻いた……？」

「いや……。何とか、説得しました」

朝顔は、何か言いたそうにしていたが、パソコンのソフトをいったん閉じて立ち上がった。

日村は、阿岐本に事務長を紹介した。

「朝顔さん……？」

阿岐本はにこやかに言った。「こりゃ、風流なお名前ですね」

「どうも……」

朝顔は、机の正面に立っている。日村は、さきほどと同様にドアの脇に立った。

「来てもらったのは他でもない。病院の経営についての問題点をいろいろと教えてもらおうと思いましてね……」

朝顔は緊張した面持ちで言った。

「水増し請求なんて、してませんよ」

「いやいや、そういうことをうかがいたいわけじゃないんで……。監事といっても、経理のあら探しをするわけじゃありません。私は、この病院の立て直しにやってきたつもりです」

「この病院を立て直せると……？」

「やってみなければわかりません」

「はあ……」

「あなたは、今気になることを言われた。水増し請求というのは、どういうことですか？」

「レセプトを多めに記入するんですが……」

「レセプト……？」

「ご存じないのですか？」

「知りません」

阿岐本は平然と言った。「常任理事、君は知っているかね？」

「は……？」

日村はこたえた。「あ、いいえ。よくは知りません」

朝顔があきれたような顔で言う。

「医療法人の理事会の方々が、レセプトもご存じない……」

それでも、阿岐本は平気な顔をしている。

「何事も勉強です。これから勉強すればいい。説明してもらえますか？」

「レセプトというのは、診療報酬明細書や調剤報酬明細書のことです」

「明細書ですか」

「病院はレセプトによって、診療報酬や調剤報酬を請求するのです」

「請求……」

「医者にかかったことはおありですよね」

「もちろん」

「保険証はお持ちですね？」

「持ってますよ」

「病院で診察を受けたり治療を受けたりしたとき、すべて自費で払うわけではないですよね。たいていは、自己負担は二割とか三割で、その他は健康保険でまかなうわけです。健康保険を運営しているのは、市区町村や健康保険組合ですが、専門用語でそういうものを保険者と呼びます。病院や診療所では、保険でまかなう部分を保険者に請求するわけです。その際に提出するのがレセプトです」

「ははあ、なるほど」

「診療行為ごとに、診療報酬の点数が決まっていて、医療機関では月ごとにその合計を出して、保険者に請求します」

「さっき、あなた、水増し請求がどうのと言ってましたね。こっちが何も言わないのに、いきなりその話をした。つまり、そういうことがかなりおおっぴらに行われているということかい？」

「そうですね。レセプトに関しては、国民健康保険団体連合会や、もしくは社会保険診療報酬支払基金というところが審査をして保険者に回すわけですが、毎月膨大《ぼうだい》な数のレセプトが集まるので、なかなか細かなチェックができないという実情があります」

「驚いたな……。そんないい加減なことってあるかい」

「厚労省は、レセプトをオンライン化するという計画を立てています。一時期は義務化するという話もあったのですが、政権交代で、全面義務化は撤回されました。オンライン化によって、レセプトの管理がたやすくなり、ペーパーレス化が進み人為的ミスが排除されると、厚労省は言っているのですが……」

「オンライン、けっこうじゃないか」

「しかし、そのためにはコンピュータやソフトの導入、インターネット環境の整備など、けっこう金がかかり、小さな病院や診療所には大きな負担になるのです。その導入コストのために廃業に追い込まれる開業医もいるのではないかという話もあります」

「今はどのくらいオンライン化されているんだい？」

「基本的にほとんどの医療機関で使用されています」

「この病院は？」

「それがなんと、まだオンライン化はされていません」

「うーん……」

阿岐本は考え込んだ。

もちろん、何を考えているか、日村にはわからない。

「レセプトのことはだいたいわかった」

阿岐本は言った。「私は、その他の経営上の問題点も知っておきたい」

「経営上の問題点……。おそらく、そんなものはないと、私は思います」

「だが、実際に病院経営は傾いている。何か問題があるのだろう」

「普通の企業ならば、リストラとか、コスト削減とかの企業努力で経営改善を図れるかもしれません。しかし、病院はそうはいきません。治療を合理化することなどできないのです」

「たしかに、治療そのものは合理化できないだろう。だが、その他のことで合理化は可能なんじゃないのかね？」

「人件費もぎりぎりのところでやっています。これ以上人を減らすことはできません。給料を削ることもできない。安月給で働いてくれる医師も看護師もいない。彼らは資格を楯に、より収入と条件のいい職場に移ってしまいます。今は、どこの病院でも医師や看護師が不足していますから……」

「その辺の話は院長先生からも聞いている。つまりは、構造的な問題ということかね？」

「医療というのは、今や生き残りゲームです。患者は、先進の医療技術や施設を持った病院に集まります。しかし、そういう技術のためには先行投資が必要になりますし、専門の知識を持った人材も必要です。つまり、金がかかるのです。私どものような小さな病院には、そういう先行投資をする体力はありません」

阿岐本は、つるつるの頭を人差し指でかいた。

「だが、日本はどんどん高齢化している。お年寄りは病院にかかることが多いだろう。それだけ、病院も儲《もう》かるということじゃないのかい？」

「そう単純じゃありません。お年寄りには医療よりもむしろ介護が必要なのです。健康保険と介護保険が別なのはご存じですよね」

「まあ、知っている」

「病院で治療を受ける必要があるかどうかを決めるのは医者です。その時点で、健康保険が適用されることになります。しかし、要介護の認定は、認定調査の結果をもとに保険者が行います」

「なるほど、介護は病院の役目ではないと……」

「お役所の仕事です」

阿岐本は、またしばらく何事か考えている様子だった。大きく一つ溜め息をついた。

「朝顔さん」

「はい……？」

「私はね、そういう話を聞きたいんじゃないんだ。構造的な問題？　制度の不備？　重要なのはそういうことじゃない」

「そうですか？」

「医療の現場にいる方々がたいへんなのは、昨日と今日のたった二日間病院にいるだけでよくわかった。医者の先生たちは、まさに自分の命を削って人の命を助けている」

「そう。仕事はたいへんだと思います。特に、うちのような救急指定病院は……。しかし、人件費のことを考えると、今以上に医者や看護師を増やすわけにはいかないのです。単純に考えると、今より患者が増えて、高い点数の治療をどんどんやればいいわけです。しかし、そうすると医者の数に対する患者の数が多くなり、医者はますます忙しくなり、結果的に患者は満足な治療を受けられなくなります」

　阿岐本は、突然日村のほうを見た。

「常任理事、この病院を見て、どう思った？」

　突然の質問で、日村は慌てた。

「どう思った、ですか……？」

「そうだ」

「いや、自分は病院のことは詳しくないんで……。子供の頃から病院が嫌いでしたし……」

「どうして病院が嫌いだった？」

「何だか陰気ですし、消毒薬の臭いがするし……。いるだけで不安になるんです」

「陰気……。いるだけで不安になる……。そいつは、いい指摘だな。それで、この病院に初めて来たときは、どんな印象だった？」

「印象ですか？」

「そうだ」

「暗いですね。患者さんは、具合が悪くてここに来るのでしょうから、表情が暗いのはよくわかりますが……」

阿岐本はうなずいた。

「外を見てみたかい？」

そのとき、阿岐本が言いたいことが少し理解できたような気がした。

「見違えるようでした。壁が白くなるだけで、あんなに印象が変わるとは思っていませんでした」

「そうだろう」

朝顔がきょとんとした顔をしている。阿岐本は、その朝顔に言った。

「あなたも、ちょっと外に出て見てごらんなさい」

「はあ……」

「はあ、じゃなくて、見てくるんだよ」

「今すぐですか？」

「今すぐだよ」

朝顔は、ちらりと日村を見てから院長室を出て行った。

阿岐本はもう一度溜め息をついた。

「どうもね……。医者の先生たちと事務の温度差が気になるね」

それは日村も少しばかり感じていたことだ。事務長や受付の女性は、見るからにやる気がなさそうに見える。

というより、何かを諦めてしまったかのようだ。

「医者というのは専門職ですから、経営がどうのというより、自分の技術とかに誇りを持てるんじゃないでしょうか」

「だったらさ、医者や看護婦以外の人たちにも誇りを持ってもらおうじゃねえか」

それは難しいかもしれない。問題山積の職場での事務職など、どうやって誇りを持てばいいというのだろう。

日村が黙っていると、阿岐本がさらに言った。

「おまえもさ、そんな辛気くさい顔をしてちゃだめだよ」

「はい……」

辛気くさくもなる。

シノ・メディカル・エージェンシーのバックにいる耶麻島組のことが気になってしかたがない。

まだ、耶麻島組やその背後に控えている西の大組織が顔を出していない。今、病院から手を引けば、見逃してもらえるだろう。

だが、阿岐本のオヤジは手を引くどころか、やる気まんまんだ。

朝顔が戻ってきた。阿岐本が尋ねる。

「どうだい？」

ちょっと驚いた様子だ。

「いや、驚きました。きれいになるもんですね」

「汚れた病院になんて、誰がかかろうと思う？　患者の足も遠のこうってもんだ」

「そうかもしれません。ですが……」

朝顔はまた難しい表情に戻った。「さきほども申しましたように、患者が増えるということは、それだけ医師や職員の負担も増えるということでして……」

「まあ、そういうことは患者が増えてから言うんだね。なあ、常任理事、待合室は混んでたかい？」

「いいえ。混んではいませんでしたね」

阿岐本は、朝顔を見て言った。

「これはどんな商売でも同じだけどね。客が来なくて困るのと、千客万来で悲鳴を上げるのとでは雲泥《うんでい》の差なんだよ」

「病院は商売じゃありませんよ」

「まずそこから考え直すんだな」

「は……？」

「商売のいいところを取り入れればいいんだ。病院だからって、殿様みたいにふんぞり返っていて経営が持ち直すと思っちゃだめだよ」

「はあ……」

「患者が増えれば、医者の先生や看護師の負担が増える。それは当たり前のことだ。だけどね、ここの先生たちは頑張ってくれると思うよ」

「だといいのですが……」

「明日は、待合室の天井の蛍光灯を取り替えるよ」

「え……？」

朝顔には唐突な話に聞こえただろう。

「この病院にだって、蛍光灯を買うくらいの金はあるよな」

朝顔は曖昧にうなずいただけだった。

11

院長が戻ってきたので、阿岐本が席を譲った。

「もうお仕事は終わりですか？」

「外来の診察は終わりました。これから、入院患者の様子を見に行きます」

「そういうことは午前中に済ませるものと思っていましたが……」

「私たちの仕事に時間は関係ありませんよ。外来の時間は決まっているので、それ以外の時間で必要なら入院患者を診察しなければなりません」

「もし、よろしければ、看護師の方々を紹介していただけませんか？」

「いいですよ。どうせナースステーションに寄って行きますから……」

「常任理事、君もいっしょに来てくれ」

病院の人がそばにいると、君と呼ばれる。なんだか、背中がもぞもぞした。

ナースステーションといっても、ずいぶんと狭い部屋だった。事務机を四つ並べて島を作っている。続く奥の部屋はロッカールームになっているらしい。

「看護師長を紹介します」

院長が言った。看護師長は、五十歳くらいの女性だった。中肉中背で、思慮深そうな顔をしている。髪をきっちりとまとめている。

「新監事になりました阿岐本と申します。こちらは、常任理事の日村です」

「看護師長の太田道子《おおたみちこ》です。よろしくお願いします」

カウンターの向こうで、看護師たちがこちらを見てひそひそと何事か話し合っている。何を話し合っているか想像がついた。

もしかしたら、耶麻島組の組員と勘違いしているのかもしれない。

看護師長の太田道子も同じことを思っているかもしれないが、まったく表情に出さなかった。

「今日の日勤の看護師を紹介しましょう」

師長が言った。「山田《やまだ》、上原《うえはら》、加藤《かとう》です」

三人の看護師は、慌てた様子でこちらを向き、礼をした。

「はいはい。よろしくお願いしますよ」

「四人ですべてをまかなっておられるのですか？」

「うちは二交代制なので、十六時から引き継ぎをやり、十七時に夜勤の子たちと交代します。夜勤の子が三人います」

「外来と入院をそれだけの人数で……」

「それだけでなく、手術や救急患者にも対処しなければなりません」

「そりゃたいへんだ……」

「うちは、ベッド数が二十ですから、何とかなりますが、派遣の看護師に頼ることもしばしばです」

「なるほどねえ……。ところで、ナースキャップはかぶらないんですか？」

「感染の原因になることがあるので、廃止しました」

「へえ、そうなんですか……。それで、他の看護師の方には、いつお会いできますか？」

「月ごとにシフトを組んでいます。その時々で日勤と夜勤が入れ替わりますから、すぐに全員とお会いになれるでしょう」

「わかりました。忙しいところをありがとう」

阿岐本が言うと、太田師長は、丁寧に礼をした。

高島院長が阿岐本に言った。

「では、私は入院患者の診察に参ります」

「私どもは引きあげることにします。では、また明日」

「はい。失礼します」

院長と山田という名の三十代くらいの看護師が廊下を進んで行った。

「おい、テツと稔に後片づけさせな。あいつらも連れて帰ろう」

「わかりました」

外に出てテツと稔に今日の作業を終えるように言う。

稔が日村に尋ねた。

「バケツやブラシなんかは、どこに片づけますか？」

「まだ中に、朝顔という事務長がいるはずだ。その人に訊いてくれ」

「はい」

二人は道具をかかえていったん病院の中に入っていった。まさか、事務長と揉めないだろうな。日村はちょっと気になった。

俺がついていってやればよかったか……。

だが、それは杞憂で、二人は何事もない様子で外に出てきた。

「道具はどこにしまった？」

「とりあえず、事務室に置いてくれと言われました」

「掃除道具をしまう場所もないのか……」

「除菌だ消毒だと、何かと面倒なので、病院内で使うモップなんかとはいっしょにできないと言ってました」

「除菌したモップなんてあり得るか？」

「いや、自分は知りません」

「オヤジが言ったとおりだな」

「何です？」

「この病院は、医者や看護師と、事務職なんかの温度差がある」

「温度差ですか」

稔はわけがわからないという顔をしている。

「いいからおまえは早く車を持ってこい。オヤジが待合室でお待ちだ」

「はい」

稔が駆けていった。


事務所が近づくとほっとする。自分の町に帰ってきたという実感がある。シマの外だとどうも落ち着かない。

「あれ……。何ですかね……」

運転していた稔が言った。助手席にはテツがいる。テツは無口だから何もこたえない。阿岐本と日村は後部座席だ。

「何だ？」

日村は身を乗り出して、フロントガラスから前を見た。事務所の前に、人が集まっている。十名ほどの集団だ。日村たちが乗った黒塗りのシーマが近づくと、その連中の視線が集中した。

車はゆっくりと事務所の前に滑り込む。

阿岐本がぽつりと言った。

「例の件じゃねえのかい？」

「例の件……？」

日村は聞き返した。

「暴力団追放運動だよ」

あっと心の中で叫んでいた。

稔が前を見たまま尋ねてきた。

「どうしますか？」

「どうもこうもあるかい」

阿岐本は言った。「ここは俺んちだよ」

それを聞いて、日村は即座に車を下りた。集まっていた人々は、ちょっとひるんだように見えた。

稔が阿岐本のオヤジのためにドアを開ける。オヤジは堂々と車を下りた。そのときには、日村はオヤジを守るように脇に立っていた。

すぐに事務所に入るものと思っていた。だが、阿岐本のオヤジは、十名ほどの集団に向かって言った。

「何かお困りですか？」

敵意をむき出しにしていた人々は、一様にきょとんとした顔になった。何を言われたのか理解できない様子だ。

阿岐本がさらに言った。

「いえね、うちには何かにお困りで、相談にいらっしゃる方が多いもので、皆さんもそうじゃないかと思いましてね……」

集団の一番前にいた四十代後半とおぼしき男が言った。

「私たちは、あんたらの立ち退《の》きを要求しに来たんだ」

ひょろりとして眼鏡をかけている。いかにも神経質そうな男だ。

「ほう……」

阿岐本は、驚いた様子で言った。「立ち退きですか。私ら、先代からここに住んでおりまして、固定資産税とか相続税とか、そういうこともきっちりやっているんですがね……」

別の男が言った。

「我々には、この地域で安心して暮らす権利がある。あんたたちには出て行ってもらいたい」

こちらはずんぐりとした色黒の男だ。やはり四十代だろう。

「おや、その権利とやらは、この私にもあると思うんですがね……」

阿岐本が言うと、またひょろりとした眼鏡が言った。

「あなたたちのような人たちとは、地域で共存はできない」

「こりゃ、無茶をおっしゃる。ま、お話はうかがいますよ。立ち話もナンだ。中に入りませんか？」

「冗談じゃない。誰が組事務所なんかに……」

今度は、やや後ろにいた中年女性が言った。

「だめよ。事務所なんかに連れ込まれたら、何をされるかわからない」

騒ぎに気づいたらしく、健一が外に出てきた。日村はそれを眼で制した。

健一はばりばりの武闘派に見える。事実、おそろしく喧嘩が強い。この場に顔を出すだけで面倒なことになりそうだ。

健一は、うなずいて事務所に引っ込んだ。改めて、集団に眼を転じたとき、日村はふと気づいた。

集団のはるか後ろのほうで、何人か人が集まっている。野次馬かと思ったが、そうでもないようだ。

こちらは、追放運動の面々よりもかなり年かさだ。見た顔ばかりだ。馴染みの焼き鳥屋の主人もいる。

彼らは、はらはらした様子でこちらを見ている。腹立たしげな顔をしている者もいる。

「とにかく……」

眼鏡の男が言った。「我々は、あなたがたの立ち退きを断固として要求します」

「なるほど」

阿岐本のオヤジは、それでも穏やかな態度のままだった。ほほえみすら浮かべている。

「要求なさいますか。わかりました。要求は承っておきます」

小太りで色黒の男が言った。

「一刻も早く出て行ってください」

出て行けだって……。どこに行けというんだ。

日村は思った。

この世にはどこにも居場所なんてない。そう感じながら育った者たちが、ようやく阿岐本のオヤジに拾われたのだ。

日村もそうだった。健一も、稔も、真吉も、テツもそうだ。

所轄の甘糟に言われて、昨日から外出もひかえていた。外食ができないので、自炊まで始めた。

腹が立った。だが、ここでそれを表に出したらお終《しま》いだ。日村にはそれくらいの分別はあった。

第一、阿岐本のオヤジが直接話をしているのだ。事を荒立てるわけにはいかない。

「お話はいつでもうかがいますよ。私は逃げも隠れもしません。ただ、事務所の前にそうやって集まられると、近所迷惑ですよ。ね、また、改めて話をしましょう。じゃあ、失礼しますよ」

阿岐本は、事務所の中に向かった。

日村も集団に背を向けて事務所の中に入った。健一と真吉が「ごくろうさんです」と声をかけてくる。

「誠司」

阿岐本が言った。

「はい」

「あの追放運動な。ちょっと背後関係を調べてみな」

「わかりました」

オヤジがそう言うのだから、何かあるのかもしれない。

不思議なことに、阿岐本のオヤジにひとこと言われただけで怒りがいっぺんに冷めてしまった。

12

日村は事務所での定位置であるソファに腰かけ、ぼんやりとしていた。そんな場合ではないのだが、考えることが多すぎて、何を考えていいのかわからず、結果的にぼんやりしてしまうのだ。

「ただいまあ」

脳天気な声が事務所内に響いて、日村は思わずのけぞった。

坂本香苗だ。

「ただいまって、どういうことだ？」

日村は、健一に言った。

健一は、ばつの悪そうな顔でこたえた。

「いえ、来ちゃいけないと言っても、真吉を訪ねてきちゃうんですよね。自分ら、外に買い物に行けないんで、ついいろいろと頼んじゃって……」

「つい、じゃないだろう」

日村は、健一を睨みつけた。「外の騒ぎを見ただろう。暴力団追放運動だ。あの連中に、女子高生が出入りしているところなんぞ、見つかったらどういうことになると思ってるんだ」

「はい……」

稔とテツは病院に出かけた。それだけでも、けっこう気晴らしになったはずだ。健一と真吉はずっと事務所に詰めていなければならなかった。

外出もままならないのだ。そこに、女子高生が訪ねてくる。これは断りづらいだろう。健一や真吉の気持ちもわかる。

だが、ここで甘い顔をするわけにはいかない。

「素人を事務所に出入りさせるな。ましてや、女子高生などもってのほかだ。わかったな」

「はい……」

健一は、大きな身体《からだ》を小さくしてこたえた。

「どうしてよ」

香苗が日村に向かって言った。最近の女子高生はヤクザが怖くないのだろうか。あるいは、香苗が特別なのかもしれない。

日村は、精一杯凄味をきかせて言った。

「ここは、高校生が来るところじゃないんだよ」

「でも、昨日はいいって言ったじゃない」

痛いところをつかれた。

つい情にほだされて、買い物をさせて、夕食をいっしょに食べた。

「昨日は昨日、今日は今日だ」

どうも、我ながら煮え切らない発言だ。香苗が口を尖《とが》らせて言う。

「大人って、すぐそういう言い方をする。ずるいよ」

日村は、衝撃を受けた。

グレている頃、自分も大人に対してそう思っていた。いつしか、自分がそのずるい大人の物言いをするようになっていた。

ここは、ちゃんと説明をする必要があると思った。頭ごなしに「事務所に来るな」と言っても、香苗は納得しないだろう。

健一や真吉は決して日村に逆らわないが、彼らだって納得したわけではないはずだ。

「今、この町内では、暴力団追放運動をやっている。へたをすれば、俺たちは追い出されてしまう。ここを追い出されたら、行くところがない。今、住民を刺激するようなことは極力ひかえたいんだ」

香苗がきょとんとした顔で言った。

「ここって、暴力団なの？」

日村は、思わず苦い表情になった。

「厳密に言うと、違う。いや、俺たちは違うと信じている。だが、一般の人から見ると、暴力団と変わりないんだ」

「どうして？　暴力を振るったり、抗争事件を起こしたりしないでしょう？」

この質問にはこたえにくい。

素人に暴力を振るうことはない。だが、相手が同じ稼業となると、体を張ることだってある。

抗争事件を起こしたりはしないが、攻めてこられることも、ないとは言えない。特に、今はシノ・メディカル・エージェンシーの件をかかえている。

バックにいる耶麻島組がどう出るかわからないのだ。最悪の場合、耶麻島組とさらにその背後にいる関西の大組織が阿岐本組に抗争を仕掛けてくるかもしれない。

「俺たちのほうから、何かすることはない。だが、身に降る火の粉は払わなきゃならない」

香苗は、またきょとんとした顔になる。

「ミニフルヒノコ……？　それ、日本語？」

「古い歌の歌詞だよ。自分の身に降りかかってくる災難や危険は、払わなきゃならないという意味だ」

この子が、村田英雄の『柔道一代』なんて歌を知るはずがない。日村自身、どこで聞いたのかよく覚えていない。

だが、その歌を妙に気に入っていた。

「自分たちで暴力団じゃないと思っているのなら、堂々としていればいいじゃない」

香苗が言った。

それは正論だが、世の中常に正論がまかり通るわけではない。むしろ、そうでない場合のほうが多い。

「そうはいかないんだ。住民の方々は、俺たちのことをなかなか理解してくれない。そして、俺たちは地域の住民と対立するわけにはいかないんだ」

「ふうん……」

香苗はまだ口を尖らせたままだった。

「さあ、わかったら、帰ってくれないか」

「帰りたくない」

日村は驚いた。ヤクザの事務所で、ヤクザに逆らう一般人はそう多くはない。香苗は、日村たちの恐ろしさを知らないらしい。

アウトローとの付き合いがない連中ほど、ヤクザを恐れない傾向がある。任侠などという言葉に騙《だま》されているのだ。

どんな言葉で飾ったとしても、所詮ヤクザはヤクザなのだ。日村は、それをいやというほど自覚している。

「いい加減にしないと、ひどい目にあうぞ」

「素人には手を出さないんでしょう?」

「金になりそうな女は別なんだよ」

「ひっどーい」

「俺たちは、そういう人間なんだ。さあ、わかったら、ここを出ていくんだ」

「私がいれば、暴力団追放運動のことが詳しくわかるのに……」

「いいから、早く……」

「帰れ」と言いかけて、日村は、言葉を呑みこみ、香苗をしげしげと見つめた。

「それはどういうことだ？」

「さっき、事務所の前に集まっていた人たちの一番前にいたの、私の父さんだよ」

「父さん……？」

「そう」

「どの人だ？」

「眼鏡かけてた」

「あの、痩《や》せた人か？」

「うん」

おそらく運動のリーダー格だ。

オヤジに、運動の背後関係を調べろと言われて、どうしたものかと思っていた矢先だ。本人が言うとおり香苗は有力な情報源になるかもしれない。

ヤクザは、情報源をみすみす逃したりはしない。だが、今回はまずい。

「それなら、なおさらだ」

日村は言った。「反対運動の人の娘が、事務所に出入りしているなんて、どう考えてもまずいだろう」

「どうして？」

「どうしてって、考えてもみろ。反対運動の連中が何を言い出すかわからない。人質に取ったなんて、言い出しかねないだろう」

「人質なんかじゃないって、私がはっきり言えば済むことでしょう？」

「それじゃ済まないんだよ。連中は、あんたの言い分なんて信じないだろう。俺たちが強制して言わせた、なんて言い出すに違いない」

「もっと前向きに考えなくちゃ」

日村は、顔をしかめた。

「あんたが、事務所に出入りすることについて、前向きに考える必要なんてないんだよ」

「父さんたちが何考えているか、どんなことを計画しているか、知らせるよ」

これは、魅力的な申し出だ。だが、だからといって、事務所への出入りを許すわけにはいかない。

「そんな交換条件を出したってだめだ。俺たちのことは忘れて、おとなしくしているんだ」

「お爺ちゃんは、ここの人のことを、悪く言わないんだよ。父さんのほうが変なんだよ」

日村は思わず聞き返した。

「お爺ちゃん……？」

「そう。うちは、お爺ちゃんやお婆ちゃんといっしょに住んでるんだ」

そういえば、古くからこの町に住んでいる人たちと、その下の世代との間で、阿岐本組に対する考え方が違うというようなことを、誰かが言っていた。

日村は、反対運動の人々を離れた場所から、眺めていた集団のことを思い出していた。焼き鳥屋のおやじなどの老人たちだ。

「ええと、あんた、坂本香苗といったな？」

「そう」

「ひょっとして、お爺さんというのは、喫茶店のマスターかい？」

「そう。でも、その喫茶店も、もう畳んでしまうかもしれないって言っていた。マンションを建てて、その家賃収入で何とか暮らしていこうって話をしていた」

その喫茶店は、よく知っていた。商店街の通りに面している。古くからある喫茶店で、いつもクラシックが流れている。そこのマスターの名前が坂本だった。

今時、喫茶店などなかなかお目にかかれない。それだけ、やっていくのがきついということなのだろう。東京では、どこでも大手チェーン店が幅をきかせている。

「そうか……。あの喫茶店のマスターのお孫さんか……。あのマスターに孫がいるなんて知らなかったな……」

「父さんはしばらく東京にいなかったからね。仕事で名古屋にいたんだけど、一年くらい前に、転勤でこっちに戻って来たんだ」

「なるほどな……」

「そういうわけで、私、まだそんなに友達もいないんだ」

「だからといって、ここに遊びに来ることはないだろう。真吉なんかを相手にしないで、普通の友達を作ったらいい」

「友達に普通も普通じゃないもないでしょう?」

「いや、あるんだ。俺たちはみんなそれをいやというほど思い知っている」

「みんな……?」

「ここにいるみんなだ」

香苗はしきりに何かを考えている。やがて、彼女は言った。

「追放運動なんて、ばかばかしいよ。私、父さんたちと話をしてみる」

「頼むから、そういうことはやめてくれ。できるだけ波風を立てたくない」

「だって、オヤジさんは、ここにずっと住んでいたわけでしょう?」

オヤジさんなどという言い方を誰が教えたのだろう。おそらく、健一や真吉が「オヤジ」と呼んでいるのを聞いて覚えたのだろう。

「そうだ。何代も前からここに住んでいる」

「父さんたちは、一年前にここに戻って来たのよ。出戻りってやつよ。父さんといっしょにいた人たちは、マンションなんかに住んでいる新しい住人だよ。オヤジさんのほうがずっと古くから住んでいるのに、出てけなんて、おかしいじゃん」

「そうかもしれない。だが、俺たちはそれを我慢しなくちゃならないんだ」

「どうして?　そんなの変だよ」

「たしかに変だな。だが、世の中には変なことがたくさんあるんだ」

日村は、説明しながら言っていることに説得力がないことを自覚していた。日村だって、香苗と同じ気持ちなのだ。

この子は、どうしたら納得してくれるのだろう。

考え込んでいると、真吉が言った。

「いいから、今日は帰れ」

「なんでよ？」

「代貸が困ってるからだよ」

「ダイガシ……？」

「日村さんだよ。ここで二番目に偉い人なんだ。代貸を困らせちゃいけないんだよ」

「ふうん……」

香苗は、しげしげと日村を見た。日村は、眼をそらしてしまった。

ヤクザがなんてざまだ……。

自分で自分を叱っていた。どうも、香苗のような若い娘は苦手だ。真っ直ぐなだけに、扱いが難しい。

「わかった」

香苗が言った。「今日は帰る」

なんだ、俺の言うことはきけなくて、真吉の言うことはきくんだ。

「でもね」

香苗が日村に言った。「事務所に来るのはダメでも、連絡を取るのはいいでしょう?」

日村はまた考え込んだ。きっぱり縁を切らせるべきだ。女子高生がヤクザの事務所と関わりを持っていいはずがない。

真吉が言った。

「日村さん、メールとかするくらいならかまわないでしょう」

日村は、真吉の顔を見た。それから探るような眼差しを向けている健一を見た。

「しょうがないな……。真吉、おまえが責任持って、絶対にこの子に迷惑がかからないようにしろ。反対運動の連中とは決して揉め事を起こさないようにしろ」

「わかりました」

ようやく香苗が事務所を出ていった。

いつの間にか立ち上がって話をしていた。

日村は再びソファに腰を下ろした。

それにしても、オヤジは、何を考えているのだろう。暴力団追放運動の背後に何があるというのか。

まあ、何もなくても、親に調べろと言われれば調べなくてはならない。香苗を使えば、ある程度のことはすぐにわかるかもしれない。

だが、彼女を利用する気にはなれなかった。子供を大人の都合で動かしてはいけない。

日村は、健一に言った。

「オヤジが俺に言ったの、聞いていただろう。追放運動の背後関係について調べておけと……」

健一の表情がたちまち引き締まった。

「裏があるということですかね？」

他の三人も日村に注目していた。

「それはわからない。だが、オヤジがそう言うんだ。調べないわけにはいかない」

「でも……」

真吉が言った。「調べるにも、自分ら、ここから出られないんでしょう？　どうやって調べるんです？」

そうだった。

表に出られないんじゃ、誰かに話を聞くこともできない。堅気を事務所に呼びつけるわけにもいかない。

健一が言った。

「こっそり出かけて話を聞いてきましょうか？」

「こっそりといっても、おまえが出歩くと目立つしなあ……」

稔が尋ねる。

「どこで誰に話を聞けばいいんですか？」

「さっき、気づいたんだが、追放運動の集まりを、遠くから見ていた集団がいた。この町に古くから住んでいる人たちだ。彼らは、どうやら追放運動には賛成じゃないらしい。そういう人たちから何か話を聞ければ、と思うんだが……」

「焼き鳥屋とかホルモン焼き屋のおやじさんたちですね？」

「そういうことだ」

「たしかに、俺たちが出歩けば、すぐに誰かが追放運動の連中にチクるでしょうね……」

「俺たちが、背後関係を調べているなんてことが、追放運動やってる連中に知られたら、余計に問題がこじれる。それだけは避けなければならない」

　健一が難しい顔で言う。

「オヤジに言われたことはやらなければならない。でも、そのためには事務所の外に出かけなければならない。そうなると、追放運動の連中を刺激しかねない……。いったい、どうすりゃいいんですかね……」

　日村も必死で考えていたが、うまい方法が見つかりそうになかった。

「あのう……」

　テツが言った。

「何だ？」

「自分が調べてみましょうか？」

「だから、どうやって調べるんだ？」

　日村の代わりに健一が言った。「みんなそれで悩んでいるんだ」

「ネットで調べてみます」

「ネットで……？」

日村は、聞き返した。

「はい。ある程度のことなら、ネットでわかると思います」

「ばか言うな。インターネットで、こんな町の暴力団追放運動のことがわかるはずないだろう」

「ネットの世界では、常にあらゆる場所で誰かが書き込みをしています。どんなにローカルなことでも、手がかりを見つけることはできると思います」

「本当か……」

驚いた。「本当にそんなことができるのか？」

「できると思います」

これまでテツが「できる」と言ってできなかったことはない。

「だが……」

日村は言った。「おまえは、病院の事務長補佐だ。毎日病院に行かなきゃならない。こっちに詰めているわけにはいかないんだ」

「ネットの検索は、パソコンとネット環境さえあればどこでもできますよ。病院にいても何の問題もありません」

テツにやることが集中することになる。だが、この際仕方がないと日村は思った。

いずれ、健一や真吉の出番もあるだろう。「よし」

日村は言った。「やってくれ」

テツは、事務所のパソコンの前に座ろうとした。

「おい、今から始める気か？　明日からでいい」

「オヤジに言われたことは、最優先です。そうでしょう？」

こいつも、いっぱしのことを言うようになった。

健一が言った。

「よし、夕食の仕度は俺たちに任せて、調べ物をしていてくれ」

その言葉を聞いて、今日もここで飯を食っていってもいいなと、日村は思っていた。

13

翌日は、阿岐本のオヤジの言いつけどおり、午前中から待合室の蛍光灯の取り替えをやった。

脚立を立てて、テツと稔が次々と蛍光灯を取り替えていく。

患者は、まったくそれを気にした様子はない。その様子を見て、日村はちょっと不思議だったが、考えてみれば当然かもしれないと思った。

患者の関心は治療してもらうことだけだ。病院内で、何の作業をしていようが、患者には関係ない。

事務長の朝顔が出てきて言った。

「こういうことは、外来の患者さんがいなくなった時間外にやっていただきたいですね」

日村は尋ねた。

「なぜです？　外来の患者さんがいなくなっても、入院患者がいらっしゃる。同じことじゃないですか？」

「入院患者と外来の患者は違いますよ」

「とにかく、善は急げです。外来の診察が終わるまで待ってはいられません。それに、蛍光灯の取り替え作業なんて、すぐに終わりますよ」

「そうですか……。なるべく患者さんに迷惑にならないようにしてくださいよ」

朝顔は奥に引っ込んだ。

なんとなく違和感を覚える。だが、その違和感の正体はわからない。朝顔の態度が原因なのは明らかだが、なぜ彼の態度がひっかかるのかがわからないのだ。

日村は、稔に声をかけた。

「俺は、事務室にいる。終わったら声をかけてくれ」

「はい」

事務室には日村とテツの席が用意されているはずだった。

阿岐本のオヤジは、今日も院長室を使っていた。

辞めた四人の理事のうち、一人は事務長だった。その席に朝顔が移ったので、それまで彼が座っていた席が空いていた。そこがテツの席になった。

「私の席は……?」

「すいません」

朝顔が言った。「なにせ急な話だったので、すぐには席をご用意できないんです。ごらんのとおり、狭い部屋ですし、机を一つ増やすというのも大事なんです」

それはそうだろうと思った。これまで、理事会は病院の職員や医者が兼務していたのだ。

日村は言った。

「わかりました。私の席は必要ありません」

「え……？」

朝顔が不安気に日村を見た。「いいんですか？」

「はい。その代わり、市村の机にパソコンを用意してやってください」

「そのパソコンは、かつて事務長が使っていたのをお使いいただけますが……」

「そのパソコン、ネットにつなげますか？」

「はい。病院内でLANを設定しておりますから……」

細かなことはわからない。とにかく、テツが調べ物をできれば、それでいい。

席がないとなれば、事務室にいてもしかたがない。とりあえず、阿岐本のオヤジのところに行こうと思った。

むしろ、事務室にいるよりオヤジにくっついていたほうがいいかもしれないと、日村は思った。

オヤジはいつ何を思いつくかわからない。その面倒を見るのは、日村の役目だ。

院長室に行くと、阿岐本のオヤジは昨日と同じく院長の席に座っていた。悠然と構えている。別の見方をすれば、何も考えていないように見える。

「今、待合室の蛍光灯を取り替えています」

「そうかい」

「事務長は、外来の患者がいないときに作業してほしいと言ってました」

「わかってねえな……」

「わかってない？」

「そうだ。あの事務長は、患者の気持ちをわかっていない」

「そうですか……」

「蛍光灯を取り替えるという作業は、未来につながるんだよ」

「未来に、ですか……」

「そうだよ。もし、この病院の未来がないとしたら、何のために蛍光灯を取り替えるんだい？」

「そりゃそうですが……」

「新しい明かりに取り替えるってことはさ、そのまんま明るい未来を願うってことなんだよ。それを患者さんの目の前でやって差し上げることが大切なんじゃねえのかい？」

「そうかもしれません」

本当にそうだろうか。わからない。だが、オヤジに言われるとそんな気がしてくる。

「それからな、あの出入り口のドアだ」

「ドア……」

そういえば、最初にこの病院に来たときに、ドアが重いと、オヤジは言っていた。

「そうだ。年寄りや病気で体が弱っている人にはドアが重すぎる。今時なら自動ドアにすべきじゃねえかい？」

「そうかもしれませんが、それにはかなり金がかかるでしょう」

「経営を立て直すには、ある程度の投資も必要だよ」

今は、一銭の金も惜しいはずだ。そして、わずかな金があれば、すべて人件費に回したいというのが、病院の方針だったと思う。

外壁を洗うには、金はかからなかった。

蛍光灯を取り替えるには多少の金がかかった。

玄関のドアを作りかえるとなると、ちょっとまとまった金が必要だろう。今、この病院にそんな余裕があるだろうか。

そんなことを考えていると、院長室をノックする音が聞こえた。

阿岐本のオヤジが返事をする。

「どうぞ、お入んなさい」

ドアが開いた。稔だった。

日村は言った。

「なんだ、おまえか……」

「あ、代行、こちらでしたか……」

「何かあったか？」

「待合室で、怪我をした患者がいまして……」

「どういうことだ？」

「取り替えた古い蛍光灯を隅に置いていたんですが、それが割れて、それで手を切ったという人がいて……」

「行ってみよう」

日村は阿岐本のオヤジに一礼してから、部屋を出た。

すでに怪我をしたという患者は、待合室にはいなかった。テツが脚立の脇で立ち尽くしている。

他の患者は、すでに無関心の様子で、椅子に腰かけ、診察の順番を待っている。

日村はテツに尋ねた。

「怪我をしたという人は？」

「外科の処置室に行きました。事務長もいっしょです」

「わかった」

「あの……」

「何だ？」

「あと二本で、蛍光灯の取り替えが終わるんですが、どうしますか？」

日村は、一瞬考えた。

今さら作業を中断したからといって、怪我が治るわけではない。

「続けてくれ。古い蛍光灯の置き場所には充分に注意しろ。二度と患者さんに事故のないようにな……」

「はい……」

何か言いたそうだった。

「どうした？」

「自分たちは、充分に注意していたんですが……」

「それでも、事故が起きた。注意が足りなかったということだ」

「すいません」

日村は、外科の処置室に向かった。

バイトの救急医の多賀が傷を見ていた。その脇に朝顔事務長が立っている。

日村は朝顔に近づいて、そっと尋ねた。

「どんな具合です？」

朝顔は、日村の顔をちらりと見た。

彼の代わりに、多賀がこたえた。

「傷はまったくたいしたことない。掌《てのひら》の小指側をちょっと切っただけだ。縫合の必要もない」

手を切ったというのは、若い男だった。ひょろりとしており、目が大きい。

日村のほうを見ていたが、その眼には何の感情も浮かんでいないように見える。ちょっと不気味な印象があった。

朝顔が日村に言った。

「ちょっとこちらへ……」

廊下に連れ出された。

「まずいことになりました……」

「そうですね……」

「本当にわかっているのですか？」

「病院で怪我をしたとなれば、補償問題にもなりかねない。そうですね？」

「補償だけならいい。相手によっては訴訟沙汰になることだってあるんです」

「あの程度の怪我で、訴訟ですか？」

「病院というのは、事故がなくて当たり前。ちょっとでもミスや不注意があれば、容赦なく叩かれるのです。私は、こういう事態を恐れていたんです」

「恐れていた……？」

「あなたがたが、病院に乗り込んでいらして、いろいろと改革をなさろうとしている。病院を立て直そうとされているのはよくわかります。しかし、病院というのは特殊な場所なのです。素人が手を出せる世界じゃない」

事実、蛍光灯を取り替えていて、事故が起きた。日村は何も言い返せなかった。

「何か面倒なことになっているようじゃないですか」

そう声をかけられて、日村は振り返った。シノ・メディカル・エージェンシーの米田だった。

その瞬間に、日村は事情が読めた。

この野郎、仕込みやがったな……。

つまり、あの若者は、シノ・メディカル・エージェンシーの回し者だということだ。

今日は蛍光灯の取り替えをやっているということを、シノ・メディカル・エージェンシーが嗅《か》ぎつけた。そして、あの若者に、わざと怪我をするように指示したのだ。

だが、証拠がない限り何も言えない。

日村は、米田を見据えて言った。

「あくまでも病院内の事情です。口出しは無用です」

「そうはいきません」

米田が言った。「私たちは、この病院の医療全般に関するサービスを請け負っております。病院で何か問題が起きたときに、その相談に乗るのもサービスの一環です」

日村は朝顔に尋ねた。

「そんなサービスを必要としているのですか？」

朝顔はこたえた。

「法的な措置で手に負えなくなったら、頼りにすることもあり得ます」

米田は、満足げにうなずいた。

「私どもは、そういう場合に備えて、優秀な弁護士とすぐに連絡を取れる態勢を整えております」

治療を終えた若者が、処置室を出てきた。手に包帯を巻いている。

それを見た米田が言った。

「こちらが、待合室で怪我をされた患者さんですか？」

朝顔がこたえた。

「そうです」

米田は、若者に言った。

「もちろん治療費はこちらで持ちますが、その他に何か要求はありますか？」

若者は、とろんとした眼差しを米田に向けた。

「えーと……、病気の治療をしてもらおうと思ってやってきた病院で、事故にあって怪我をしたわけですから、何か補償といったことも考えてもらわないと……」

誰かが用意した台詞だろう。その誰かというのはシノ・メディカル・エージェンシーに違いない。

米田は、大きく何度もうなずいて、若者に言った。

「よくわかります。ちょっと、お話をしましょう」

朝顔が言う。

「では、事務室においでください」

「はあ……」

米田と朝顔が若者を連れていこうとした。日村は、それをなんとか阻止したかった。自分のいないところで、米田と若者に話をさせたくない。

だが、彼らを止める口実がなかった。米田は阿岐本のオヤジや日村を、この病院から排除しようとしているのだ。それがわかっていながらどうしようもない。

日村は、奥歯を嚙みしめていた。

「ちょっとお待ちなさい」

阿岐本の声がした。日村は、はっとその声のほうを向いた。

阿岐本のオヤジは、にこやかな表情で廊下に立っていた。

「こういう大切なことは、出入りの業者には任せておけませんね。理事会できっちり引き受けないと……」

米田が言った。

「法的な措置については、我々のほうが慣れています」

「訴訟沙汰になったら、病院が証言をしなけりゃならない。証言をあんたら代理店に任せるわけにはいかないからね。そちらの患者さんに、詳しい話を聞いておく必要がある」

「話は我々が聞きます。あなたは、監事でしたね。監事の方が、こんなことにいちいち関わることはありません」

「事故とか法的な措置なんてことはね、病院の経営にも大きく影響してくるんですよ。だから、放っておくわけにはいかない。さ、患者さんと話し合うなら、私とそこにいる常任理事も同席させてもらいますよ」

「その必要はないと言っているんです」

米田が言った。阿岐本は、あくまでにこやかだ。

「そちらに必要がなくても、こちらにはあるんです。そうそう。治療をしたお医者さんからも意見を聞きたい……」

「医者から……？　何のために……」

「何のため？　念のためですよ。法的な措置となると、ありとあらゆることを知っておく必要があるじゃないですか。お医者さんからも、怪我の状況とか、詳しく聞いておかなけりゃならない。すでに、事故の現場を見ていた人たちからは、話を聞いておりますんで、あとはお医者さんからも話を聞きたいんですよ」

「事故の現場を見ていた人たちから話を聞いたですって？」

「ええ。受付の人とか、待合室にいた患者さんだとか……。取り外した古い蛍光灯は、人が通らないところにまとめて置いてあったそうですね。つまりね、普通じゃ患者さんが触れることなんてない場所に置いてあったんですよ」

米田は不機嫌そうな顔になった。

「でも実際に、事故は起きたんです」

「たしかに、そこにおられる患者さんは、怪我をされた。でもね、病院側の過失がどれくらいあったか、ちゃんと確かめないと……」

「患者が病院側の不注意で怪我をされたのですよ。過失は明らかじゃないですか」

「あんた、その患者さんのエージェントなんですか？　それとも病院のエージェントなんですか？」

米田は次第に落ち着かなくなってきた。

「事務室では落ち着かないでしょう。院長室に応接セットがあります。そこでゆっくり話をしましょう。事務長、治療をした先生を呼んでください」

そのとき、若者が言った。

「あの……。俺、別にもう話すこと、ないし……」

米田が慌てた様子で言った。

「何を言ってるんです。怪我をされたのはあなたなんですよ」

「いや……。補償とか、もういいですから……。治療もしてもらったし……」

「ほう……」

阿岐本のオヤジは、驚いた顔で言った。「場合によっては、けっこうな額のお金が手に入るかもしれないんですよ」

「いや、いいです、ほんと……」

若者は、覇気のない眼を阿岐本に向けていた。「治療してもらっただけでいいです」

日村は、若者を観察してわかった。

こいつは、見かけよりずっとしっかりしている。

阿岐本と日村を見て、逆らってはいけないと肌で感じ取ったに違いない。もしかしたら、ヤクザ者かもしれない。

　米田と阿岐本のどちらが手強《てごわ》いか、天秤《てんびん》にかけたのだろう。

　もし、彼が耶麻島組の組員か準構成員なら、米田の言うことをきかなければならないはずだ。にもかかわらず、阿岐本には逆らわないほうがいいと判断したのだ。日村はそう思った。

「事情だけでも詳しく教えてもらえませんかね？」

　阿岐本が笑顔で言う。

「いえ、ほんと、けっこうですから……。じゃあ、俺はこれで失礼しますから……」

「本来の診察はどうされますか？」

　阿岐本が尋ねた。若者はきょとんとした。

「本来の診察……？」

「あなた、待合室にいらしたんだ。つまり、診察の順番を待っておられたんでしょう？　その診察ですよ」

「ああ……。それも、もういいです」

「じゃあ、帰りに、受付で診察券を受け取って帰ってくださいね」

「わかりました」

　若者は、そそくさと帰っていった。日村は、彼が受付に寄らなかったことを、そっと確認していた。

「今回は、患者さんがものわかりのいい方で助かりました」

米田の声が聞こえてきた。「いつも、こんな風にうまくいくとは限りません」

阿岐本がこたえる。

「そうなんですかね？」

「いや、問題は、こんな事故が起きたことなんです。患者さんがおられるところで、蛍光灯の取り替えをするなんて、非常識もはなはだしい」

「ほう、そうですか」

「だから、病院内のことは我々に任せておいていただきたいのです」

「一つ、うかがいたい」

「何です？」

「私たちが蛍光灯を取り替えていることを、あなた、いつ、どうやってお知りになったのですか？」

「え……？」

米田は、虚を衝《つ》かれたように目を丸くした。

14

米田は、すぐに冷静さを取り戻して言った。

「私は営業ですからね。こちらには、まめに足を運ぶように心がけているのです。今日もまたまやってきたら、あの騒ぎじゃないですか。慌てましたよ」

阿岐本は、笑顔のまま言った。

「そいつはごくろうさんだねえ。まあ、今後ともよろしくお願いしますよ」

オヤジは、間違いなく、今の騒ぎがシノ・メディカル・エージェンシーの仕込みだということに気づいている。

今にその追及が始まるはずだと、日村は思った。

阿岐本のオヤジが言った。

「それで、契約を見直すという件はどうなりました？」

「どうもこうも……」

米田は、苦笑を浮かべて言った。「そういう重要なことは、すぐに結論が出ることではありませんからねえ……」

「結論は出ているんです」

「は……？」

「あなたとは、契約を見直すかどうかを話し合っているのではありません。見直しの内容について考えてほしいと言ってるんです」

米田は、阿岐本のオヤジの顔を見つめていた。何か言おうとしているが、何を言っていいのかわからない様子だ。

阿岐本のオヤジが言った。

「妙な小細工をしている暇があったら、早急に契約の見直しをしてもらいたいもんですな」

米田の顔色が変わった。むっとした表情になる。

「妙な小細工というのは、何のことですか？」

「さあ、何のことでしょうねえ……。それは、あなたがよくご存じだと思いますがねえ……」

「とにかく、昨日も申しましたように、私どもの契約の内容は、検討に検討を重ねた結果なのです。見直しの必要があるとは思えませんね」

「我々が必要があると言っているのです。病院の要求には、もっと誠意をもって対処してもらいたいものですな」

米田は、徐々に落ち着きをなくしてきた。やがて、彼は言った。

「今日は、これで失礼します。契約内容について、ご希望にそえるかどうか、上司とも相談してみることにします」

阿岐本は驚いた顔になった。

「まだ相談していなかったんですか？　どうも、あなたは仕事が遅くていけない」

米田は、いまいましそうな顔で阿岐本を一瞥《いちべつ》すると、出入り口のほうに去っていった。

朝顔が事務室に戻ろうとする。阿岐本のオヤジが声をかけた。

「あ、事務長。ちょっと院長室に来てください」

朝顔が露骨に迷惑そうな顔をした。

こいつの態度を見ていて感じる違和感の理由について、日村は考えていた。

おそらくは、シノ・メディカル・エージェンシーと通じているのだろう。何かあると、必ず米田が現れる。病院にいる誰かが知らせているのだろう。

それが朝顔なのかもしれない。オヤジは、そのことに気づいているのだ。

朝顔の態度などお構いなしに、阿岐本のオヤジは、さっさと院長室に戻っていった。

しばらく廊下で何事か考えた後に、朝顔が院長室に向かう。日村も行くことにした。

院長の席のオヤジは、相変わらずにこやかだった。

朝顔が正面に立つと、オヤジが言った。

「外壁をきれいにして、蛍光灯を取り替えた。それだけで、病院の印象が変わったと思いますが、どうでしょう？」

「そうかもしれません」

朝顔は、なぜか不機嫌そうだった。「ですが、それが病院の経営に関係があるとは思えません」

「まあ、すぐには効果はないかもしれない。でもね、誰だって薄汚れた病院よりもきれいで明るい病院にかかりたいと思うんじゃないかね？　何て言ったっけね？　心理的効果ってのかね？　そういうの意外と重要なんじゃないんですかね？」

「そんな効果を待っているうちに、病院が潰れてしまいますよ」

「潰れないように、あなたとよく話し合いたいんです」

「あなたがたは、医療に関しても経営に関しても素人のはずです。病院のことは、私たちに任せてください」

「私たち……？」

阿岐本のオヤジは、にこやかなままで言った。「私たちというのは、あなたと誰のことです？」

「いや、それは……」

朝顔は、ちょっとうろたえてから言った。「私や院長ですよ」

「院長先生は、理事会の仲間です。私のことを監事だと認めてくれています。つまり、私の方針に従ってくれるということです。あなたが今『私たち』と言ったのは、別な意味でしょう？」

「何がおっしゃりたいのです？」

「つまり、あなたとシノ・メディカル・エージェンシーのことなんじゃないですか？」

日村は、朝顔が言い訳をするかと思った。だが、開き直ったのか、朝顔はオヤジの言葉を認めた。

「そうですね。シノ・メディカル・エージェンシーはその道のプロですから……。院長だって、長いこと信頼してきたのです」

「だが、相場よりも高い料金設定なんでしょう？　それが病院の経営を圧迫している。違いますか？」

「だからって、シノ・メディカル・エージェンシーを排除することはできません」

「同じような業者はいくらもあるはずです。もっと良心的な業者に替えることだってできるでしょう？」

「物事はそう簡単にはいかないのです」

「なぜです？」

「病院というところは、よそに知られたくないような情報がごまんとあるのです。患者の個人情報だとか、過去の医療事故だとか、病院の経営内容だとか……。医療関係の請負業者は、当然のことながら、そういう情報に接することになる」

「つまり、弱みを握られているということかね？」

「私どもは、弱みだとは思っていませんがね……。でも、もし、シノ・メディカル・エージェンシーを切るようなことがあれば、それが弱みになるかもしれません」

「ふうん……」

阿岐本のオヤジが考え込んだ。

日村は、おや、と思っていた。

朝顔は、卑劣なスパイなのかもしれない。だから、彼の態度に違和感を感じるのだと思っていた。

だが、朝顔は、自信に満ちているように見える。開き直っているせいだろうか。自分のやっていることを、露《つゆ》ほども疑っていないという強さのようなものを感じる。

ヤクザは、交渉術の達人だ。一般には、暴力をちらつかせて脅しをかけるだけだと思われがちだが、一つの話をまとめようとするとき、ヤクザほど事前に下調べをする者はいない。綿密な調査の上で、相手の弱みをついていく。大きな話をまとめるには、情報の収集に加えて決断力が必要だ。そして、人を動かすための人望。それらをひっくるめて、人の器と言う。

阿岐本は、器の大きな人間だ。

だからこそ、暴力団の寡占化が進む中、阿岐本組は、東京の片隅の弱小の組でありながら、大組織に飲み込まれずに今日までやってこられたのだ。

朝顔は、その阿岐本と五分で渡り合っているように見える。これは並大抵のことではない。

朝顔によほどの信念がない限りできない芸当だと、日村は思った。その信念みたいなものは、いったいどこから来るのだろう。

シノ・メディカル・エージェンシーのスパイだとしたら、もっとおどおどしていてもおかしくないはずだ。

オヤジのことだから、日村と同じことをすでに感じ取っているに違いない。でなければ、追及はこんなものでは済まない。

「病院というところは、なかなか面倒なもんだね。出入りの請負業者を替えるのもままならないと……」

阿岐本のオヤジが言うと、朝顔は、何を今さら、といった顔で応じた。

「普通の企業とは違うんです。病院経営に株式会社の参入をなかなか認めない理由の一つには、そういう実にデリケートな問題もあったのです」

「秘密なら普通の会社にもあるだろう」

「病院は、病気を扱うのです。いわば、人の生き死にを扱うのです。命の尊厳に関わる仕事なのです」

お、と日村は思った。

出入り業者のスパイとは思えない発言だった。

事務長の立場なら、シノ・メディカル・エージェンシーからバックマージンをもらったりすることもできるだろう。その見返りに、シノ・メディカル・エージェンシーにいろいろと便宜を図っている。

どうせ、そんなところだと思っていた。だが、どうも様子が違う。

阿岐本のオヤジが、尋ねる。

「命の尊厳に関わる仕事ね。あんたは、そのことに誇りを感じているのかね?」

「もちろんです」

「たしかに、お医者さんや看護婦さんたちは、その誇りを胸に、きつい仕事に耐えてらっしゃる」

「看護師です。今は、看護婦という言い方はしません」

「こりゃどうも……。古い人間なもんでね。看護師と言われてもぴんとこねえんだ。……でね、どうも、お医者さんたちと看護師さんたちの熱意と、あんたら、事務職の人たちの仕事ぶりの間に、温度差を感じるんだが……」

「それは心外ですね。我々は精一杯やっていますよ」

「精一杯……？　失礼な言い方だけどね、見ていてとてもそうは思えねえんだなあ」

阿岐本の口調がくだけてきた。これは、相手に気を許したことを意味している。

オヤジは、朝顔のことを認めたのかもしれない。いったい、どういう判断基準なのかは、日村にはわからない。

だが、オヤジの人を見る眼は確かだ。

朝顔がこたえた。

「私たちの主な仕事は、医療事務、すなわち、医療費に関わる事務処理をすることですが、それだけではないと、私は思っています。医療の現場の人々が安心して仕事ができる環境を整えることが、我々の仕事なのです」

「うん。その言葉には、全面的に賛成だ」

「そのために、私は必死に努力しているのです」

朝顔の口調は、淡々としていた。

「必死に努力ねえ……」

阿岐本のオヤジは、しげしげと朝顔を見つめている。朝顔は、平然と見返していた。

貫目《かんめ》負けしていない。

日村は、驚いていた。

朝顔は、冴えない中年男にしか見えない。どこにでもいる気弱な中間管理職といったタイプだ。

だから、てっきりシノ・メディカル・エージェンシーにつけ込まれたのだと思っていた。

だが、今初めて、この男の底が見えないと感じた。

日村も阿岐本の下について長年経っている。それなりに人を見る眼があると自負している。

その日村が、そう感じるのは珍しいことだった。

もしかしたら、朝顔の言動に対する違和感は、シノ・メディカル・エージェンシーと通じているというような単純なことではなく、彼の底知れなさが原因なのかもしれないと、日村は思いはじめていた。

阿岐本のオヤジの言葉が続く。

「何をどういう風に努力しているのか、具体的に聞いておきたいもんだねえ」

朝顔がこたえた。

「そういうことは、自ら口に出すことではないと思います」

日村は、この言葉にも、朝顔の男気を感じた。

もしかしたら、朝顔は堅気ではないのかもしれないとさえ思っていた。いや、もし極道なら、日村や阿岐本が気づかぬはずはない。

朝顔は間違いなく堅気だ。素人にも腹が据わったやつがいるということだ。

何かといえば、度胸だ男気だとヤクザは言う。だが、本当に度胸があるのなら、ヤクザになどならなかっただろうと、日村は思うことがある。

本当に度胸があり男気のあるやつは、堅気の中にこそ、いるのかもしれない。まったくそんな風には見えないが、もしかしたら、朝顔は、そういう男なのではないだろうか。

阿岐本はうなずいた。

「なるほどね。そりゃ、おっしゃるとおりだ。あんたは、病院を守るために密かに戦っているというわけだね？」

オヤジは、何かに気づいたな。

日村は思った。

朝顔が、どういう風に努力をしているのか、見当がついたに違いない。日村にはさっぱりわからなかった。

「そう。病院を守るために努力しています」

「昔から付き合いのあるシノ・メディカル・エージェンシーを簡単に切るわけにはいかない。

病院の内情について、いろいろと知られているからだと、あんたは言う。シノ・メディカル・エージェンシーを切ろうとすると、その内部情報が弱みになるかもしれないと……。つまり、そういうことを弱みとして利用するようなやつらだということだね？」

朝顔はうなずいた。

「すでにご存じでしょう。シノ・メディカル・エージェンシーの背後には、その……、なんと言いますか……、任侠団体の方々がおられます」

「妙な気を使わんでくれ。ヤクザでいいよ」

「当初、私たちは、あなたがたが、その団体から来たものと思っていました。しかし、あなた方は、シノ・メディカル・エージェンシーに逆らうような方針を出しはじめました」

「ああ。俺たちは、耶麻島組とは何の関係もない」

「だから、シノ・メディカル・エージェンシーを外そうとしているのですか？」

阿岐本のオヤジは、かぶりを振った。

「そうじゃねえよ。あんた、信じてくれるかどうかわからないが、俺は本当にこの病院を立て直そうとしてる。そして、経営難の原因の一つはシノ・メディカル・エージェンシーだと考えているんだ。それだけのことだ。俺たちの稼業のことは関係ない」

関係ないじゃ済まされないのだが……。

日村は思った。

シノ・メディカル・エージェンシーに逆らうということは、耶麻島組に逆らうということだ。それはつまり、その背後にいる関西の組織と事を構えるということではないか。

「簡単に切るわけにはいかないことは、ご理解いただけましたね？」

「ああ、そして、あんたがそのために苦労していることもわかったよ」

どういうことだ……。

日村は、思わず、阿岐本のオヤジの顔を見つめていた。

朝顔は何も言わない。表情も変わらなかった。

阿岐本がさらに言った。

「シノ・メディカル・エージェンシーとこの病院は長い付き合いだ。どういう経緯で、付き合いが始まったかは知らない。だが、やつらは、この病院の経営に深く関わっていて、縁を切ることができない」

「先代の院長の時代には、総合的な請負業者などは使っておらず、検査は検査の会社に、掃除は掃除の会社に、シーツなどの洗濯は、その業者にと、ばらばらに外部発注していました。今の院長に代わるときに、合理化の一環として、シノ・メディカル・エージェンシーと契約することにしたのです」

「合理化ね……」

「まさか、院長も、バックに物騒なのがついているとは思わなかったのです。契約時の価格は、まあまあ相場といったところでした。しかし、ことあるごとにさまざまなオプションがついたり、微妙な値上げがあったりで、気がついたら、相場よりもずいぶんと割高なことになっていました」

「まあ、我々の稼業の連中がやりそうな手口だよ。あんたは、それを何とか抑えようとしていたわけだね？」

「まあ、そういうことです」

日村は驚いた。シノ・メディカル・エージェンシーのスパイだとばかり思っていた朝顔が、実はやつらと戦っていたというのだ。

「そのことは、院長は知っていたのかい？」

「院長には言っていません」

「どうしてだね？」

「院長はよかれと思って、シノ・メディカル・エージェンシーと契約したのです。後は、私たち現場の人間の責任です」

「院長のことを気づかっているということかい？」

「院長は医師です。医療の現場で患者に責任を持ってもらわなければなりません。病院内の雑事は、私たちの仕事です」

阿岐本のオヤジは腕を組んでうなった。しばらくしてから、言った。

「あんた、男だねえ」

朝顔は目を瞬《しばたた》いた。

「もちろん男ですよ」

「そういう意味じゃないよ。男の中の男だということだ」

「そんなんじゃありません。やるべきことをやっているだけです。私は、直接患者さんの面倒をみることはできません。しかし、患者さんの役に立ちたいと思っていることは間違いないんです」

「その気持ちを、もっと前面に出してほしいね……」

「いや、所詮事務職ですから……」

「縁の下の力持ちでいい。そういうことかい？」

「はい」

阿岐本はかぶりを振った。

「今は、そんなことを言っているときじゃないと、俺は思うがね……。みんなが一丸となって、経営危機を何とかしなければならないんだ」

「それはわかりますが、私にできることは、せいぜい何とか経費を抑えようとすることだけです」

「いや、まだまだやることはあるね」

「やることはある？　何をやればいいというのです？」

「その前に、確認しておきたいことがある。あんた、シノ・メディカル・エージェンシーの米田に、外壁の掃除のことや蛍光灯を取り替えることを知らせたね？」

朝顔は、あっさりと認めた。

「はい、知らせました」

「だから、俺は、あんたのことを、シノ・メディカル・エージェンシーと密かに通じているんじゃないかと疑った。なぜ、そんなことをしたんだい？」

やはり、阿岐本のオヤジも、俺と同じことを考えていたか。日村はそう思いながら、朝顔の返答を待った。

「経費を抑える条件として、シノ・メディカル・エージェンシーの便宜を図るという約束を交わしているのです」

「それは功を奏しているわけかい？」

「約束を実行したおかげで、彼らの言い値の八割ほどで済んでいると思います」

「それでも、相場よりは割高なんだね？」

「はい。かなり高いと思います。しかし、先ほども説明したように、医療代理店をおいそれと替えることはできないのです」

「話はわかった。これからは、俺たちがあんたの味方だ」

「味方？」

「そうだよ。病院を立て直すという共通の目的があるんだ」

「シノ・メディカル・エージェンシーを排除できるとでもおっしゃるのですか？」

「まあ、それはおいおい考えるよ」

朝顔は疑わしげな眼で阿岐本を見ている。阿岐本のオヤジは、平気な顔だ。

「今後は……」

朝顔が尋ねた。「米田に対しては、どう振る舞えばいいのでしょう?」

「とりあえずは、これまでどおりでいいよ。あいつが何を言ってこようが、こちらはやるべきことをやる」

朝顔がしばらく考えてから言った。

「それで、先ほど言われた、私がやるべきことというのは……?」

阿岐本のオヤジがにっと笑った。

「蛍光灯を取り替えて、待合室が明るくなった。次は、受付の表情を明るくすることだ。あんたの責任でそれをやってくれ」

15

午後にテツの様子を見に、事務室に行った。そのとき、朝顔が、受付の女性を呼んで、何か言っているのを見た。

おそらく、阿岐本のオヤジに言われたことを伝えているのだろう。受付の女性は、明らかにむっとした顔をしている。

受付の女性が持ち場に戻ったので、日村は、そっと朝顔に尋ねてみた。

「例の話ですか？」

朝顔は、仏頂面でこたえた。

「ええ。監事に言われたことを伝えてみたんですが……」

どうやら、朝顔の不機嫌そうな顔は、生まれつきなのかもしれない。本当に不機嫌なわけではなさそうだ。

「それで……？」

「やることをやっていればいいじゃないかと言われました」

日村は考えてから言った。

「自分が手本になるべきかもしれません」

「は……？」

「失礼だが、あなたはいつも苦虫を嚙みつぶしたような顔をされている。部下もそれでいいと思ってしまうのではないですか?」

「私は人前に出るわけではないのでね……」

「部下も人です」

「え……?」

「人前というのは、何も患者さんの前とは限らない。あなたを見ている人は、院内にもたくさんいるのです」

朝顔は考え込んだ。

「そんなことを考えたこともなかった」

「ならば、今から考えてください」

「日村理事でしたね?」

「はい」

「外壁をきれいにしたり、蛍光灯を替えたり、受付が愛想をよくするだけで、病院の経営が上向きになるんですかね? 私にはやはり疑問です」

「私にだって確信があるわけじゃありません。でもね、実績があるんです」

「実績……?」

「過去に、経営が傾いた私立高校の立て直しをやったことがあるんです。その高校は荒れていました。阿岐本は、まず掃除をすることから始めたのです。人の心は入れ物に左右される

いるようです」

「今でも立派に存続しています。経営が傾いたりすると、どうしても人は金のことばかり考えるようになります。でも、阿岐本は、まず、人の心が前向きになることが重要だと考えているようです」

朝顔が言った。

「なるほど……。外壁をきれいにしたり、蛍光灯を替えたのは、患者さんのためだけでなく、病院で働く者のためでもあったということですね」

「おそらくそういうことなのだと思います。明るい表情で働くというのも、もちろん患者さんのためもあるのですが、働いている方々のためでもあると思います。みんなの表情が明るくなれば、自然と気持ちも前向きになるんじゃないですか？」

朝顔はかぶりを振った。

「経営難で、病院が潰れるかもしれないと、みんな知っています。仕事もきつい。みんなの表情が暗くなるのは、仕方のないことだと思いますがね……」

「暗い顔をしていても、にこやかにしていても、経営難は変わりません。ならば、にこにこしていたほうがいいんじゃないですか？　事務職の人がにこやかなら、患者さんも安心するし、医者や看護師の人たちも働きやすくなるでしょう」

「私立高校を……？　それで、その結果は？」

と阿岐本は言うのです」

「まあ、考えてみますよ。でもね、そういうことを強制はできない」

日村は、しばらく考えてから言った。

「そういうことをやらせるのに、うってつけの者がうちにおります」

「そういうことって……」

「女性を笑顔にすることです」

朝顔は、怪訝な顔で日村を見た。

「まあ、とにかく試してみましょう」

日村は、朝顔のもとを離れると、携帯電話で事務所にかけた。

呼び出し音二回で、真吉の声が聞こえてきた。

「はい、阿岐本です」

「日村だ」

「あ、ごくろうさまです」

「おまえ、今、手が空いてるか？」

「ええ……」

「ちょっと、病院のほうに来られるか？」

「三橋さんが一人になっちゃいますが……」

「ちょっと、健一に代わってくれ」

「はい」

すぐに健一が出た。

「ごくろうさんです」

「真吉を借りたい」

「問題ありません。こちらはしばらく自分一人でだいじょうぶです」

「すまんな」

「すぐにそちらに向かわせます」

「頼む」

日村は電話を切って、ずっとパソコンに向かっているテツに声をかけた。

「追放運動のことで何かわかったことはあるか？」

テツは、話しかけられて、立ち上がろうとした。

「そのままでいい。どうなんだ？」

「今、調べている最中です。あの追放運動について、ブログで書き込みをしている人がいました」

「ブログ……」

「ネット上にある日記みたいなものです」

「他人に自由に読まれるようじゃ、日記じゃないだろう」

「はあ……」

テツは、わけがわからないといった顔をしている。日記というものの考え方が、もともと違うのかもしれない。

「まあいい。それで……？」

「やはり、追放運動を巡って、古い住人と新しい住人の確執があるようですね。ブログを書いた人は、新しい住民のようです。古い住民の体質を非難しています」

「背後関係とかは……？」

「まだまだこれからといったところです」

「引き続き調べてくれ」

「はい」

それから、三十分ほどして、真吉が病院にやってきた。

「何をすればいいんです？」

「受付の女性を見たか？」

「ええ……」

真吉が、女を見ていないはずがない。受付にいるのは、ぶっきらぼうな中年女性だ。普通の男性ならたぶん関心を持たない。だが、真吉ならば、必ず気に留めていると思った。

「受付が、無愛想だと、患者に対するイメージが悪くなる」

そう言っただけで、真吉は、自分の役割を悟った様子だった。

「わかりました。彼女の誕生日とか、わかりますか？」

「誕生日……？」

日村は、不思議に思った。「事務長に訊けばわかるだろう。待っていろ」

朝顔の席に近づいて尋ねた。朝顔は、びっくりした顔で言った。

「なんでそんなことを知りたがるんですか？」

「俺にもわからん」

朝顔は、職員の記録を調べてくれた。彼女は五月生まれだった。

それを伝えると、真吉は病院を出ていった。いったい何をするつもりだろう。日村は、興味を覚えた。

やがて、真吉は、バラの花を三輪だけ持って戻ってきた。ピンクのバラの花だ。

日村は、事務室から受付の様子をうかがっていた。

真吉が受付の中年女性に言った。

「自分は、新理事の部下なんですが、よかったら、これ、飾ってください」

中年女性は、眉をひそめている。

日村は、かぶりを振った。

花なんかで、彼女の表情が和らぐものか。真吉ともあろう者が、ずいぶん考えが甘いものだ……。

「飾れって……」

受付の中年女性が、迷惑そうな顔で言う。「花瓶《かびん》もないし……」

真吉はすかさず、ガラス製の細長い花瓶を取り出した。

「これ、使ってください」

「どこに飾れっていうの……？」

面倒臭そうに言う。

「この窓口の脇に置くといいじゃないですか？」

真吉はさばさばとした調子で言う。そして、花瓶とバラの花を窓口の脇に置いたまま、事務室に戻ってきた。

日村は言った。

「花をやるくらいなら、誰だってできる」

「でも、誰もやらないでしょう？」

たしかにそうかもしれない。

「花くらいで、表情が変わるとは思えないな」

「まあ、見ていてください」

受付の中年女性は、バラと花瓶に手を伸ばした。給湯所のほうに行った。それから、受付窓口の脇にバラを活《い》けた花瓶を置いた。

一度置いて、角度を変え、しばらく眺めていた。そしてまた角度を変えて、ようやく満足したように席に戻った。

日村は、真吉に言った。

「へえ、ちゃんと花を飾ったな……」

「彼女の表情を見ててください」

言われて日村は、気づいた。

いままで無愛想だった彼女の表情が、ずいぶんと和らいでいる。ときおり、三輪のバラをちらりと見る。

やがて、彼女はほほえみまで浮かべるようになっていた。

まるで魔法のようだ。もしかしたら、本当に真吉は女に対して魔法を使えるのかもしれないと、日村は思った。

「驚いたな……。別人のような印象になった」

「でしょう？」

「おまえ、何か特別なことを言ったのか？」

「何も言いませんよ。ただ、花を飾ってくださいと言っただけです」

「嘘だろう。そんなはずはない」

「本当ですよ」

「ふうん……」

日村は考え込んだ。真吉の真似だけはできない。別に見た目が特別いいわけではない。なのに、女たちは真吉に心を許し、惹《ひ》かれてしまう。

坂本香苗もそうだ。まったく不思議でならない。

「おまえ、花を買いに行くとき、受付のオバサンの誕生日を訊いたな？　あれはなぜだ？」

「受付のオバサンなんて言っちゃだめですよ」

「ああ……？」

「あの人、野沢悦子《のざわえつこ》っていうんです」

「野沢悦子……？」

「ただのオバサンなんて思っていたら、向こうもそれなりの対応しかしてくれません。個人として興味を持って接してあげないと……」

「いつ名前を知ったんだ？」

「ちゃんと名札を付けているじゃないですか」

そういえば、医者も看護師もフルネームの名札を胸につけている。受付の女性もそうだった。だが、日村は気にもしていなかった。

「それで、誕生日には何の意味があるんだ？」

「人が好きな花って、生まれた季節に咲く花のことが多いんです」

「そんな統計があるのか？」

「いえ、自分の経験ですけどね」

「あのオバサン……、いや、野沢悦子さんは、たしか五月の生まれだったな」

「あのピンクのバラは、五月に咲くんです。思ったとおり、悦子さんはあの花が好きそうですよね」

真吉から女についての話を聞くと、本当に勉強になる。ヤクザは人たらしでなくてはならない。

真吉に学ぶ点はたくさんあるに違いない。ただ、同じことをするのは無理だろう。真吉は、理屈で行動しているわけではない。ごく自然に、今のようなことができてしまうのだ。

日村は、つぶやくように言った。

「それにしても、花だけで……」

「花をもらってうれしくない女性はいませんよ。それも、自分が好きな花ならね。特別なとき以外は、大げさな花束もだめです。三輪くらいがちょうどいいんです」

「本当に特別なことは、何も言ってないんだな？」

「余計なことを言うと、逆効果になるんです。お世辞を言うと、腹を立てる女性だっています。特に、彼女は勤務中ですからね。悦子さんは、仕事の最中は他のことを考えたがらないタイプみたいだし」

「いい機会だから、一つ聞いていいか？」

「何です？」

「どうして世の中の女性は、おまえに惹かれちまうんだ？」

「さあ、どうしてでしょう」

否定しないところが、ちょっと腹立たしいが、真吉なら仕方がないと思ってしまう。

「たぶん、女性を好きだからでしょう」

「たいていの男は女が好きだがな……」

「でも、選《え》り好みするでしょう」

「そりゃあ、好き嫌いはあるさ」

美醜や好みにこだわるのは仕方がない。男女の関係はきれい事を言ってもはじまらない。

「自分は、そういうの、あんまり気にならないんですよね」

「へえ……」

「代行は、悦子さんのこと、『受付のオバサン』と言ったでしょう。それ以上の評価をしなかったわけですよね。でも、自分は、ああ、この人、笑うとちょっとかわいいだろうな、笑ってほしいな、と思って接したんですよ」

日村は仰天した。

「笑うとかわいいだって……？」

考えてもみなかった。病院の雰囲気を明るくするために、態度を改めてほしい。そう思っただけだ。

「そうですよ。ほら、見てください。彼女、笑うと右の頰《ほお》にえくぼができるじゃないですか」

日村は、彼女を見た。

驚いたことに、患者に対して笑顔を向けていた。そして、真吉が言ったとおり、えくぼができていた。

「なるほどな……」

真吉が言ったことはなんとなく理解できる。だが、やはり真似をするのは無理だ。真吉は、年齢も体型も美醜も関係なく、あらゆる女性の魅力を発見しようとしている。

そう努力しているわけではない。それが彼にとって普通のことなのだ。

日村は、朝顔に近づいて小声で言った。

「ちょっと、野沢悦子さんの様子を見てください」

「はあ……？」

朝顔は怪訝な顔で席を立ち、受付のほうをうかがった。そして、驚きの表情で日村を見た。

「何が起きたんです？」

日村は、そばに立っている真吉を見て言った。

「こいつが、ちょっとした魔法をかけたようです」

「いや、驚きましたね」

「同感です」

日村は、この出来事を、阿岐本のオヤジに報告したくなった。

真吉に、「ちょっとここで待っていろ」と言っておいて、院長室に行った。

経緯を説明すると、阿岐本のオヤジは満足げに言った。

「そいつはお手柄だな」

「はい」

「真吉はまだいるのか？」

「事務室にいます」

「もうちょっとあいつの力を借りてみるか」

「はあ？」

「看護婦たちが、どういう思いで働いているか、本音を聞き出してみたい。真吉にはうってつけの役目だろう」

どうだろう。女性たちの中に真吉を放り込むのは、なんだか危険な気がする。

トラブルが起きなきゃいいが……。

そう思ったが、オヤジには逆らえない。

「真吉にそう言っておきます」

日村はそうこたえるしかなかった。

「いいか、くれぐれも、面倒事はなしだぞ」

日村は、廊下の端で真吉に釘《くぎ》をさしていた。

「わかってますよ。代貸やオヤジの顔を潰すようなことはしません」

怪しいもんだ。

日村は、心配だった。真吉のほうから女を口説くわけではない。向こうからなびいてきてしまうのだ。

年齢も身分も立場も関係ない。真吉はそれを拒否しない。

看護師たちが全員、真吉に惚れてしまうとは考えにくいが、一人の男のせいで職場の人間関係がこじれたりしないか気になった。

真吉は、そんな日村の懸念をよそに、入院病棟のほうにのんびりと歩いて行く。

看護師に話を聞いてこいと言われたら、日村ならまずナースステーションに行く。だが、真吉は違うだろう。

女性とは個別に接する。それが真吉のやり方だ。ナースステーションに行くのは、何人かの看護師と親しくなってからのことだ。おそらくそれほど時間はかからないだろう。

真吉のことばかりを考えているわけにはいかない。シノ・メディカル・エージェンシーの、今後の出方も気になる。

地元の暴力団追放運動のことも調べなければならない。

とりあえず、またテツの様子を見に行くことにした。健一が事務所に一人で留守番をしている今、頼りになるのはテツだけだ。

事務室に行くと、朝顔が日村に言った。

「私はまだ信じられないのですが……」

「何のことです？」

「野沢さんが、患者さんに笑顔で接しているのです」

「ああ……」

「すると、患者さんも二言三言、言葉をかけてくる。昨日までは、事務的なやり取りだけで、待合室で日常的な会話なんて、ほとんどなかったんですけどね」

「蛍光灯を取り替えた効果もあるはずです。暗く陰気な病院というのは、いるだけで気が滅《め》入《い》るものですからね」

「しかし、本当に魔法のようですね」

真吉の力もたしかにすごい。だが、本当にすごいのは、阿岐本のオヤジだと、日村は思った。

病院の雰囲気が変われば、患者も居心地がよくなるし、職員の労働意欲も増すだろう。ここまでは、まったく阿岐本のオヤジの思惑どおり進んでいるように見える。

だが、問題はこの先だと、日村は思った。

まだ根本的な問題が片づいていない。経費の見直しは必須事項だ。そのためには、シノ・メディカル・エージェンシーと交渉しなければならない。

つまり、耶麻島組、さらにはその背後にいる西の大組織と対立することになるかもしれないのだ。

テツは、ずっとノートパソコンにかじりついている。

日村は背中から声をかけた。

「どうだ？　何かわかったか？」

テツは、バネ仕掛けのように立ち上がった。事務室内にいた職員がびっくりした顔でテツを見た。

日村は、顔をしかめた。

「いちいち立ち上がらなくてもいい」

「はい」

テツは再び腰を下ろした。

「どんな具合だ？」

「あの運動自体が、ちょっと怪しいですね……」

「怪しい……？」

「運動を告発するような書き込みが見つかりました」

日村は、事務室の中を見た。職員たちにはあまり聞かれたくない話だ。みんな知らんぷりで仕事をしている振りをしているが、きっと聞き耳を立てているに違いない。

日村は、テツに言った。

「監事のところに行こう」

「はい」

テツは即座に立ち上がった。表情がとぼしいので、よくわからないが、おそらく、オヤジのところに行くと言われて、緊張しているはずだ。

「俺が話を聞いて、それを監事に伝えるんじゃ、手間がかかる。おまえから直接報告したほうがいい」

「わかりました」

事務室を出て院長室に移動した。事情を話すと、阿岐本のオヤジはテツに言った。

「はい、ごくろうさん。話を聞こうか?」

「まだ、確認が取れていないのですが……」

坊主刈りに度の強い眼鏡。気をつけをしたまましゃべっている。なんだか、先生に叱られている生徒みたいだなと、日村は思った。

「かまわねえよ」

阿岐本のオヤジが言う。「どんな情報でも助かるんだ」

テツの全身から、少しだけ力が抜けた。

「ツイッターを追跡していてわかったことですが、どうやら、あの反対運動には、利害関係が絡んでいる様子です」

「ツイッター……？」

「ネット上でつぶやくんです」

「つぶやく……？」

オヤジはちんぷんかんぷんの様子だ。日村にもよくわからない。

「まあ、つぶやくのはどうでもいいや。利害関係の話だ。ま、そうだろうね」

阿岐本のオヤジが言った。「住民だって暇じゃない。それに、ヤクザを相手にするとなれば、それなりの覚悟もいる。誰かが音頭をとらなけりゃ、そんな運動は始まらないだろう。そして、言い出しっぺには、たいてい利害が絡んでいる。それで、どんな利害関係なんだ？」

「再開発です」

「たまげたね。この不景気のご時世に、再開発だって……？」

オヤジが驚くのも無理はない。今時、再開発をして誰の得になるというのだろう。地元の人間の発想ではない。

もしかしたら、海外資本かもしれない。

テツの説明が続いた。

「昔から地元に住んでいる人は、反対をしているようです。商店街の人たちとかは、昔ながらの土地の付き合いを大切にしたいという人が多いようです」

「そうだろうね」

「でも、不景気で、商店街の売り上げも伸びないし、店の経営者もどんどん高齢化していき、将来に不安を抱える人も少なくないんです」

「なるほどねえ。でもね、不安だからこそ、しっかりと自分たちが住んでいる町を大切にしなきゃならねえと、俺は思うんだけどね……」

「はい、自分もそう思います」

テツはそう言ってから、しまったという態度で、日村をちらりと見た。親に対して自分の意見を言うというのが失礼に当たると考えたのだろう。

日村は、無言でうなずいてやった。テツは、ちょっと安心したように、続きを話しはじめた。

「そう考えている昔からの住民も多いようです。しかし、マンションなどに住んでいる新しい住民は、商店街が再開発されれば、町がおしゃれになるし、便利になると考えているようです。商店街の経営者たちの次の世代は、ビルのテナントのほうが今よりも売り上げが上がると考えているみたいですね」

「再開発ねえ……」

阿岐本のオヤジは溜め息をついた。「そういう話が持ち上がると、必ず住民たちが対立するんだよねえ」

テツの説明がさらに続いた。

「再開発を進めようとしている連中は、まずはバラバラに所有されている商店街の土地を一つのまとまった土地にしなければなりません」

「つまり、買い占めだな。まあ、今は土地が底値だからなあ……」

「はい。そのためには、さまざまな障害を取り除いていかなければなりません。まずは、古い住民の反対。ビルを建てるに当たっての建築基準法などの法律の問題。そして、地元のうるさがたの排除」

「地元のうるさがた……。つまり、その中に俺たちも入るってことだな？」

「一般的に、暴力団などがその地域にいると、立ち退きがスムーズに進まないケースが多いですから……」

「そりゃごねるやつもいるだろうね。ミカジメがかかってるからな……」

「今回の追放運動の背後には、再開発に参加している不動産業者がいるようです」

「地元の不動産屋かい？」

「違うようです」

阿岐本のオヤジはうなずいた。

「それを聞いて、ちょっと安心したよ。地元の業者だと、きついことも言えない。どこの何という不動産業者か突きとめられるかい？」

「やってみます」

日村は、テツに言った。

「やってみます、じゃない。はい、の一言でいいんだ」

「すみません」

阿岐本のオヤジが日村に言った。

「いいんだよ。安請け合いされるよりはいい。それにしても、短期間によくそれだけのことを突きとめたな」

日村は、自分がほめられたような気分になった。

「テツは、ずっとパソコンにかじりついていたんです」

「まあ、そりゃいつものことだろう」

言われてみればそのとおりだ。

「はあ……」

「パソコンてえのは、すごいもんだね」

「パソコンというより」

テツが言う。「ネットの発達がすごいんだと思います」

「ネットの発達……」

阿岐本のオヤジが困ったような顔になった。日村はテツに言った。

「余計なことは言わなくていい。すぐに、作業を再開してくれ」

「すいません。すぐにかかります」

テツが、阿岐本のオヤジと日村に深々と礼をして部屋を出て行った。

日村も部屋を出ようとすると、阿岐本に呼び止められた。

「病院内の様子はどうだい？」

「少しずつですが、明るくなっているように思えます」

「そうかい。だけどね、例えば受付の応対とかは、継続が必要だよ。今日だけのことじゃ困るんだ」

そのとおりだと思った。今日は愛想がよくても、明日また仏頂面なら元の木阿弥《もくあみ》だ。

「わかりました」

日村は言った。「真吉にいろいろと聞いておきます」

「ああ、しっかりレクチャー受けてくんな」

レクチャーか……。

日村は、礼をして部屋を出た。廊下に出ると、真吉と看護師が立ち話をしているのが見えた。

おそらく二十代だろう。すっかり打ち解けた雰囲気で話をしている。そういう光景を見ると、妙に腹が立ったりすることがあるが、真吉だと不思議と気にならない。

女性と接する態度に厭味がないのだ。日村は、かぶりを振ってから事務室に戻った。受付の野沢悦子は、さすがににこにこはしていないが、険《けん》が取れたように感じる。

テツは、すでにパソコンに向かって作業を再開している。

日村は組事務所のことが気になった。職員に気を使って、病院の外に出て携帯電話で連絡を取った。

「はい、阿岐本」

健一がすぐに電話に出た。

「日村だ。何か変わったことはないか？」

「ごくろうさまです。こちらは、特に異常ありません」

「追放運動のほうはどうだ？」

「ああ、また外に何人か集まっているようですが、別に問題はありません」

集まっていること自体問題なのだが、それはまあいいだろう。

「さっき、甘糟さんが顔を出していきましたよ」

所轄のマル暴刑事だ。

「何か言ってたか？」

「くれぐれも問題を起こさないようにと、しつこく言ってました。問題を起こしているのは、こっちじゃないんですがね」

「甘糟の立場になれば、気が気でないというのもわかる。例の女子高生は来てないだろうな」

「坂本香苗ですか？　いえ、今日は来てませんね」

「来ても事務所には入れるな。追放運動のリーダーの娘なんだからな」

「わかっています」

日村は、ちょっと迷ってから言った。

「追放運動のバックには、再開発に絡む立ち退きなんかがあるようだ」

「立ち退き……」

「もしかしたら、追放運動の連中は、誰かに利用されているかもしれない」

「それでオヤジは、背後関係を調べてみろと言ったんですね」

「くさいと睨んでいたんだろう。坂本香苗が、組事務所に出入りしていることを、その背後にいる誰かが知ったら、こちらの弱みとしてつけ込んでくる恐れがある」

「わかりました。慎重に対処します」

「頼んだぞ」

「はい」

電話を切ると、近所の住人らしい男が二人立ち話をしながら日村のほうを見ているのに気づいた。中年男性二人だ。日村が会釈をすると、眼をそらした。

もしかしたら、この病院の出入りの業者がヤクザ絡みだということを知っているのかもしれない。日村をその組の人間だと思っているのではないだろうか。

一般人にしてみれば、ヤクザが関係している病院になど、かかりたくはないだろう。

その辺のことを確認したいが、誰に訊いていいかわからない。立ち話をしていた二人を捕まえるわけにもいかないと思っていると、向こうのほうから近づいてきたので、日村は驚いた。

「あの……」

痩せて眼鏡をかけた男が言った。「ちょっと、いいですか？」

日村はこたえた。

「はい、何でしょう……」

地元のほうで追放運動があるので、つい構えてしまう。

男は言った。

「病院の理事が代わったそうですね。もしかして、新理事の方ですか？」

日村はさらに驚いた。どうしてそんなことを知っているのだろう。近所の噂話のネットワークはおそるべしだ。

「そうですが……」

「いや、失礼……。外壁を洗っている若い方がいらっしゃいましたよね？」

「ああ、ボランティアの……」

「ボランティア……？　組員の方でしょう？」

「あ、ええ、まあ……。彼らがどうかしましたか？」

「病院の立て直しのために、新しい理事が就任されたと、そのボランティアの方が言ってました。そうなんですか？」

そういうことだったのか。あいつら、何か余計なことを言ってないだろうな……。

「ええ、そのとおりですが……」

「病院を処分するためにいらしたのではないのですね？」

「処分……？」

この連中は、もしかしたら日村たちを債権者か何かだと思っているのかもしれない。「いや、そういうことではありません。あくまでも、経営を見直して、病院の体質を改め、少しでも持ち直して、存続するために……」

「本当ですね？」

もう一人の、白髪頭の小柄な男が言った。その語調にちょっと気圧《けお》されてこたえた。

「ええ、本当のことです」

痩せた眼鏡が言う。

「私らね、先代の院長の時代から、この病院にかかっているんですよ。ちょっと足を伸ばせば大きな病院がありますよ。でもね、そういうところに行くと、とにかく待たされて、へたをすると一日潰されてしまう。地域には地域の病院が必要なんです。でも、昨今は病院も経営難で潰れてしまう……」

どうやら苦情ではないようだ。

もっとも、ヤクザに正面切って苦情を言う堅気もそうはいないだろう。

「そういうことにならないように、努力します」

「いえね、久しぶりに病院を掃除しているのを見ましてね……。なんだか、ちょっといい気分になりましてね。ボランティアでも組員でもいいんですが、掃除のやり方が丁寧で気合いが入っていた。私ら、商売をやっているので、そういうのは見ればわかるんです」

訊けば、眼鏡はクリーニング屋で、白髪は電器屋の店主だという。

このあたりは、阿岐本組の地元に比べると、山の手だけあってぐっとこじゃれた雰囲気だ。それでも、やはり地域の絆《きずな》というものがあるのだと、日村は思った。

「ちょっと、うかがっていいですか？」

日村は、二人に尋ねた。「病院の出入りの業者については、ご存じですか？」

「ああ……」

クリーニング屋は表情を曇らせた。「噂は聞いていますよ。最初、あなたがたも同じ団体の人かと思ったんですが、そうじゃないと、若い方がおっしゃってました……」

「信じていただけないかもしれませんが、私らは、損得抜きで病院を立て直そうとしています」

電器屋の店主が言う。

「俺たちもね、商売やってるんで、きれい事は言いませんよ。でもね、搾《しぼ》り取るだけ搾り取って、あとは潰れようがどうしようが知ったこっちゃないという商売のやり方には腹が立ちますよ。それで、昔から馴染みの病院を潰されたんじゃかなわない」

「その業者との交渉が、最大の懸案事項なんです」

クリーニング屋がうなずいた。

「なるほどねえ。まあ、その、何というか、そういうやり方しかないかもしれませんなあ」

おそらく、「毒をもって毒を制す」ということを言いたかったのだろう。

電器屋の店主が言った。

「病院のこと、頼みますよ」

二人は、会釈をして去って行った。

外壁の掃除が思わぬところに波及したようだ。大げさに言えば、地域の期待を背負わされた気分だ。

まさか、オヤジは、ここまで読んでいたのではないだろうな。

そんなことを思いながら、病院内に戻った。

17

夕方になって、日村は真吉の姿を探した。病院内では、携帯電話を使うのをひかえるように言われていた。

何でも医療用機器に電磁波が悪影響を及ぼすことがあるのだそうだ。だから、真吉を携帯電話で呼び出すわけにもいかない。

とりあえず、ナースステーションに行ってみることにした。

予想していたことだが、目の当たりにすると、やはり驚いた。

真吉は、数人のナースに取り囲まれていた。看護師たちの頰は上気している。彼女らは、心底楽しそうだった。その中には、さきほど廊下で立ち話をしていた若い看護師もいる。

立ち尽くしてその様子をぽかんと眺めていると、真吉が日村に気づいて言った。

「あ、代行……」

真吉は、はっとした様子で言った。「じゃなくって、理事」

「お話は充分にうかがえたようだな」

「ええ、そうですね」

「じゃあ、院長室で監事に報告するんだ」

「わかりました」

真吉は、ナースステーションを出た。日村は言った。

「おまえ、ちょっと先に行ってろ」

「はい」

真吉が歩き去ると、日村はナースステーション内の看護師たちに言った。

「すいません。私の部下がご迷惑をかけたようで……」

今いるなかで、一番年上らしい看護師が言った。

「迷惑……？　何のことです？」

「ナースステーションみたいなところは、部外者は無闇に立ち入っちゃいけないんでしょう？」

「ええ、基本的には関係者以外立ち入り禁止ですよ。でも、志村さんは、関係者でしょう？　理事であるあなたの部下なんだから……」

「はあ……」

別の看護師が言う。二十代後半だろう。

「私たちは、日勤なの。交代して本来ならば上がりの時間なのよ」

彼女はまだ制服を着ている。細身でスタイルがいい。

こういう評価をすること自体がセクハラになるらしい。気をつけなければ……。

「なるほど、勤務時間は終わったので、志村と雑談していても問題はないと……」

「問題はないでしょう？」

「そうですね。いえ、ご迷惑をおかけしていないというのなら、いいんです。失礼します」

細身でスタイルのいい彼女はにっこりと笑って言った。

「志村さんに、また来てねって、伝えてください」

「はあ……」

日村は、彼女たちに頭を下げてから院長室に向かった。

看護師たちが問題はないというのだから、日村がとやかく言うことはない。だが、なんだかすっきりとしなかった。

真吉が絡むとたいていこんな気分になる。

院長室の前で、真吉が待っていた。日村は、ノックをした。

「失礼します」

真吉を連れて入室した。

「お、真吉か。どうだい、話は聞けたかい？」

真吉の代わりに、日村が言った。

「充分聞けた様子でしたね」

「どうだい？　看護師たちは、何か病院に不満を持ってなかったかい？」

「何か不満があるというより……」

真吉がこたえた。「不満だらけですね。給料は安い、仕事はきつい、休みは取れない、感じの悪い患者はいる……」

「ほう……」

阿岐本のオヤジは、驚いたように目を丸くした。「そんなにひどいのかい……」

「ひどいなんてもんじゃないですね。彼女たちの話を聞いていると、つくづくかわいそうになってきますよ」

「ふうん……。じゃあ、どうして辞めないいんだい？　資格があるんだから、もっと条件のいいところがあるだろう」

「若い子は、スキルアップのために、こうした病院を選択することが多いんだそうです。医者もそうですけど、一番勉強になるのは、総合病院なんだそうです。そこでまず、修業を積むわけです。次に勉強になるのが、ここみたいに、いくつかの診療科があって、入院患者がいる小さな町の病院なんです」

「なるほどね。じゃあ、ゆくゆくは辞めて、入院施設のない診療所なんかに移っていくかもしれないんだ」

「そういう人もいるみたいですね。でも、この病院の子たちは、今のところ、ここから移るつもりはないようですよ」

「給料は安いし、仕事はきついんだろう？」

「彼女たちを支えているのは、金や労働条件じゃないんです。職業意識なんですよ。看護師としてのプライドがあるんです。だから、医者から召使いみたいに扱われるのが、一番腹が立つと言っていました。大学病院や国公立の総合病院なんかには、いまだにそういう医者がいるらしいです。でも、幸いにこの病院にはそういう先生はいないと言っていました」

阿岐本はうなずいた。

「職業意識ね……」

「その意味でも、ここは働きやすいと、みんな言ってます。そして、看護師同士もそれなりにうまくいっているようです。師長さんがしっかりしているんだとか……」

日村は、師長のきりっとした顔を思い出していた。初対面のときに、一本筋が通った人だと感じた。

「人間関係は、まずまずだと……」

「でも、やはりきついと言っていました」

「具体的には、どういう風にきついんだい？」

「看護師の仕事自体が激務ですよ。点滴の針を刺したり、包帯を巻いたり、床ずれを防いだりといった医療技術を要求される上に、入院患者の体を拭いたり、下《しも》の世話をすることもあります。患者を動かしたりする必要もあるので、体力も使うんです。彼女らは、いつもくたくたなんです。それでも、患者さんには愛想よくしなければなりません。薬の名前や分量を間違えたらたいへんなことになります。体だけじゃなくて、精神的にもかなりきついんですよ」

「なるほどねえ……」

「今、彼女たちは、二交代で働いています。せめて、三交代になれば、と言っています」

「二交代とか、三交代って、警察《ヒネ》の当番みたいなもんかい？」

「そうですね。今は、日勤と夜勤に分かれています。日勤は、午前八時半から午後五時まで。夜勤は、午後四時から翌朝の九時までの勤務です。これが、二交代です」

「夜勤は、ずいぶん長い時間働くんだねえ」

「そうなんです。だからきついんですよ。まあ、たてまえでは、夜勤中に二時間の仮眠を取ることになっているそうなんですが、なかなか仮眠など取れないと、みんな言ってます」

「ふうん……」

「それに、日勤も、いちおう五時上がりなんですが、特に外来なんかは、時間どおりに診察や治療が終わることは希《まれ》で、たいてい残業になってしまうということです」

　阿岐本のオヤジは考え込んだ。

「それで、三交代ってのは……？」

「日勤は、同じです。八時半から午後五時まで。準夜勤が、午後四時半から、夜中の一時まで。夜勤が夜中の零時半から朝の九時まで。これが一般的らしいです」

「たしかに、夜勤を二つに分ければ楽になるだろうね」

「ええ」

「どうして三交代にしないんだい？」

「人数が足りなくて、三交代だと回らないんだそうです」

「そうか……。人手不足か……。人を増やせばそれだけ人件費がかさむ。人を増やさないと、個人的な負担が増える、と……」

「でもね、彼女たちは、不満があると言いながらも、明るく働いているんです。患者さんと直接接する仕事ですからね。疲れた顔なんかしていられないという自覚があるんですよ」

「それは立派だねえ」

「だからこそ、ですね」

真吉の口調が徐々に熱を帯びてきた。「看護師は、サービス業ではなく、専門職なんだと、みんなちゃんと認識しなけりゃいけないんです」

看護師たちと話をして、すっかり感情移入してしまったようだ。これも、真吉の不思議なところだ。

たいていのスケコマシは、女を人間とは見ていない。商品かおもちゃのように扱う。だからこそ、女で食っていくことができるのだ。だが、真吉は違う。自分で言っていたように、ただ女性が好きなのだ。

だから、感情移入することもある。それでも、女に溺《おぼ》れることがないのはさすがだ。天賦《てんぷ》の才としか言いようがない。

「三交代にできるもんなら、とっくにしているだろうねえ……」

オヤジは考え込んだ。

たしかにそのとおりだ。

「看護師の人たちも、病院の経営状態はよくわかっているんです」

真吉が訴えるように言う。「だから、待遇を改善してほしいけど、なかなか言い出すことができずにいるんですよ。その不満を聞く役目を一手に引き受けているのが、師長さんなんです」

待遇を改善……。

真吉も一人前の口をきくようになったもんだ。

「そいつは、なかなかできるこっちゃないねえ……」

「そうなんですよ」

「おまえ、師長さんに直接話を聞いたかい？」

「めちゃくちゃ忙しいんで、なかなか話ができないんですよ」

真吉が女性相手に、こんなことを言うのは珍しい。

それだけ、師長はたいへんだということなのだろう。

「そうかい。じゃあ、何とか師長さんから話を聞いてみてくれ」

「わかりました」

日村は、思わず言った。

「真吉に、まだ続けさせるんですか？」

「いけねえかい？」

「いや、いけなくはないですが……」

オヤジが、やれと言っているのだから、止めるわけにはいかない。

「真吉が今日聞き出した話は、ほんのサワリだよ。看護婦……、いや看護師さんたちの腹ん中にゃあ、まだまだ言いたいことがいっぱい詰まっているはずだ。それに、真吉は看護師さん全員に話を聞いたわけじゃねえだろう？」

真吉がこたえる。

「はい。外来担当の人たちからは、なかなか話が聞けませんでしたね」

「ほらな。まだ仕事が終わったわけじゃねえんだ」

受け入れるしかない。

「わかりました。明日も、真吉は病院のほうに来させます」

「そうしてくれ」

「その代わり、稔を事務所に残したいんですが……」

「稔を……？」

「今、事務所には健一しかいないんです。車の運転は真吉にやらせますんで……」

オヤジは真吉に尋ねた。

「おまえ、運転の腕は確かなのか？」

「ええと……。まあ、人並みに……」

日村は言った。

「事務所のほうも、追放運動とかいろいろあるので、健一だけに任せておくわけにはいきません」

「そうだな……。かといって、病院のほうは、手を抜くわけにはいかない」

手を抜いてほしい。日村は、追放運動のほうが重要だと思う。地元の問題を優先してほしかった。

「よし」

オヤジが、決断をしたように言った。「誠司、おまえ、暇を見て事務所のほうにも顔を出してくれ」

病院と事務所を行ったり来たりしろというのだ。事務所は下町、この病院は山の手にある。車で移動しても、都心を横断することになるので、一時間は見ておいたほうがいい。

電車で移動したほうがよさそうだ。だが、日村はなるべくバスや電車は使いたくない。周囲の素人が緊張するのがわかるからだ。

オヤジは、いつ何時どこに出かけるかわからないので、オヤジの車を使うわけにもいかない。

日村は車など持っていない。そうなるとタクシーを使うことになるが、タクシー代がばかにならない金額になる。

だが、親の言いつけだ。断るわけにはいかない。

「わかりました」

できるだけ、行き来しなくて済むように電話で健一とこまめに連絡を取ろう。日村はそう思った。

「俺が事務所に引きあげるまで、まだしばらく時間がある。真吉は、それまで、できるだけ看護師さんたちの話を聞いておくんだ」

「はい」

真吉が礼をして部屋を出ようとした。ドアを開けると、そこにテツが立っていた。

真吉がテツに尋ねる。

「何してんだ？」

「あのう……。ちょっと、お知らせしたほうがいいと思いまして……」

何か重要なことがわかったのだろう。おそらく、それを知らせようとすぐに席を立ったはいいが、オヤジがいる部屋を自分のほうから訪ねていいものか、ドアの外で迷っていたのだろう。

「テツか。入《へえ》んな」

オヤジが言った。

「はい……」

テツがおずおずと部屋に入ってくると、入れ違いで真吉が出て行った。

テツは、またさきほどと同じように、机の前で気をつけをしている。

「何だい、知らせたいことって？」

テツが気をつけをしたまま話し出した。

「地元の土地の売買や立ち退きに関わっている不動産業者が特定できました」

「そいつはお手柄だな。どこの何という不動産業者だ？」

「渋谷に本店がある、『データ商事』という不動産業者で、そこの城東支店が担当しているようです」

「『データ商事』ね……」

オヤジが日村に尋ねた。「おまえ、知ってるか？」

「いいえ、聞いたことがありません」

テツがまだ何か言いたそうにしている。日村は尋ねた。

「その『データ商事』ってのは、何かわけありなのか？」

「いろいろと調べてみたら、そこはある組とつながりがあるようで……」

「ほう……」

阿岐本のオヤジが言った。「何という組だい？」

「耶麻島組です」

日村は驚いた。

さすがのオヤジも、一瞬言葉が出てこない様子だった。

日村はテツに尋ねた。

「確かなのか？　そういうことを、よく確かめないで言うと、たいへんなことになるんだぞ」

「かなり確かな情報だと思います」

「思いますじゃだめなんだ」

日村が言うと、阿岐本のオヤジがたしなめた。

「いいよ。そういうことは、確認を取ろうったって、なかなかできるもんじゃねえ。テツが知らせに来たってことは、それなりに確かな話なんだろう」

「はあ……」

「テツ、ごくろうだったな。またしてもお手柄だ」

「はい」

テツは、ぎこちなく礼をした。「じゃあ、失礼します」

もう一度礼をして部屋を出ていった。

二人きりになると、阿岐本のオヤジが言った。

「こいつは、偶然かね？」

日村はこたえた。

「偶然としか考えられませんよ。暴力団の追放運動なんかは、組織するのにずいぶんと時間がかかるはずです。つまり、『データ商事』というのは、ずいぶん前からうちの地元の人間に接触していたということでしょう。そして、自分らが、『シノ・メディカル・エージェンシー』の米田と初めて接触したのは、つい昨日のことです」

「そりゃそうだが……」

「自分らは、ここに来るまで耶麻島組がバックについている業者が出入りしているなんて、まったく知らなかったんですから……」

「どうも、話が出来すぎてるように思えるんだがね……。そう考えりゃ、偶然としか考えられねえか……」

阿岐本のオヤジはつぶやくように言ってから、ひたと日村を見据えた。日村は緊張した。

「だとしたら……」

オヤジが言う。「こいつは、神様のお導きかもしれねえな」

「神様のお導き……」

「そうよ。喧嘩の材料がめっかったんじゃねえか」

「喧嘩……」

日村は、思わず背筋を伸ばしていた。

阿岐本のオヤジの顔つきが、凄味を増していた。

18

病院からの帰り道、それまでずっと思案顔だった阿岐本のオヤジが日村に言った。

「帰ったら、ちょっと俺の部屋に来てくれ」

「はい」

日村は久しぶりに緊張していた。

日常的に気を使うことは多い。次々と問題が起きて、気が休まる暇がない。だが、そういうのとはまったく違った緊張だった。

オヤジの口から、「喧嘩」という言葉を聞くのは、いつ以来だろう。

素人の喧嘩とは、わけが違う。何が何でも勝たなければならない。それがヤクザの喧嘩だ。だから、無謀な喧嘩は絶対にしない。周到な準備が必要なのだ。

病院の立て直しには、シノ・メディカル・エージェンシーとの契約の見直しが不可欠だ。それははっきりとしているのだが、そのための方策が見つからなかった。

院長が契約したというのだから、向こうとしては、それを簡単に変更しようとはしないだろう。

面倒な問題だ。そもそも、病院を立て直したからといって、組にどれくらいの収入があるのかわからない。

シノギとして考えたら、とてもやっていられない。早いところ手を引いたほうがいい。日村はそう思っていた。

どうせ、オヤジの道楽なのだから、本気で付き合うことはないとさえ思っていた。

だが、「喧嘩」の一言で状況は変わった。ビジネスとして考えれば割に合わない。だが、オヤジが喧嘩をすると言えば、後には退《ひ》けないのだ。

シノ・メディカル・エージェンシーは、バックに暴力団がついているとはいえ、堅気の会社だ。だから、喧嘩相手はシノ・メディカル・エージェンシーではない。

相手は、耶麻島組だ。

オヤジは、耶麻島組と喧嘩をするだけの理由を見つけたと言ったのだ。

車を運転している真吉も助手席のテツも、緊張している様子だ。

事務所の前には、今日も追放運動の連中が数人集まっていた。実は、彼らの姿を最初に見たときには、日村はちょっとばかり感心したのだ。

ヤクザの事務所の前で抗議活動をやるなんて、たいした度胸だと思っていた。だが、彼らの背後にも『データ商事』という不動産屋がついていた。そして、さらにそのバックには耶麻島組がひかえている。

彼らは利用されているだけなのかもしれない。そう思うと、急に哀れに思えてきた。

車を下りると、オヤジは、昨日と同様に、にこやかに彼らに言った。

「やあ、ごくろうさんです」

今日も、香苗の父親の姿がある。転勤で東京に戻って来たと、香苗が言っていたから、勤め人なのだろう。仕事はどうしているのだろう。

時計を見ると、午後七時半だ。勤めが終わってから駆けつけたのだろうか。だとしたら、熱心なことだ。

オヤジが声をかけても、誰も何も言わない。オヤジは悠々と事務所に入って行った。日村はなるべく追放運動の人々と眼を合わせないようにして事務所に入った。

健一と、先に帰っていた稔が「ごくろうさまです」と声をかけてくる。

「はい、ごくろうさん」

オヤジはそう言うとすぐに部屋に上がっていった。

日村は健一に言った。

「追放運動の連中は、いつ頃からあそこにいるんだ?」

「午後一時頃から入れ替わりで詰めてますね」

「ご苦労なこった……」

「ええ……」

「オヤジと話をしてくる」

「わかりました」

日村は、阿岐本のオヤジの部屋に行き、ノックをした。

「誠司か?」

「はい」

「入んな」

「失礼します」

「上がってくれ」

「はい」

緊張が高まる。オヤジは、着替えもせずにいつものソファに腰を下ろしている。日村は床に正座していた。

「おまえも、こっちに座ってくれ」

オヤジがソファを指さした。いつもなら遠慮してみせるところだが、時間を無駄にしたくない。

「失礼します」

ソファに浅く腰を下ろした。

「帰り道の車ん中でずっと考えていたんだが、どうも、偶然とは思えない」

耶麻島組が、病院と追放運動の両方に絡んでいることについてだ。

日村は言った。

「しかし、追放運動というのは、昨日今日で組織できるもんじゃないでしょう。そして、自分らが、シノ・メディカル・エージェンシーと接触したのは、昨日のことです。その日に追放運動の人々が事務所の前に集まったんです」

「時間的には考えられないというんだな?」

「そう思いますが……」

「考えられないことをやってのけるのがヤクザだよ」

「はあ……」

「たしかに、シノ・メディカル・エージェンシーの米田と、俺たちが初めて会ったのは昨日のことだ。だが、米田は、俺たちのことをそれより前に知っていたはずだ」

日村は、しばらく考えてから言った。

「たしかに、事務長の朝顔を通じて、自分らのことを知っていたかもしれません」

「それが、二日前のことだ」

「はい」

オヤジは、遠くを見るような眼差しで言った。

「永神が病院の話を持ってきたのは、三日前……」

何を考えているのかわからなかった。

日村が黙っていると、宙に眼をやったままオヤジが言った。

「つまり、三日前には永神は、俺が病院の立て直しに乗り出すことを知っていたわけだ」

日村は驚いて言った。

「永神のオジキが、自分らのことを耶麻島組に知らせたということですか?　まさか、オジキが耶麻島組と通じているなんてことは……」

「故意だとは言ってねえよ。何かの関わりで、洩れたということも考えられる。永神のやつは、けっこう顔が広いし、手広くやっている。裏稼業の情報ってのは、驚くほど速く伝わるもんだ」

「何かの関わりで洩れた……」

「永神は、シノ・メディカル・エージェンシーのことを知っていて黙っていたんだろう？」

「いや、ですが、それは自分らを騙したとかいうことではなく……」

オヤジは、苦笑して言った。

「あいつのことは、俺が一番よくわかってるよ。悪気があってやったことじゃねえだろう。だが、永神の周辺から、俺たちの話が耶麻島組に伝わったということも考えられなくはないということだ」

「その場合は、三日前には、耶麻島組が自分らのことを知っていたということになりますね……」

「おめえ、追放運動のことを知ったのは、いつのことだ？」

「永神のオジキが来た日……、つまり三日前のことです。焼き鳥屋のおやじから、最近、自分らと接触しづらくなったという話を聞きました。そして、同じ日に、マル暴の甘糟さんが来て、暴力団追放強化月間だから、あまり出歩くなと……」

「俺たちと接触しづらくなったってのは、具体的にはどういうことだったんだ？」

「なんでも、商店街の寄合でそういう話が出たのだとか……」

「寄合で話が出るってことは、その前から問題になっていたと考えていいな……」

「はい。商店街の新しい世代や、マンションなんかの新しい住民は、自分らのことを暴力団だと決めつけていたようですから……」

「追放運動の予兆はずいぶん前からあったということだ」

「そうかもしれません」

「だったら、不可能じゃねえな」

日村はきょとんとした。

「何がですか？」

「耶麻島組が、この町のそうした動きを利用することさ」

『データ商事』は、不動産業者だ。地域の様子には詳しいだろう。耶麻島組が『データ商事』から情報を吸い上げたということは充分に考えられる。

オヤジが考えながら言った。

「二日前だな……」

「は……？」

「俺が病院の立て直しを手がけることを決めたのが三日前。そして、病院に乗り込んだのが二日前だ。その動きを耶麻島組が察知した。配下の不動産屋に情報を集めさせ、うちの地元で追放運動の萌芽《ほうが》があることに気づいた。それをまとめるのに、ヤクザなら一日あれば充分だ」

たしかに、オヤジが言うとおり、ヤクザは一日あれば、たいていの話をまとめてしまう。それが仕事だ。

だが、疑問が残る。

「耶麻島組は、何のためにそんな手間のかかることを……」

「一石二鳥を狙ったんだろう。俺たちをここから追い出して、再開発を一気に進める。同時に、俺たちを病院からも排除するつもりだ。つまり、俺たちがとことん邪魔だってことだ」

「つまり、それは……」

「そうさ。喧嘩を売っているということだ」

日村は、ごくりと喉を鳴らした。

「売られた喧嘩は買うと……？」

「追放運動のことについて、さらに詳しく調べろ。特に、『データ商事』とどういうふうに関わっているか洗い出すんだ」

「はい」

日村は、おそるおそる尋ねた。「あのう……。実は、反対運動のリーダー的な男の娘が、最近事務所に顔を出すようになったんですが？」

「ん……？」

オヤジは、目を瞬《またた》いた。「そりゃ、何のこった？」

「いや、実は、真吉になついている女子高生なんですが、話を聞いたところ、その父親が反対運動のリーダー的な立場だということがわかって……」

「今でも出入りしているのか？」

「いえ、その子が事務所に近づかないように、健一や真吉にはきつく言ってあります」

「リーダーの娘か……」

「親子ですから、いろいろなことを知っていると思いますが……」

「子供に親のスパイをやらせようってのか？」

「その子は、商店街で喫茶店をやってる坂本さんのお孫さんなんですが……」

「坂本さんならよく知っている。うまいコーヒーをいれるマスターだ」

「どうやら、再開発を巡って、坂本さん親子は対立しているようです」

「坂本さん親子ってのは、つまり、マスターとその女子高生の父親ってことかい？」

「はい」

阿岐本のオヤジは考え込んだ。

「親子や家族のことに立ち入っちゃいけねえ」

日村は、頭を垂れた。

「そうですね……」

「だがな……」

「は……？」

「喧嘩となりゃ、なりふり構っちゃいられねえ。特に、相手は西の筋だ。へた打ちゃ、潰されちまう。利用できるものは何でも利用しなくちゃならねえ」

「正直言うと、自分もそう考えていました」

「だが、くれぐれも注意しろ。娘さんは、まだ高校生なんだろう？　俺たちみたいなのと関わりがあるなんてことが、世間に知れたら迷惑がかかる」

「心得ています」

「その件については、おまえに任せる。きっちりやんな」

「はい」

「あとは、シノ・メディカル・エージェンシーの件だが……」

阿岐本のオヤジの眼光がにわかに鋭くなった。「まず永神に話を聞かなけりゃならねえ」

日村は、驚いた。

「オジキにですか？」

「あいつの周辺から、俺たちのことが耶麻島組に洩れたということも考えられる」

「ですが、それは……？」

阿岐本のオヤジは、片手を上げて、日村を制した。

「別に責めようってんじゃねえんだ。事情を聞くだけだ。場合によっちゃ、永神に動いてもらうことになるかもしれねえ」

たしかに、永神のオジキがいれば何かと心強い。

「すぐに呼んでくんな」

「わかりました」

　こういう場合、親の目の前で携帯電話をかけても失礼には当たらない。やれと言われたことをすぐにやらないほうがまずい。

　日村は、「失礼します」と断って、永神の携帯電話にかけた。

「おう、誠司か。どうした？」

「オヤジがすぐに会いたいと言ってるんですが……」

「すぐに……？　今、仕事の最中なんだがな……」

「こちらを優先していただけませんか？」

　永神の口調が変わった。にわかに慎重になった。

「病院の件か？　それなら、俺は関わりはない。すべて阿岐本のアニキに任せたんだ」

「お話をうかがいたいと、オヤジは言っています」

　ちょっと沈黙の間があった。

「怒ってるのか？」

「さあ、自分にはわかりかねます」

　これくらいの脅しをかけておかないと、すぐには動いてくれないだろう。

「わかった。何とか用事を切り上げて、そっちに向かう」

「お願いします」

　電話を切ると、阿岐本のオヤジが言った。

「永神が来るまで、時間がかかるだろう。今のうちに、腹ごしらえしておきな。若いやつらにもそう言っておけ」

今のうちに腹ごしらえをするということは、今夜は夜中まで働くことになるということだ。もしかしたら徹夜になるかもしれない。

「わかりました」

日村は、一礼してオヤジの部屋を出た。

若い連中は、また二階で料理をしているようだ。事務所に下りて、真吉に尋ねた。

「今夜もここで飯を食うのか？」

「はい。今三橋さんが、ちゃんこを作っています」

ちゃんこ鍋《なべ》か。

六月のこの時期に、鍋物は季節はずれと思いがちだ。だが日村は、健一らしい気配りだと思った。鍋なら、料理の時間がかからない。さらに、短時間で食べることができる。

栄養のバランスもいい。相撲《すもう》部屋でちゃんこを食べるのは伊達《だて》ではないのだ。

「今夜は忙しくなるかもしれない。急いで飯を食っておけ」

すでに真吉やテツは、事情を心得ているようだ。彼らは何も質問せずに、ただ「はい」と言った。

健一が事務所にやってきて告げた。

「鍋ができました。代貸もどうです？」

日村はうなずいた。

こいつらと食事をしておけばよかった。そう思う瞬間がいつ来るかわからない。そんなことを思いながら、二階に上がった。


永神がやって来たのは、八時半頃だった。すでに、全員食事を終えていた。オヤジは永神のオジキと二人で話をするつもりだと思っていた。

「誠司、おまえも来てくれ」

阿岐本のオヤジにそう言われて、日村は少し驚いた。

部屋まで上がると、まずオヤジがソファに腰を下ろした。

「ま、掛けてくんな」

そう言われて、永神がソファに座る。いつもより、ずっと神妙な顔つきだ。

日村は、オヤジの後ろに立っていた。それを見て永神が言った。

「おい、そんなところに突っ立ってちゃ、落ち着かないじゃないか」

交渉相手にプレッシャーをかけるためのポジションだ。永神もそのことはよく心得ている。

阿岐本は、そんな永神を無視して言った。

「病院と契約している業者のことについて聞きたいんだ」

とたんに、永神は慌てはじめた。

「いや、それは誠司にも説明したとおり、アニキに病院の話を持ってきたときには、シノ・

メディカル・エージェンシーのことは知らなかったんだ」

阿岐本のオヤジはにこりともしないで質問する。

「いつ知ったんだ？」

「ここから事務所に戻ると、妙に胸騒ぎがしてね。ちょっと、社員に調べさせたんだ」

「社員ね……」

「それで初めてシノ・メディカル・エージェンシーのバックに耶麻島組がいるってことを知ったってわけだ」

「そういうことは事前に調べておくべきじゃねえのかい？」

永神は頭を下げた。

「まったく、アニキの言うとおりだ。面目《めんぼく》ない」

「そのことを知ってからも、おめえは知らせてくれなかった」

「知らせようとしていた矢先に、誠司が事務所にやって来たんだ。別に隠そうとしていたわけじゃない」

本当だろうか。

永神のオジキはどうも調子のいいところがある。

阿岐本のオヤジは、無言でしばらく永神のオジキを見つめていた。この無言のプレッシャーがなかなか怖い。

永神は、ますます落ち着きをなくした。

「いや、本当にすまない。もっと早くわかっていれば、こんな話をアニキのところに持ってきたりはしなかったんだ」

阿岐本のオヤジは何も言わない。

本当に怒っているのだろうか……。

日村がそう思ったとき、オヤジが言った。

「まあ、いいや。どうせ、今さら後には退けないんだ」

あっけらかんとした口調だった。永神のオジキは、ほっとした表情になった。

「実はな、地元のほうでも、耶麻島組絡みのトラブルがあってな……」

永神の表情が引き締まった。ヤクザはトラブルという言葉に敏感だ。一般人の嫌がるトラブルは、ヤクザにとって金になることがしばしばあるからだ。

「ほう、地元でトラブル……」

「事務所の前に、追放運動の人たちが集まってなかったか？」

「ああ……。物好きなやつらがいるもんだと思って、睨みつけてやったが……」

「余計なことをするんじゃないよ。あの人たちだって、うちのシマ内の素人さんなんだ」

「それで、その追放運動の連中がどうしたんだい？」

「どうやらその追放運動を利用しようとしているやつらがいる。町内の人たちは、そいつらに踊らされているのかもしれない」

「それが耶麻島組だというわけかい？」

「耶麻島組のフロント企業らしい。『データ商事』という不動産屋なんだが……」

「『データ商事』ね……」

「知ってる口ぶりだな」

「渋谷に本店がある会社だ。再開発なんかで立ち退きだの何だのって面倒な話になると、必ず顔を出す」

「そこと付き合いがあるのか?」

「とんでもない。耶麻島組のフロント企業だよ」

「おまえだったら、平気で付き合いそうな気がしたんだがな……」

「筋違いだ。俺だってそんな恐ろしいことはできないよ」

「おまえの周辺で、『データ商事』と何か関わりがあったやつはいないか?」

「心当たりはないな。何でそんなことを聞くんだ?」

「俺が病院に行った次の日に、追放運動の人たちが事務所の前に集まった」

　永神はきょとんとした顔になった。

「そいつは、偶然じゃないのか?　いくらなんでも、次の日までに住民を組織するなんてことは……」

「追放運動は、ずいぶん前からくすぶっていたようなんだ。新旧の住民の対立がその背景にあるらしい。そうした動きを『データ商事』が嗅ぎつけ、それを耶麻島組が利用したんじゃないかと思う」

「うーん」

永神は考え込んだ。「そいつはどうかな……」

「自分の身に置き換えてみろよ。もし、おまえが耶麻島組で、俺たちが邪魔でしょうがないとなったら、どうだ？」

そう言われて、永神の目つきに凄味が増した。

「やるだろうな」

「おまえ、ちょっと調べてみてくれないか。もし、俺が考えているとおりなら、喧嘩のやりようもある」

永神はびっくりした顔になった。

「耶麻島組と事を構えるってことか？　後ろには関西の組織がひかえているんだぜ」

「別に関西は関係ない。俺たちと耶麻島組の話だ」

「喧嘩となりゃ、そうはいかないだろう」

「だから、そうならないようにするんだ。そのためには、あちらに非があることをはっきりとさせなけりゃならない。そうなりゃ、耶麻島組の上の組織だって口出しはできないだろう。それが喧嘩のやり方ってもんだ」

「いや、揉めたら関西の連中は必ず口出ししてくる」

「こっちは筋を通すだけだ。誰も文句は言えねえよ」

「アニキは、呑気《のんき》だなあ……」

永神があきれたように言う。日村も同感だった。

「なに、おまえの気が小せえんだよ」

「気が小さいとかの問題じゃないと思うけどなあ……」

「とにかく、先に仕掛けてきたのは、耶麻島組だということを、きっちり調べ出したいわけだ。おめえの力が必要なんだよ」

「わかった。そうまで言われたら、俺も断れない」

「当たり前だ。もともと、おめえが持ってきた話だ」

永神は、またしゅんとなった。


オヤジと別れて事務所に下りると、永神のオジキが日村に言った。

「アニキが言ったとおり、元はと言えば俺のせいなんだが……」

「オジキは、ご存じなかったのでしょう。ならば、仕方がありません」

「それにしても、耶麻島組と喧嘩だって……？　ほんと、冗談じゃないぞ」

「オヤジが喧嘩を買うと言っているのですから、どうしようもありません」

永神は溜め息をついた。

「関わりたくないというのが本心だが、そうもいかねえ」

「すいません」

「いや、謝るのはこっちだ。おまえには、いつも苦労をかけるな」

「いえ……」

「じゃあな」

来たときと同様に、永神はそそくさと帰っていった。日村は、彼を送り出すときに、すでに追放運動の人々がいなくなっていることを確かめた。

オヤジとオジキが話をしている間に引きあげたのだ。夜中は抗議行動をしないというわけだ。

健一たち若い衆が全員そろって、日村のほうを見ていた。永神がなぜやってきたのか、阿岐本のオヤジとどんな話をしたのか聞きたがっているのだ。

日村は、オヤジが言ったことをかいつまんで説明した。

話を聞き終わると、健一が言った。

「追放運動のことを調べろということですが、具体的にはどうやって……？」

「使えるものは何でも使えと、オヤジは言っていた」

「使えるもの……？」

「本来ならやっちゃいけないことだ。それはわかっている。だが、この際仕方がない」

健一がうなずいた。

「坂本香苗のことですね？」

「どういう経緯で、反対運動が組織されたのか、誰が言い出したのか、また、外部から組織化を働きかけたようなやつはいないか……。そういうことを聞き出してほしい」

健一が真吉を見た。

「それは、真吉の役目ですね」

「いや、真吉には病院でやることがあるんだ」

真吉が言った。

「病院にいても、話を聞くことはできます」

日村は真吉のほうを見た。

「電話をすればいいだけのことですし、メールでもある程度のことを聞き出すことはできます」

今時の高校生は、みんな携帯電話を持っているということを、つい忘れがちだ。自分たちの高校生時代のことを考えてしまうからだ。

「わかった。だが、事務所には来させるな。それから、くれぐれも父親に、俺たちと関わっていることを知られるなと言っておけ」

「わかりました」

日村はテツに向かって言った。

「おまえは、引き続き、インターネットで調べてくれ」

「わかりました」

すでにテツは、パソコンの前に座っていた。そこが彼の定位置なのだ。

稔が言った。

「自分にもできることはないですか?」

「甘糟に、外を出歩くなと言われている。それに逆らうわけにはいかない。おまえたちも、話が聞けそうなやつがいたら、電話で話を聞いてみてくれ」

健一と稔は同時にうなずいた。

「わかりました」

健一が言った。「いろいろと当たってみます」

健一は、今ではずいぶんとおとなしくなったが、昔はこのあたりで、彼の名を聞いたら不良たちが裸足《はだし》で逃げ出すと言われていた。

稔も、暴走族でずいぶんと鳴らしたものだ。そうした過去の知り合いたちのネットワークはばかにならない。

アウトローにはアウトローの情報網があるのだ。

彼らはいっせいに電話をかけはじめた。

日村は、いつものソファに腰を下ろした。若いやつらにだけ仕事をさせているわけにもいかない。何か知っていそうな人を探し出して話を聞かなければならない。

しばらく考えた末に、日村は立ち上がった。

「ちょっと出かけてくる」

健一が驚いたように言った。

「外出禁止なんじゃないですか?」

「どうしても気になることがあるんだ。俺だけ出歩いて悪いがな……」

「いや、そういうことじゃないんです。また、甘糟さんの耳に入ったら、代貸が文句を言われることになると思いまして……」

「暴力団が嫌がられるのは、素人が怖がるような恰好をして、徒党を組んで歩いたりするからだ。俺ならだいじょうぶだ」

「わかりました。ごくろうさんです」

日村は、事務所を出ると、周囲を見回した。そして、できるだけ目立たぬように道の端をうつむき加減で歩きだした。

商店街を進み、駅のそばまで来る。

焼き鳥屋は、混み合っている様子だった。暖簾《のれん》の隙間からカウンターの中を見ると、店主のおやじと眼が合った。

日村が眼でうなずきかけると、焼き鳥屋のおやじがカウンターから出てきた。

「日村さん、すまねえ。あの連中のことで来たんだろう？」

「何も謝ることはありません」

「俺たちは、あんたらに出て行ってもらおうなんて、露ほども思ってねえんだ。だけどな、息子らの世代や、新しくやってきたコンビニの連中なんかが……」

「そのことは、よくわかっています。ちょっとお訊きしたいことがあるんですが、お仕事中ですよね……」

「いいって。中はしばらくかかあに任せておけばいい。何だい、訊きたいことって？」

「喫茶店の坂本さんは、ご存じですよね」

「ご存じなんてもんじゃないよ。あの人には、小学校の頃から世話になっているよ。坂本さん、ガキ大将だったんだ」

「地方にいらした息子さんが、最近こちらに戻られたとか……」

「孝弘《たかひろ》っていうんだ」

「孝弘……？」

「息子の名前だよ。転勤とか言ってたな」

「追放運動の中心人物だと聞きました」

焼き鳥屋のおやじは、苦い表情になった。

「頭の固いやつでね……。坂本さんは人格者なのに、孝弘は学生の頃はガリ勉だったな」

「どうして、追放運動の中心人物になったんでしょうね？」

「よく知らないな。商店街の寄合でも、若いやつらがそんな話をしていたんだが、どうも追放運動は、別のところでまとまった話らしいや」

「別のところ……？」

「俺も、そこんところはよく知らないんだ。なんせ、新しく引っ越してきたマンションの住人とか商店街の若い世代が中心になって進めた話なんでな……。俺たちは蚊帳《かや》の外だった」

「再開発の話があるそうですね？」

焼き鳥屋は、ますますしかめ面になった。

「そんなのは、机上の空論だって、俺たちは言ってるんだ。再開発って何だよ。ここいらは、充分に開発されてるじゃねえか。こんなに血の通った町がよそにあるかい？　それをさ、殺風景なビルにしちまおうってんだ」

「再開発に賛成の人たちと反対の人たちが対立しているという話を聞きました」

「よそでそういう話があると、醜《みにく》いもんだと思っていた。私利私欲がぶつかり合う。まさか、この町でそんなことが起きるとは思わなかった」

「間違いなく、坂本さんの息子さんが運動の中心人物なんですね？」

「ああ、間違いないよ」

「しばらく地方にお住まいだったのですよね。そして、最近戻っていらした……。そんな方が、地域の運動のリーダーになれるもんですかね？」

「地方に住んでいたって言っても、大学卒業して就職するまでこの町に住んでいたんだ。幼馴染みなんかがけっこういるんだ」

「お仕事は何をされているんでしょうね？」

「団体職員だって言ってたな」

「団体職員……」

ずいぶん漠然とした言い方だ。

日村も、考えようによっては団体職員だ。

「外郭団体ってのかい？　お役所のそばにいて仕事をもらうような団体があるだろう。役人の天下り先だよ。そこの職員をやっているらしい」

「どこの役所でしょうね？」

「国土交通省だったと思うよ。昔の建設省のほうだね」

頭の中で、ピンポーンという音がしたように感じた。

坂本孝弘が、具体的にどんな仕事をしているのかはわからない。だが、国土交通省ならば、再開発と関係があっても不思議はない。

そして、『データ商事』のような不動産屋と、何らかの関わりがあるということも、充分に考えられる。

証拠はない。だが、刑事ではないので物証など必要ない。日村たちにとっては、疑わしいというだけで充分なのだ。

「お忙しいところを、いろいろと教えていただいて、ありがとうございました」

「なあ、日村さん」

「はい」

「追放運動なんかで、阿岐本さんはここから出て行ったりしないよな」

「もちろんです」

「あんたらがいてくれないと、この町はどうなっちまうかわからない。再開発にまつわるごたごたを取り仕切っているのは、『データ商事』ってんだが、そのバックには暴力団がついていうってていうじゃねえか。あんたらが防波堤になってくれているおかげで、そういう連中からミカジメを取られることもないわけだ。阿岐本の親分がいなくなったら、どんなことになるかわかりゃしねえ」

日村はちょっと驚いた。

「『データ商事』のことを、ご存じでしたか……」

「そりゃ、俺たちは当事者だからね。いろいろと耳に入ってくるよ」

「直接、暴力団員が嫌がらせに来るようなことはないんですね？」

「あんたらがいてくれるからね。でもね、追放運動なんかで、阿岐本の親分がいなくなったら、露骨な嫌がらせなんかも増えるかもしれないね」

阿岐本のオヤジの名前は、その筋ではなかなか影響力があるのだ。

世の中はきれい事だけでは済まない。力関係で成り立っている部分もある。たしかに、阿岐本のオヤジが睨みをきかせている間は、この町は安泰だろう。

だからこそ、『データ商事』とその背後にいる耶麻島組は、オヤジをこの町から追い出したいのだ。

そして、同時に病院からも追い出したいというわけだ。

「何かあったら、遠慮なく言ってください」

日村が言うと、焼き鳥屋のおやじがにっと笑った。

「俺たちはね、阿岐本の親分に遠慮したことなんて、一度もないんだよ」

日村は、深々と頭を下げた。おやじが暖簾の向こうに消えるのを見送り、踵《きびす》を返した。

そのとき、目の前に立ちふさがった男がいた。

マル暴刑事の甘糟だった。

「ねえ、あんた、こんなところで、何をしてんのさ？」

「何って……。ちょっと立ち話を……」

「出歩かないでって言ったでしょう」

「気をつけてはいます。でも、生活している限り、まったく外に出ないというわけにもいかないんです」

「僕の身にもなってよ。何事もなく、暴力団追放強化月間を終えたいんだよ。追放運動の集会やってるんだろう？　あんたらが町中をふらつくと、そういう人たちを刺激するんだよ」

「追放運動の人たちは、夜のこの時間はいらっしゃいません」

「そういうことじゃないんだよ」

「気をつけます」

甘糟は、日村の袖《そで》を引っぱって、人目につかない場所に移動した。

「病院のこと、いろいろ調べてみたよ。なんだか、ややっこしいことになってるみたいじゃない」

「えーと、ややっこしいことって言いますと……？」

「耶麻島組だよ。出入りの業者は、耶麻島組のフロント企業なんだろう。それを知ってて、おたくの組長は、病院に乗り込んだわけ？」

さすがに警察だ。

「いえ、病院のことを引き受けたときには、そのことは知りませんでした」

「今は知ってるんだね？」

「はい」

「だったら、すぐに手を引いてよ」

「そういうわけにはいかないんです。いろいろとしがらみもありまして……」

甘糟に、「これはヤクザの喧嘩だから」などとは、口が裂けても言えない。

「このあたりにも、耶麻島組の息のかかった不動産屋が進出してきているんだよ」

「再開発の話ですね」

「耶麻島組を担当している同僚がさ、あんたらのことをちょっと話したら、目の色を変えていたと言っていたよ。だから、早いところ病院から引きあげてよ」

日村は、一瞬絶句した。

「今、何とおっしゃいました？」

甘糟は、ぽかんとした顔で日村を見ていた。

19

大急ぎで阿岐本の部屋に戻り、報告した。

「マル暴の甘糟さんと話をしまして……。どうやら、病院のことが耶麻島組に洩れたのは、警察からのようです」

「まあ、こっち来て座れ」

日村は立ったまましゃべっていた。

「失礼します」

急を要すると思ったので、余計なことは言わずにすぐにソファに腰を下ろした。

「警察から洩れたってのは、どういうことだ？」

「甘糟さんが、暴力団追放強化月間だから当分出歩くなと、自分らに言いにいらしたことは話しましたよね」

「ああ、覚えてるよ」

「はい。その翌日に、病院の話をしたんです。どうやら、その話を耶麻島組を担当しているマル暴の刑事に伝えたらしいんです」

「耶麻島組の担当？　あの組のシマは、もともと三軒茶屋あたりだったはずだ。世田谷署の刑事に知らせたってことかい？」

「そういうことだと思います」

「なるほど、その刑事がそのことを耶麻島組に確認に行き、俺たちのことが伝わっちまったということだな……」

「はい。今思い出したんですが、その話をしたときに、甘糟さんは、すでに住民の中に追放運動を始めようという動きがあると言っていました」

「なるほどね……」

「その前日に、真吉と稔が、電線に絡まったツタを切りに行って、住民に通報されてパクられましたよね。おとがめなしで帰ってきたんですが、それがきっかけとなって追放運動が始まったと、甘糟さんは言ってました」

「甘糟さんがそれを言いにきたのは、いつのことだ？」

「二日前、つまり、六月五日、火曜日のことです」

「時間は？」

「たしか昼頃ですね」

「ふん、真吉と稔のことがきっかけになったというのは、方便だな。つまり、仕掛けたやつは、こちらのせいにしたいわけだ。運動は、そのずっと前からくすぶっていて、それを利用したんだよ」

「仕掛けたやつというのは、『データ商事』と耶麻島組ですね」

「それを裏付けるような情報をかき集めろ。情報の多さが勝負だ」

「わかりました」

事務所に下りると、まだ健一たちが電話をかけ続けていた。それぞれの携帯電話を使っているので、事務所の電話がずっと話し中という心配はない。

テツだけは、パソコンに向かっている。

「どんな具合だ？」

日村は、ちょうど電話を切ったところだった健一に声をかけた。

「『データ商事』というのは、素っ堅気ですね。不動産なんかに詳しいやつに訊いたんですが、ゲソのついたやつや半ゲソもいないようです」

ゲソがついたやつというのは、組員のこと、半ゲソは準構成員だ。

「永神のオジキの話だと、再開発なんかの話のときには、たいてい首を突っ込んでくるらしいが……」

「ええ、そのようですね。でも、不正なことをやっているわけじゃないようです」

「なまぐさい話や後ろ暗いことは、裏で耶麻島組が担当しているんだろう。つまり、フロント企業というわけだ」

珍しく、テツが話に割り込んできた。

「そういう意味では、『データ商事』は、シノ・メディカル・エージェンシーと同じというわけですね」

日村は、テツに言った。

「何とか、反対運動と『データ商事』や耶麻島組のつながりが証明できないもんかな?」

テツは、口ごもったまま下を向いた。ネットは万能ではない。テツにもできることとできないことがあるのだ。

そんなにしょげなくてもいい、おまえは充分にやってくれている。

そう言ってやろうとしたとき、真吉が携帯電話を見ながら言った。

「どうやら、その手がかりが見つかりそうですよ」

テツが顔を上げた。日村は、真吉のほうを見た。真吉はメールを読んでいるらしい。

「手がかりだって?」

真吉が日村の顔を見た。

「はい。香苗からメールが来まして……。父親がずいぶん前から、不動産業者と何度か会っているのに気づいたということです」

「不動産業者……?」

「香苗は、父親が持っていた名刺を確認したと言っています。『データ商事』のワカヤマ・カンイチというやつらしいです」

「いつ頃から会っているんだ?」

「初めて二人が会っているところを見たのは、三ヵ月ほど前だと言ってます。仕事の話だと言いながら、職場ではなく、わざわざ家の近所で会っていたので、ちょっと妙だと思っていたらしいです」

真吉は、メモを日村に渡した。へたくそな字で若山寛一と書かれていた。肌身離さず持っている万年筆で書いたメモだ。

「『データ商事』と香苗の父親のつながりがわかったということですね」

健一が言った。日村はうなずいた。

「焼き鳥屋のおやじが言っていたんだが、追放運動は、町内会の寄合とかとは、別のところでまとまった話のようだ」

健一が、思案顔で言う。

「その若山とかいうやつに焚《た》きつけられて、香苗の父親が根回しをしたということでしょうか」

日村は言った。

「間違いないな。ちょっとオヤジに知らせてくる」

オヤジの部屋まで上がり、ノックをする。すぐに返事があった。まだ寝ていないようだ。

「失礼します」

まだ着替えてもいなかった。ソファで何事か考えている様子だった。

「おう、何かあったか?」

「はい……」

日村は、『データ商事』の若山と香苗の父親が、少なくとも三ヵ月前から会っていたという事実を伝えた。

阿岐本のオヤジは、なぜか、ちょっと淋しそうな顔になった。

「わかった……。永神からは何か言ってきたか？」

「いえ、まだです」

「情報が洩れたのは、あいつのところじゃなくて、警察だったと言ってやれ」

「はい」

「それから、あいつの顔の広さを見込んで、頼みがあると伝えてくれ」

「頼み……？」

「耶麻島組の台所事情を知りたいんだ」

「金ですか？」

「ああ、できれば、シノ・メディカル・エージェンシーや『データ商事』の経営状態なんかもわかればありがたい」

そんなことを知ってどうするつもりだろう。

疑問に思ったが、もちろん親にいちいち聞き返すことはできない。

「わかりました」

「俺は、もう寝るから、何かあっても明日にしてくれ」

日村は、ちょっと驚いた。喧嘩を覚悟したからには、二十四時間態勢だと思っていた。

「はあ……」

「明日も病院だ。おまえらも早く休め」

「はい」

日村は、どこか釈然としない気分のまま、事務所に下りた。

すぐに永神の携帯電話にかけた。

「誠司か？　部下にいろいろ尋ねたが、うちは、『データ商事』とは一切関わりはない」

「そのことですが、どうやら、うちに出入りしているマル暴の刑事から洩れたらしいんです。オジキのところではありませんでした」

「マル暴だって……？　まったく、最近の警察の情報管理はどうなってるんだ」

「まったくです」

「まあ、俺のところが出所じゃなかったと聞いて、ちょっと安心したぞ」

「オヤジが、オジキの顔の広さを見込んで頼みがあると言ってました」

「何だ？」

「耶麻島組の台所事情を探ってほしいとのことです」

「台所事情……？」

「できれば、『データ商事』やシノ・メディカル・エージェンシーの経営状態まで知りたいと言ってましたが……」

「アニキは何でそんなことを知りたがるんだ？」

「いや、自分が訊きたいくらいです。オジキはどうしてだと思います？」

「まあ、敵を知り、己《おのれ》を知れば、百戦危うからずってところかなあ……」

「はあ……」

「わかった。調べてみるよ」

日村は、ちょっと迷ってから言った。

「オヤジが、もう寝るって言ってるんです」

「あ？　何のこった、そりゃ？」

「何かあっても、明日でいいって……。自分は、耶麻島組との喧嘩だというので、かなり緊張しているわけですが……」

 やや間があった。

「アニキの考えていることは、俺にもわからねえよ。ただな、一つだけ言えるのは、アニキの言うとおりにして、間違いはないということだ」

阿岐本のオヤジが頼りになるという点では、日村も同感だった。

「早く寝ろと言われました」

「なら、そうするんだな。じゃあ、また連絡する」

電話が切れた。

日村は、携帯電話をしまうと、健一に言った。

「真吉とテツは、明日も病院に行かなけりゃならない。早く休めとオヤジが言っている。俺も、家に帰る」

健一がうなずいた。

「わかりました」

「おまえと稔も、できるだけ休め」

「自分らはだいじょうぶです」

健一に続いて、真吉も言った。

「自分も、多少寝なくてもだいじょうぶです」

テツも、同じことを言いたそうな顔をしている。

二人とも、当番を健一と稔に押しつけるのが心苦しいのだ。

「病院の仕事も大切なんだ。オヤジの言いつけだ。なるべく早く休め。特に、おまえはオヤジの車を運転するんだからな」

健一が言う。

「あとのことは、自分に任せてください」

日村は、うなずいた。

「じゃあ、俺は引きあげることにする。何かあったら、オヤジに、じゃなくて、俺に知らせろ」

「はい」

日村は、事務所を後にした。

翌日、病院に行くと、真吉はさっそくナースステーションに向かった。看護師たちは、朝から多忙なはずだが、真吉なら師長から話を聞き出すことは可能だろう。

テツは、着席するとすぐにパソコンを立ち上げ、何やら検索を始めた。

日村は、事務室にいたが、なんとなく雰囲気が変わっているように感じた。病院に初めてやって来たのは、三日前のことだ。

そのときは、尻の座りが悪いことこの上なかった。病院など、およそ筋違いだし、職員たちの警戒心や敵対心を、ひしひしと感じた。

大げさに言えば、針のむしろだった。だが、今日は、そういうとげとげしい雰囲気が和らいでいるように感じられる。

心なしか、事務員たちの間の会話も多いような気がした。

その思いが顔に出たのだろう。朝顔がうなずきかけてきた。日村は、朝顔の席に近づいた。

「昨日とは違うと感じているようですね？」

「おっしゃるとおりです。何がどう変わったのか、わかりませんが……」

「今朝のことです。事務員のミーティングで、私たちは確認したのです」

「確認……？　何の確認ですか？」

「笑顔はただ、という言葉がありますね？　サービス業の基本です。ただで最も効果的なのが、笑顔です。私たちは、事務職なのでサービスの基本など関係ないと思っていました。特に、医療機関はサービス業ではありません。しかし、それが間違いだということが、わかったのです」

「間違い……？」

「あなたたちは、外壁をきれいにして、蛍光灯を新しくしてくださいました。そして、野沢さんに、笑顔の重要さを教えてくださったのです。私たちは、それから学ぶことにしました。我々の病院に来て、患者さんがまず最初に接するのは、医者でもなければ、看護師でもありません。受付であり、我々事務員なのです。そして、帰る前に最後に接するのも我々です。それはとても重要なことだと気づいたのです」

「それを確認されたと……？」

「そうです。医者や看護師の方々は、精一杯丁寧に患者さんに接している。それなのに、事務員が無愛想では、ぶち壊しです。さらに、我々がいい雰囲気を作ることで、精神的にも肉体的にも厳しい思いをされている医者や看護師の方々を少しでも楽にしてさしあげられるのではないかと……」

「それは、とてもいいことだと思います」

日村は、朝顔の急変ぶりに驚きながら言った。「さっそく、監事に報告してきましょう」

日村は、院長室を訪ねた。

高島院長がおり、阿岐本のオヤジは来客用のソファに座っていた。二人は何か話し合っていた様子だ。

「お取り込み中でしたか？」

高島院長が言った。

「いえ、かまいません。どうぞ」

阿岐本のオヤジを見ると、うなずいたので、日村は部屋に入り、ドアを閉めた。

「報告したいことがありまして……」

日村は、二人を交互に見ながら言った。

阿岐本のオヤジが言った。

「何の報告だい？」

「事務長が、事務室の人たちと話し合ったことなんですが……」

「ほう……」

日村は、朝顔が言っていたことを伝えた。阿岐本のオヤジは満足げに笑みを浮かべた。

「そいつはうれしい知らせだねえ」

「正直、驚きました。気持ちが悪いくらいに朝顔さんが変わってしまって……」

「人間、重しをとってやれば、本来の姿が見えてくるもんだよ」

「本来の姿ですか……」

高島が言った。

「監事のおっしゃるとおりです。朝顔は、昔は、もっと明るい男でした。理想に燃えていたと言ってもいい。病院の経営がうまくいかなくなると、いつしか、すべての歯車が狂ってしまって……。朝顔は、いろいろなものを背負い込んでしまったのだと思います」

「そう」

阿岐本のオヤジがうなずいた。「彼は、一人で防波堤になろうとしていた。あの人はねえ、その重圧にじっと耐えていたんですよ」

高島院長が言った。

「すべての責任は、私にあります」

「いやいや、だからね……」

阿岐本のオヤジが言う。「そうやって、一人で責任を背負い込もうとするのがいけない。たしかに、今のままでは、いずれ病院は立ちゆかなくなる。だからこそ、私たちが来たんじゃないですか。いっしょに問題を解決していくんですよ」

高島院長がそれにこたえる。

「監事たちは、すでに問題のかなりの部分を解決してくださったと思います。マイナス部分ばかり見ていた私たちの気持ちを、前向きにしてくれました。経営の立て直しで、一番大切なのは、その気持ちなのだと思います」

阿岐本のオヤジは、高島院長を見つめた。

「まだまだ問題は解決していません。実務的な面では、まだ何も手を付けていないのですからね。まずは、経営を圧迫しているシノ・メディカル・エージェンシーを排除しなければならないと思います」

「契約を見直したいと伝えてあるのですよね？　それきり、向こうからは何も言ってきませんが……」

「契約を見直すどころか、やつらは、私らをここから追い出すつもりですよ」

「追い出す……？」

「私たちが邪魔でしょうがないんですよ。やつらは、この病院から徹底的に搾り取るつもりです。そして、最終的には病院を潰してしまい、債権者となって、設備や建物を売り飛ばして金にする……」

「そんな……」

「それが、やつらの……、いや、私たちのやり方なんです。やつらは、それをよく知っている私らが邪魔なわけです」

「どうすればいいのですか？」

俺もそれが訊きたい。日村はそう思った。

阿岐本のオヤジは、悠然と言った。

「前向きに病院の仕事に取り組んでください。それだけでけっこうです。あとは、私たちがやります」

高島院長は、しばらく阿岐本のオヤジを見つめていたが、やがてうなずいた。

「わかりました。私たちが間違った方向へ進んでいたのを、あなた方は正してくれました。私も腹をくくって、あなたに従うことにします」

「そう言っていただけると、私らもやり甲斐《がい》があるってもんです」

阿岐本のオヤジは、またにっと笑った。

20

その日も、夕刻まで、シノ・メディカル・エージェンシーの米田は姿を見せなかった。

午後五時過ぎに、真吉が院長室にやってきた。高島院長は、外来患者を診ており、院長席に阿岐本のオヤジが座っていた。

日村は、ソファに腰かけていた。オヤジの脇に立っていようとしたのだが、目障《めざわ》りだから座れと言われたのだ。

「師長から話が聞けました」

真吉が阿岐本のオヤジに言った。

「ほう、どんな話をした？」

「働いている上で、何か問題はないかと訊いたんですが……」

「それで……？」

「問題などないと言われました」

「問題はない？　けど、看護婦たちは二交代だかの厳しい条件で働き続けているんだろう？」

「ええ、肉体的な疲労もストレスもたいへんなものです」

「なのに、問題はない、と……？」

「それが、看護師という仕事なんだと、師長は言いました」

「看護師という仕事……」

「歯を食いしばって責任を果たす。それがプロなんだと……。師長は、看護師たちに、プロとして見られたいのだったら、それなりのことをやりなさいと言っているそうです。そのためには勉強や努力も必要だし、我慢も必要だと……」

阿岐本のオヤジは、うーんと唸《うな》った。感心しているのだろう。

日村も、ちょっと感動していた。

「だけど……」

日村は言った。「そんなに厳しいことを言って、看護師たちから反感を買わないのか?」

「看護師たちに聞いたんですけど、師長は絶大な信頼があるらしいです」

阿岐本のオヤジが、またふーんと唸る。真吉が続けて言った。

「お医者さんたちも、一目置いているそうですよ」

阿岐本のオヤジが言う。

「一目見て、腹のすわっている人だと思ったよ」

「師長から、一つだけ理事会に注文があるそうです」

「何だい?」

「病院を潰さないでくれ、と……」

阿岐本のオヤジは、しばらく黙り込んだ。日村も無言だった。

　やがて、オヤジが言った。

「そいつぁ、シンプルで強烈なメッセージだね。俺たちも心してかからないとな……」

　日村はこたえた。

「はい」

　オヤジは、真吉に言った。

「ごくろうだった。今日はぼちぼち引きあげるから、車の用意を頼む」

「わかりました」

　真吉が部屋を出て行くと、阿岐本のオヤジがしみじみと言った。

「この病院は、いい病院なんだねえ……」

「はあ……」

「それを食いものにしようなんてやつらは、許せねえよな……」

「もちろん、そうです」

　日村は、ちょっと迷ってから尋ねた。「でも、どうやって耶麻島組に対抗するんです?」

「とりあえず、何もしない」

「何もしない……?」

「そうだ」

「しかし、それでは……」

「いいか、誠司。喧嘩は先手必勝だが、こういう喧嘩は、先に動いたほうが負けなんだ」

「相手の出方を見るということですか？」

「まあ、そういうことだな。さて、今日は引きあげるとするか……。事務所のほうも気になるしな」

午後五時半に病院を後にした。

事務所の前には、今日も追放運動の人々が集まっていた。阿岐本のオヤジは、彼らの前をにこやかに通り過ぎて事務所に入った。

「誠司、気がついたか？」

「は……？」

「昨日より人数が減っている」

「そうでしたか？」

「おめえは、こんなときに何見てるんだ」

「すいません」

「いいか。事務所の前で抗議行動をする人たちの人数をちゃんと把握しておけ」

「はい」

オヤジは、上の階に行った。

日村はすぐさま出入り口に引き返し、そっと外の様子を見た。たしかにオヤジの言うとおりだった。

初日には、十人以上いた反対運動の動員数が、今日は八人だった。

それにどんな意味があるのか、日村にはわからない。彼らは、近所の住民だ。それぞれに仕事も抱えているだろうし、私用もあるだろう。

一日中事務所の前に張り付いていることなど、なかなかできないはずだ。入れ替わりでやってくることになるだろうから、日によって人数にばらつきがあるのは当然だろう。

だが、オヤジは、人数をちゃんと把握しておけと言った。言いつけは守らなければならない。

「おい、健一」

日村は言った。「追放運動の連中は、今日も朝から来ていたのか？」

「ええ」

「人数は？」

「何人か入れ替わっているようですが、それほど変化はないでしょう」

「初日は十人以上いたが、今日は減っている」

「そうですか？」

「人数を記録しておけ。オヤジがそう言っている。午前、午後、夕方、みたいにおおざっぱでいい」

「わかりました」

健一は、さっそく外の様子をうかがい、その結果をメモ帳に書き留めた。

今日の食事当番は、稔のようだ。二階で料理をしているという。日村も事務所の二階で食事をしていこうと思った。

食事が済んだら、健一と稔を少し休ませてやりたい。しばらく事務所にいてやろうと思った。

食卓に、けっこうそれなりの中華料理が並んでいるので、日村は驚いた。

「稔、すごいじゃないか……」

「いえ、これ、野菜を切って、レトルトを混ぜて炒めるだけなんです」

「それでも、充分豪華だ」

真吉と稔が交代で、電話番をしたが、それ以外は、みんなで食卓を囲んだ。レトルトだと、稔は言ったが、味だってそんなに悪くない。

食事が終わると、日村は一階に下りて一息ついていた。

そこに、永神から電話があった。

「おう、誠司。だいたいのことがわかったぞ」

「早いですね」

「それが俺の取り得だからな。まず、シノ・メディカル・エージェンシーだがな、まあ、経営はまずまずだな。だが、大儲けしているというわけじゃない。収支決算は、とんとんというところだ。『データ商事』は、ひでえもんだ。まあ、どこの不動産業者も、昨今は実入りが悪いが、『データ商事』も、ご多分に洩れず、だ。バブルの頃は、飛ぶ鳥を落とす勢いだったようだが、今では、完全な自転車操業で、会社を存続させるのがやっとというありさまだ」

「なるほど……」

「そんなわけだから、大本の耶麻島組も知れている。台所事情は火の車だよ。おまえも知ってのとおり、組というのは、いざというときのために、まとまった金をプールしておかなけりゃならねえ。だが、上納金もあれば、義理事もある。若い者を食わせなけりゃならねえから、出て行く金は半端じゃねえ。おそらく、耶麻島組にはプールしてある金なんかほとんどねえと思う」

「シノ・メディカル・エージェンシーから吸い上げる金も、たいした額じゃないということですね？」

「そうだろうな。だが、そのわずかな額も、耶麻島組にとっちゃ貴重な収入だろう。もともと耶麻島組は、ノミや金融、土地転がしでシノいで来た。いい時期はまとまった金が入ってきていたんだ。ヤバイ金をきれいにするためにも、まっとうな会社が必要だった。それが『データ商事』だったわけだが、今では、それがお荷物になっている」

「お荷物だが、切るに切れない……」

「そうだ。過去の金の流れなんかの記録も残っているしな。それに、今さら昔の体制には戻せない。だからこそ、『データ商事』は、常に一発勝負で、でかい再開発なんかの話に食い込もうとするわけだ。おまえんとこの再開発の話だけどな、国交省の元官僚が音頭を取っているらしい」

「それ、坂本というやつじゃないですか？」

「いや、そういう名前じゃなかったな……」

だとしたら、坂本の上司か何かだろう。坂本は、駒として動かされているだけに違いない。

日村は、ちょっと暗い気分になった。

「元官僚ということは、天下りか何かですね？　そんなのが言い出しっぺだとしたら、抵抗しても無駄な気がします」

「ところがそうでもないのさ」

「どういうことです？」

「いくら偉そうなやつが音頭を取ったって、バブルの頃と違うんだ。資金だって回らない。へたすりゃ、中国の資本に地域ごと買い取られちまう。そういうわけで、計画に名を連ねている連中も、すっかり腰が引けているっていう話だ」

「じゃあ、まとまらない可能性もあるということですね？」

「つーか、事情通の間では、普通じゃまとまらない話だってことになってるぜ」

「普通じゃなければ、まとまるってことですか？」

「そうだな……。元官僚とヤクザが手を組んだりしたらな……」

微妙な発言だ。

「もっと詳しいことが必要だったら言ってくれと、アニキに伝えてくれ」

「わかりました。いろいろとありがとうございました」

「まあ、負い目があるからな……」

含み笑いが聞こえ、電話が切れた。

時計を見ると、九時を回ったところだ。オヤジはまだ起きているだろう。今の話を伝えに行くことにした。

ドアをノックして言った。

「日村です。遅い時間にすいません」

「おう、何だ？」

ドアを開け、戸口で正座し、報告する。

「今、永神のオジキから連絡がありまして……」

「何だって？」

できるだけ正確に、永神の話を伝えた。聞き終わると、オヤジが言った。

「まあ、そんなところだろうと思ってた」

「耶麻島組としては、『データ商事』で稼げない分、シノ・メディカル・エージェンシーを頼りにしたいでしょうね」

「じり貧のやつほど、一発当てることを考えるようになる。『データ商事』もそうだろう。やつらから見れば、俺たちは、ほんと、目の上のたんこぶだろうな」

「よそ様のシノギに首を突っ込むのは、御法度《ごはっと》だと思いますが……」

阿岐本のオヤジの目つきが変わった。

「耶麻島組のシノギに首を突っ込んでいるわけじゃねえ。俺は、俺を慕ってくれている地元の人たちを守ろうとしているだけだ」

「はい……。ですが、病院の件は……。あれは、シノ・メディカル・エージェンシーや耶麻島組からすると、よそ者が首を突っ込んできたように見えるかもしれません」

「傾いた病院を立て直そうとしているだけだ。あの病院を放っておけるか？」

そう言われて、考えた。

たしかに、足を運べば運ぶほど、あの病院を守りたくなってくる。

オヤジの言葉が続いた。

「もともと、病院を食いものにしていたのは、シノ・メディカル・エージェンシーだ。経営を立て直すためには、それを排除しなければならねえ。どんな経営コンサルタントだって、そう考えるはずだ。そうじゃねえか？」

「はい、そうだと思います」

「看護師長の言葉を思い出してみな。俺たちは頼りにされている。おめえ、そいつに背を向けられるか？」

オヤジの言葉には説得力がある。いや、言葉だけではない。自分の行いが正しいと信じているからこその説得力だ。

もう、何も言うまい。

日村は思った。俺も、オヤジを信じてついていけばいい。

「しばらくは何もしなくていい。そういうことでしたね?」

「そうだ」

「わかりました」

「明日も病院だ。早く休めよ」

「はい」

日村は、礼をしてドアを閉めた。


それから、三日ほどは、平穏に過ぎていった。追放運動の人たちは、相変わらず事務所の前で抗議行動をしていたが、阿岐本組が何もしないので、どうしていいかわからないような様子だった。

暖簾に腕押しの状態だ。

健一が、事務所の前に集まる追放運動の人数を記録していた。

一人減り、また一人減りという状態だった。

その間に、土曜日、日曜日があったので、少しは増えるかと思ったのだが、結局、七人を超えることはなかった。

病院のほうも、土、日、月の三日間は、特に何事もなく過ぎていったようだ。

火曜日の朝、いつものように、十時頃に病院に到着すると、何やらひどく慌ただしかった。

看護師が走り回っており、院長や外科医の結城も険しい表情で歩き回っている。

日村は、事務長の朝顔に尋ねた。

「何かあったんですか？」

「もう、てんやわんやですよ」

「どうしたんです？」

「昨夜から、急患が立て込んでいまして……。今朝も、外来がごらんのありさまです」

見ると、待合室があふれかえらんばかりだった。

二人のやり取りを聞いていた阿岐本のオヤジが言った。

「昨夜から急にですか？」

朝顔がこたえる。

「そうなんです。夜間の救急外来が、ひっきりなしにやってきて……。中にはホームレスもいました。そして、今日は朝から外来が殺到しています」

さすがに朝顔が青ざめている。

日村は、阿岐本のオヤジに言った。

「どういうことでしょう？」

オヤジは、ふんと鼻で笑った。

「耶麻島組が仕掛けてきやがったのさ」

「患者を送り込んできたということですか？」

「おおかた、組員や半ゲソを使って、動員をかけたんだ」

オヤジは朝顔に尋ねた。「治療費はちゃんと取れているんですか？」

「問題はそれなんですよ。夜中の急患のほとんどは、保険証も持っていませんでした。そういう場合、自由診療として会計して、後で保険証を持ってきてもらい、精算するのですが、持ち合わせがない場合は、小額の預かり金だけもらって、後で請求するしかありません」

「つまり、正規に治療代を取っていないということですね？」

「ええ……。ホームレスとかになると、もっとたいへんです。彼らは治療費など持っていませんから、結局社会福祉に頼ることになるのですが、それが、レセプトなどの手続きとは別になるので、仕事がめちゃくちゃに増えることになるのです」

「外来の患者はどうなんです？」

「事務員に確認していませんが、多くの患者が保険証を持っていないようです。現金も持っていないようです。後日請求という形にするしかありません」

「診療を断れないのですか？」

「救急車から受け入れ要請があった場合は、さまざまな理由で断ることもできますが、患者さんが自ら足を運ばれた場合は、金を持っていないからといって、診療を断るわけにはいかないのです」

「なるほど……」

日村は、阿岐本のオヤジの顔を見た。

「どうします？」

オヤジはしばらく病院内の様子を眺めていた。

それから、朝顔に言った。

「院長に、手が空いたら、私のところに来るように言ってください」

「手は空かないと思います」

「では、なんとか、一分だけ時間を作ってくれるように言ってください。あ、それから、あんたもいっしょに来てくれるとありがたい」

朝顔は、顔色を失ったままうなずいた。

「わかりました」

阿岐本のオヤジと日村は、院長室に行き、二人が来るのを待った。

五分ほどして、高島院長がやってきた。朝顔がいっしょだ。さらに、太田看護師長もいっしょだった。朝顔が気をきかせたに違いない。

阿岐本のオヤジは、院長の席を譲ろうとしたが、高島は、「そのままで」と言って、ソファに腰を下ろした。

日村、朝顔、太田師長は立ったままだった。

オヤジが、高島院長に言った。

「だいたいのことは、事務長から聞きました。具体的なことをうかがいたいのです。この数の患者をさばけますか？」

高島院長がこたえる。

「患者のほとんどは、治療の必要もないくらいの軽傷です。それが不幸中の幸いですね。さばけるか、という質問は無意味です。さばかなければならないのが病院なんです」

「看護婦はどうです?」

太田師長が、あくまでも落ち着いた声でこたえる。

「院長のおっしゃるとおりです。患者さんを放り出すわけにはいきません。今、非番の看護師と連絡をとっております。昼までに、少なくとも、二名の増員が見込めます」

浮き足立った病院の中で、師長が一番しっかりしているように見えた。

「事務のほうはどうです?」

「受診の手続き自体はどうということはありません。問題は、受診後の請求です」

阿岐本のオヤジは、ゆっくりとうなずいてから言った。

「これは、シノ・メディカル・エージェンシーや、その背後にいる耶麻島組の攻撃です」

高島院長が目を丸くする。

「攻撃……?」

「そうです。何とかしのいで、乗り切っていただきたい。ここが正念場です」

「今日を乗り切れと言われれば、何とかなります」

高島院長が言う。「しかし、こんなことがずっと続いたら、病院はパンクしてしまいます」

オヤジは、かぶりを振った。

「心配いりません。そう何日も続きませんよ」

その口調は自信たっぷりだった。「事務長、都や区の社会福祉を駆使して、回収できるだけの治療費を回収するように努力してください」

「それは心得てますが……」

「いいですか、みなさん。いよいよ戦争です」

高島院長がつぶやくように聞き返した。

「戦争……?」

オヤジがうなずいた。

「そうです。病院を守るための戦争です」

21

病院内の喧噪《けんそう》を、日村はただ見ているしかない。それが苛立たしかった。

待合室には患者があふれている。大半が、軽傷か仮病だということが、素人眼にもわかる。

午後になって、非番だった看護師二名が駆けつけた。それでも、てんてこ舞いには変わりない。

状況が気になって、事務室と廊下を行ったり来たりしているところに、阿岐本のオヤジがやって来て言った。

「おろおろするな。おまえがうろうろしてたって邪魔になるだけだ。院長室に引っ込んでろ」

「ですが……」

「親に口答えするな。さあ、来るんだ」

「はあ」

言われたとおりにするしかなかった。二人で院長室に行った。阿岐本のオヤジは、いつものように、院長の席にどっかと腰を下ろす。

日村は、どうしていいかわからず、ドアの前に立っていた。

「患者をさばくのは、病院の人たちに任せるしかねえんだ」

阿岐本のオヤジが言った。「なんとか乗り切ってもらうしかない」

「はい……。ですが、医者や看護師がぶっ倒れてしまわないかと、心配です」

「みんな、そんなにヤワじゃねえよ」

「それはそうですが、こんな状態がずっと続いたら、病院はもちませんよ。診療費だってまともに取れないんです。働き損ですよ」

「そこんところは、事務長がなんとかうまくやってくれるよ。それにな、誠司。言っただろう？　こんなことは長くは続かない」

どうしてそう言い切れるのだろう。根拠はあるのだろうか。日村は、疑問に思ったが、それを口には出さなかった。

親の言うことを疑ってはいけない。そして、何より、阿岐本の言葉には妙な説得力があった。

オヤジは自分が言ったことを、本気で信じている様子だ。

日村が黙っていると、オヤジが言った。

「敵は、嫌がらせのつもりかもしれないが、案外、塩を送られたのと同じことになるかもしれねえなあ……」

どういう意味だろう。

日村は、オヤジが何を言おうとしているのか、まったく理解できなかった。

ドアをノックする音が聞こえた。阿岐本のオヤジが「どうぞ」とこたえると、朝顔が入室してきた。

「シノ・メディカル・エージェンシーの米田が来ています」

「ほう……。病院がどうなっているか、様子を見にきたってところかね……」

「提案があると言っていますが……？」

日村は、阿岐本の顔を見た。オヤジはちょっと考えてからこたえた。

「話を聞こうじゃないか。ここにお通ししてください」

「わかりました」

朝顔は、一度院長室を出ていき、しばらくして米田を伴って戻ってきた。

米田は、阿岐本に言った。

「いやはや、たいへんなことになっていますね」

オヤジは鷹揚にこたえる。

「なぜか急に病院が繁盛しましてね……」

「でも、自由診療で、しかも持ち合わせのないような患者が多いと、事務長さんがおっしゃってましたよ」

「金は取るところから取ります。ご心配にはおよびません」

「何かお手伝いできることがあれば、と思うのですが……」

「病院のことを思ってくださるのなら、契約の見直しをぜひお願いします」

「今はそういうことを言っているときじゃないでしょう。わが社で、人材派遣会社に登録している看護師や、アルバイト医を都合できますが、どうです？　今は猫の手も借りたいんじゃないですか？」

「そういう人を雇えば、人件費がかさみます。それが病院の経営をまた圧迫することになります。それが狙いですか？」

阿岐本が米田を見据えた。それだけで、米田は落ち着かなくなった。本物のヤクザの凄味だ。

「まさか、そんな……。私は本当に病院のことを思って提案しているのです」

阿岐本は一転して、にっこりと笑ってみせた。

「ご心配には及びません。当院の医者と看護師だけで、ちゃんと対処できます」

「医療事故など起きなけりゃいいんですがね……」

「また、蛍光灯で怪我をした患者さんみたいな方が出ると言ってるように聞こえますな」

米田の顔色が変わった。怒っているように見えるが、実はうろたえているのだ。

「それはどういう意味ですか？」

「いや、ふとそう思ったものでね」

オヤジは、ほほえんでいる。一方、米田はどんどん落ち着きをなくしていった。

はなから、勝負にならない。日村はそう思いながら、二人のやり取りを眺めていた。

「困ったときは、いつでも相談してください。そのために、我々がいるのですから」

米田は取り繕《つくろ》うように言った。

「だいじょうぶ。この病院の人たちはね、多少忙しいくらいで音《ね》を上げたりはしませんよ」

「そうですか。それを聞いて安心しましたよ」

どう見ても「安心した」という顔ではない。米田は、こちらが白旗を上げるのを見届けるつもりで来たのだろう。

彼が院長室を出ていくと、日村は言った。

「やつら、次の手を打ってくるでしょうか？」

「いや、こいつは持久戦だ。どちらかが参るまでの我慢比べだよ」

「この病院の人たち、本当にもちますかね？」

「だいじょうぶ。今日は、何曜日だい？」

「火曜日ですが……」

「明日は水曜日だ」

何を当たり前のことを……。そこまで考えて、日村は、はっと気づいた。水曜日には、アルバイト医の多賀禄朗がやってくる。救急担当の多賀が来れば、戦力は大幅にアップするはずだ。

「なるほど……」

「敵がいくら奇策で仕掛けてきても、こちらはあくまでも正攻法で乗り切るんだ。それが、今回の戦い方だ」

「わかりました」

阿岐本のオヤジの言うとおりにしていれば間違いはない。永神のオジキもそう言っていた。日村は、もう疑問を差し挟んだり、うろたえたりしないことに決めた。

ただオヤジを信じて、その言葉に従う。それだけでいい。

夕刻になり、外来の受付が終了したが、診察を終えていない患者が、まだ待合室に大勢残っていた。

院長が、阿岐本のオヤジのところに来て告げた。

「外来は、あと二時間もすれば片づくでしょう」

「けっこうな残業になりますね」

「看護師たちに負担を強いることになりますが、仕方がない。これは戦争なんでしょう？」

「そのとおり」

「では、やるしかない。問題は、夜間診療ですね。今、太田師長に頼んで、看護師のシフトを見直してもらっています」

「お医者さんのほうはどうですか？」

「私と結城君でなんとかこなしますよ。いざとなったら、かつての医局に泣きつきます。新人や研修医の助っ人を頼めるかもしれません」

「余計な人件費がかかることになりますね」

「まあ、それは最後の手段ですね。だいじょうぶ。私も結城君も、そう簡単には参ったりしませんよ」

阿岐本のオヤジはうなずいた。

「わかりました。私たちは地元の事務所に引きあげますが、何かあったらすぐに連絡をください」

「監事、これは病院の戦いですよ。見ていてください。私たちだけで立派に戦ってみせます」

「頼もしいお言葉です」

阿岐本、日村、テツの三人は、真吉の運転で事務所に戻ることにした。

車中で、オヤジがぽつりと言った。

「医者ってのは、たいしたもんだねえ……」

日村も同感だった。

「院長は、疲れ果てているはずなのに、妙に活き活きしていましたね。今までで一番活力にあふれているように見えました」

「医者ってのは、おそらくそういうもんなんだろう。患者を診ているときが一番元気なんだよ」

「世の中、そんな医者ばかりじゃないでしょう」

「だろうな。だからこそ、あの院長を応援してやりたくなるんじゃねえか」

「そうですね……」

事務所に到着したのは、午後六時半頃だ。今日も、暴力団追放運動の人たちが集まっている。

日村は、人数を確認した。六人。間違いなく減りつつある。

阿岐本のオヤジは、彼らの前を通るとき、いつもと同じくにこやかに声をかけた。

「ごくろうさんです。何かお話があるときは、いつでも声をかけてくださいましね」

事務所に入ると、健一と稔が「お疲れさまです」と声をかけてくる。オヤジは、まっすぐに上の部屋に向かった。

日村は、健一に尋ねる。

「今日はどんな様子だった？」

「自分ら、ずっと事務所にいたんですが、静かなもんです。追放運動の人たちは、午前中は七人。昼に一人いなくなって、午後は六人でした」

「減ってるな」

「減ってますね」

「気を緩めないで、様子を見ていてくれ」

「わかりました。病院のほうはどうです？」

「ちょっとした騒ぎだったよ」

「何かあったんですか？」

日村は、かいつまんで説明した。話を聞き終わると、健一が言った。

「そんな状態がずっと続いたら、病院はたちまちパンクじゃないですか……」

「オヤジは、持久戦だと言っていた。音を上げたほうが負けなんだそうだ」

「持久戦……」

「つまり、敵も負担を強いられているということだろう。そりゃそうだ。人をかき集めて病院に送り込むだけでも、けっこうな手間暇がかかる」

「なるほど……」

「事務所のほうも我慢比べだな。追放運動がいつまで続くかわからない。その間、俺たちは、事務所から出歩くことはできない」

「それなんですが……。そろそろ買い置きの食料が尽きるので、買い出しに行かなければならないのですが……」

それを聞いていた真吉が言った。

「また香苗に頼んでみましょうか？」

「ばか言うな」

日村は言った。「追放運動のリーダーの娘だぞ」

真吉は、肩をすくめた。

「そうですね……」

テツがおずおずと言う。

「あの、ネットで注文して届けてもらってはどうでしょう？」

日村が尋ねた。

「そんなことができるのか?」

「多少割高になりますが、生鮮食料品や調味料を届けてくれる業者がいくつもありますよ」

「どうしてそれをもっと早く言わないんだ?」

「すいません」

日村は健一に言った。

「これで食料の件は片づいたな」

「はい。じゃあ、今日は自分が料理をします。冷蔵庫の中の残り物なんで、たいしたものはできませんが……」

「任せる」

料理なら健一に任せておけば心配ない。

今ごろ、病院の医者や看護師たちは、飯を食う暇もないくらい忙しい思いをしているのだろう。それを思うと、なんだか申し訳なく思った。

翌日、病院に行くと、やはり待合室に患者があふれていた。だが、病院側の対応は昨日より落ち着いているように見える。

廊下を早足で歩く、ケーシースタイルの白衣姿が見えた。アルバイト医の多賀だ。彼はてきぱきと看護師に指示を与えている。

日村は、朝顔に言った。

「多賀先生は頼りになりますね」

「まったく、地獄に仏とはこのことですよ。こんなに多賀先生が頼もしく思えたことはありません。あの人が来てくれたおかげで、患者の回転が倍以上早まったような気がします」

事務員の一人が、朝顔に声をかけた。

「その多賀先生からお電話なんですが……」

朝顔が電話を受けると、難しい顔になって言った。

「すぐ行きます」

彼は事務室を出ていく。日村は、何事だろうと思って、そのあとを追った。

多賀が、処置室で横たわったホームレスらしい男を見下ろしていた。

朝顔が声をかける。

「その患者さんですか？」

「肝臓の数値が悪いんで、エコーで診てみた。肝炎だな。ウイルス検査を発注した。入院が必要だ」

日村は驚いた。嫌がらせで送り込まれた患者たちは、いずれも軽症か仮病だと思っていた。本物の重症患者が混じっていた。しかも、ホームレスだ。

さらに多賀が言った。

「これほど重症ではなくても、栄養失調と疲労が原因で、免疫力が落ちて、上気道の感染症を発症して発熱している患者がいた。これもホームレスだ」

　朝顔が言った。

「院長室に行きましょう」

　多賀がうなずく。行きがかり上、日村もついて行った。

　多賀は、院長席に座っている阿岐本を見て、ちょっと驚いた顔をした。

「どうして院長じゃなくて、監事がそこに座ってるんだ？」

　阿岐本がこたえた。

「私の席がないもんで……。何かありましたか？」

　多賀がこたえる。

「院長に話をしにきたんだ」

　そこに院長がやってきた。

「どうしました？」

　朝顔が、事情を説明した。院長は、表情を曇らせる。

「肝炎に感染症……。二人ともホームレスに間違いないのですね？」

　多賀がうなずく。

「間違いない」

　朝顔が尋ねた。

「それで、多賀先生は、どうするべきだと……？」

「放り出せばいい。この病院の現状を考えれば、そうしたほうがいいだろう。費用だって取れるかどうかわからない」

　院長が朝顔に尋ねる。

「そちらのほうはどうなんだ?」

「昨日からホームレスがたくさんやって来ているので、区や都の社会福祉の担当者と話をして、できるだけそちらでまかなえるようにするつもりです」

　多賀が言う。

「それでも百パーセント回収できるわけじゃないんだろう?」

「それはそうですが……」

　阿岐本が言った。

「なにせ、これは戦争ですからね。ある程度のことは腹をくくらねばなりません」

　多賀が驚いた顔でオヤジを見た。

「戦争? 何のことだ?」

「この病院が、シノ・メディカル・エージェンシーという代理店を使っているのはご存じですね?」

「もちろん、知っている」

「では、そのバックに、耶麻島組という暴力団がついていることは……?」

「知っている」

阿岐本はうなずいた。

「シノ・メディカル・エージェンシーは、相場よりもかなり高めの費用で契約しています。それが、長年にわたってこの病院の経営を圧迫してきたのです。私たちは、それを排除しなければなりません」

「では、この病院の惨状は、その戦争の一環だというのか？」

「そうです。私たちは、受けて立たなければならないのです」

多賀がふんと鼻で笑う。

「俺は、しがないアルバイト医なんで、そういうことに引きずり込まれたくはないな」

朝顔が、ちょっと苛立った様子で院長に尋ねた。

「どうします？　多賀先生が言われるとおり、放り出すか、他の病院に送り込みましょうか？」

院長は、しばらく考えていた。多賀の顔を見て、それから阿岐本のオヤジの顔を見る。

やがて彼は言った。

「ベッドは空いているのですか？」

朝顔が緊張した面持ちでこたえる。

「辛うじて空いていますが……」

「では、肝炎の患者さんを入院させてください」

「もう一人いたでしょう？」

阿岐本が尋ねた。「そちらはどうなんです?」

多賀がこたえる。

「上気道の感染症だと言ったでしょう。つまり、風邪《かぜ》だ。入院の必要はない。投薬して経過を見るのが適当だと思う」

院長が言う。

「では、適切な加療・投薬をしてください」

多賀が確認するように尋ねる。

「いいんですか?」

「やってきた患者すべてに、ちゃんと対処する。これが我々の戦い方です。一人でも患者を放り出したりしたら、その時点で負けです。そんなことをしたら、敵は、法的な措置を取るなどの次の一手につなげていくはずです」

院長は、阿岐本のオヤジに向かって言った。「そうですね?」

「おっしゃるとおりだと思います」

それから、阿岐本のオヤジは、むすっとしている多賀に言った。

「それでよろしいですね」

「院長が言うなら、従うしかない」

多賀は、金の取れない患者は放り出すべきだと考えているのだろうか。だとしたら、腕はいいのだが、信用はできないと、日村は思った。

ヤクザふぜいが、そんなことを言えた義理ではないことは、百も承知だ。だが、医は仁術という言葉もある。ヤクザが仁義なら、医者は仁術だ。

そう言ってやりたかったが、黙っていた。今は、日村が発言すべきときではない。

阿岐本があくまでもにこやかに、多賀に言った。

「人を助けるのが、お医者さんてものでしょう。患者さんが殺到して、たいへんなのはわかりますが、なんとかがんばってください」

多賀が、阿岐本を見据えるようにして言った。

「人を助けるのが、医者だって？　それは違う。医者は、人を診ているわけじゃない。患部や症状を診ているんだ」

日村は、思わず多賀の顔を見つめていた。

「ほう……」

オヤジの表情は柔和だが、さすがにちょっと驚いた様子だった。

「患部を治療し、症状をなくしたり、軽くしたりすることに全力を尽くす。それが医者だ。そして、それを検査技師や看護師がフォローし、ケアする。さらに、医療事務がそれをサポートする。わかるかい？　人を助けるのは、医者じゃない。俺はそんなに思い上がってはいない。人を助けるのは、病院なんだ。病院のみんなで人を助けるんだよ」

阿岐本は何も言わなかった。

多賀が、どこか照れくさそうに続ける。

「だから、病院が患者を受け入れると言うのなら、俺は全力を尽くすだけだ。理事会が、一人でも多くの人を救いたいと、本気で考えているのなら、この病院がなくならないように努力してくれ」

　オヤジは深くうなずいた。

「よくわかりました」

「じゃあ、患者が大勢待ってるんで……」

　多賀が部屋を出ていった。

　院長が阿岐本のオヤジにうなずきかけた。オヤジもそれに応じる。

「では、私も患者を診なければなりませんので……」

　院長が部屋を出ていくと、朝顔がそれに続いた。二人きりになると、阿岐本のオヤジが日村に言った。

「この病院のお医者ってのは、本当にたいしたもんだね」

　日村は、まだ多賀の言葉に驚いていた。

「そうですね……」

　それしか言葉が見つからなかった。

22

多賀のおかげもあるのだろう。その日の外来患者は、昨日と数はそれほど変わらなかったにもかかわらず、受付終了の時刻にはほとんど診察・加療を終えていた。

そろそろ事務所に引きあげようかと思い、院長室の阿岐本に声をかけに行くことにした。日村が、廊下を歩いていると、ベンチでぐったりしている多賀が見えた。

日村は近づいて声をかけた。

「お疲れの様子ですね」

「ああ、疲れたよ。だが、そうも言ってられない。今日は夜勤に就くよ。明日はそのまま空港に向かう」

「医局というんでしたっけ？　お医者さんたちの部屋でお休みになれば……」

「医局のソファでは、結城先生がぶっ倒れてるよ」

「ぶっ倒れてる？」

多賀がにやりと笑った。

「あの人は、昨夜から働きづめだからな。少し休ませてやらにゃあ……」

「がんばってください。監事が、こんな状態はそう長くは続かないだろうと言ってました」

「戦争だと言ったよな？」

「はい」

「本当の戦争はこんなもんじゃないぞ」

「え……？」

「俺は若い頃、あるボランティアの団体で、紛争地帯の医療活動をしたことがある。救急救命の技術を学ぶには、またとない現場だった」

「紛争地帯ですか……」

「だから、俺たちのことは心配いらない。あんたらは、あんたらのやることをやってくれ」

「わかりました」

日村は深々と頭を下げて、院長室に向かった。


地元の事務所に戻ると、追放運動の人たちが五人に減っていたので、日村は驚いた。さらに驚いたのは、坂本孝弘のげっそりとやつれた様子だった。

追放運動の事務所前での抗議行動が始まった当初は、まだ元気そうだった。ここ一週間くらいで、急にそんな状態になってしまった。

阿岐本のオヤジも気づいたようだ。ふと坂本の前で立ち止まり、しげしげと顔を見た。坂本は、緊張した面持ちでオヤジを見返した。

「どうしました？　体の具合でも悪いんじゃないですか？」

坂本は、眼をそらした。

「あんたたちが、早く出て行ってくれないからですよ」

「何か心配事や悩み事があるのなら、いつでも相談に乗りますよ」

「暴力団に相談したりはしません」

「おや、そうですか？　まあ、何かあったら、いつでも声をかけてください」

オヤジは悠々と事務所まで歩いた。いつものように、すぐに上の部屋に行く。

日村は健一に、今日はどんな様子だったか尋ねた。返ってきたのは、昨日とほぼ同じこたえだった。

「ただですね……」

健一が言った。「追放運動の人数が今日はずいぶん少ないんですよ」

「ああ、五人しかいなかった。朝からそうなのか？」

「午前中は、四人でした。夕方になって、香苗の父親が加わって五人になりました」

「そうか……」

日村は、いつも座っているソファに腰を下ろした。そのとたんに、若い衆が一斉に立ち上がったので、ぎょっとした。

彼らは、出入り口のほうを見ている。日村もそちらを見た。

坂本が立っていた。思い詰めたような顔をしている。日村は立ち上がり、彼に近づいた。

「どうしました？」

坂本は眼をそらしてうつむいた。返事がない。日村は、もう一度尋ねた。

「何かご用ですか？」

坂本はようやく顔を上げて言った。

「話があれば来いと言われたので……」

「話が……」

「ええ……」

「ちょっとお待ちください」

日村は、健一にうなずきかけた。健一は、すぐにオヤジの部屋に向かった。戻って来ると、彼は言った。

「応接室でお待ちくださいとのことです」

事務所の奥に、小さな応接室がある。かつては、オヤジの部屋だったが、今はほとんど使われていない。

日村は、そこに坂本を案内した。

稔が茶の用意をする。健一が、そっと日村に言った。

「一人で乗り込んでくるなんて、いい度胸ですね」

「そうだな……」

たしかに、何人かで交渉にやって来るというのならまだわかる。一人で話をしに来る理由がわからなかった。

オヤジが下りてきて、日村に言った。

「誠司、おまえも同席しろ」

「はい」

坂本は、ソファの前で立っていた。阿岐本のオヤジは、にこやかに声をかける。

「これは、ようこそ。さ、どうぞおかけください」

坂本は、ぎこちなく腰を下ろした。テーブルを挟んで阿岐本のオヤジが座る。日村は、オヤジの脇に立った。これは、オヤジが稼業の絡みで、誰かと話をするときの定位置だ。

当然、交渉事だと思ったので、日村はそこに立った。すると、オヤジが言った。

「そんなところに突っ立ってないで、おまえも、こっちに座れ」

日村は、意外なことを言われて少しばかりうろたえた。

「ですが……」

「いいから、座れ」

「はい」

空いていた一人がけのソファに、浅く腰を下ろした。

稔が三人分の茶を運んでくる。阿岐本のオヤジは、それをうまそうにすすると、坂本に言った。

「さて、お話というのは……?」

坂本は、じっとうつむいたまま何も言わない。オヤジは、しばらく相手の言葉を待っていたが、やがてしずかに促《うなが》すように言った。

「何かお話があるから、いらっしゃったのでしょう？　どんなことでもかまいません。言ってください。あなたには、信じてもらえないかもしれませんが、私らは、ずっとこの町のためを思って、いろいろとやってきました。町の方が何かにお悩みならば、相談に乗ります」

坂本が顔を上げた。唇《くちびる》を震わせて、すがるように言った。

「どうか、この町から出て行ってくれませんか……」

阿岐本のオヤジは、黙って坂本を見ていた。悲しげな眼差しだ。そして、そっと溜め息をついた。

「私は、この土地で生まれて育ちました。私の父親もそうでした。思い出深いこの土地を、出て行けと言われて、はい、そうですか、というわけにはいかない」

坂本は何も言わない。

「あなたにとっては、私なんざ、いるだけで迷惑なのかもしれない。でもね、私たちには私たちの事情ってもんがあるんです。それぞれの事情を思いやって暮らしていく。それが、本当の町ってもんじゃないですか？」

「時代によって、町も変わっていくんです」

「変えなくてもいいのに、誰かが無理やり変えようとしているんじゃないですか？」

「それは、どういう意味ですか？」

「追放運動で集まる方々が、だんだん減ってきていますね。みんなの声を反映しての運動なら、賛同者が増えていくってのが自然なんじゃないですか？　だんだん減っていくというのは、出発の時点で、何か無理なことがあったのではないかと思うのですが……」

坂本は、むっとした顔になった。図星だったからだろう。

「そんなことはありません。住民で話し合って決めたことです」

「でも、追放運動に反対の住民の方々もおられると聞いています。例えば、喫茶店のマスター……。そう、あなたのお父さんです」

「住民にとって暴力団は迷惑以外のなにものでもない。それは、明らかじゃないですか」

「けっこう。どうしても出て行けと言うのなら、考えないでもない。でもね、これだけは言っておきます。あなたは、私たちのことを迷惑なやつだとおっしゃる。でもね、私たちが出て行ったら、もっと迷惑な連中がこの土地でのさばることになりますよ」

「もっと迷惑な連中……？」

「そう。例えば、耶麻島組のような……」

やつれていた坂本の顔色が、さらに悪くなった。

「何ですか、その耶麻島組というのは……」

眼をそらした。

「坂本さん。私は、あなたを問い詰めるつもりはありません。力になるというのは、嘘じゃない。私は嘘偽りなく住民の味方です。しかしね、こういう稼業なもんで、喧嘩となったら負けるわけにはいかない。どうか、お願いだ。喧嘩は、私らに任せて、素人は首を突っ込まないでいただきたい」

「何をおっしゃっているのかわかりませんね」

「では、わかるように言いましょう。あなたが組織された住民運動の背後には、この町の再開発の計画がある。そして、その計画は、あなたがお勤めの国交省の外郭団体と、『データ商事』が進めている。あなたは、この町の出身だから、その組織化を任されることになったのでしょう?」

自分で言ったとおり、オヤジは詰問するような口調ではなかった。辛抱強く説明をする口調だ。優しい語り口ですらあった。

「憶測でものを言わないでください」

坂本が言うと、オヤジは悲しげにかぶりを振った。

「私らの稼業はね、憶測でものを言ったりしないんですよ。今の話が事実だということは、あなたの顔が証明してくれています」

「私の顔がどうしたと言うんです」

「あなたが、私と話をしようと思われたのは、よほど追い詰められてのことでしょう。お顔を見ればわかりますよ」

「別に追い詰められているわけではありません……」

また眼をそらした。

「私たちを追い出せば、再開発の計画がうまく進む。そうお考えなのかもしれませんが、それは間違いですよ。おそらく、『データ商事』がそのようなことを言っているのでしょうが、物事はそう簡単ではありません」

坂本は、虚《うつ》ろな表情になった。

「暴力団の言うことにはだまされません」

「だまされているじゃないですか、耶麻島組に……」

坂本は、言葉をなくした様子だった。阿岐本のオヤジが優しい声音で言った。

「にっちもさっちもいかなくなって、さぞお辛《つら》かったでしょう。楽にしてさしあげますよ。私にすべて任せてください。私が、『データ商事』の人と話をしましょう」

坂本は、ぼんやりした顔で阿岐本を見つめていた。その眼がおろおろと動いた。やがて、その眼に涙があふれてきた。

阿岐本は、すべてわかったという態度でうなずいた。

「さあ、あとは私らの稼業の話になります。『データ商事』の方に、電話してください。私が話をしたがっていると……」

坂本は、しばらく迷っている様子だった。やがて、決心したように携帯電話を取り出した。

『データ商事』の担当者が三十分後にやってくることになった。阿岐本のオヤジは、坂本に言った。

「あなたの役割は終わりました。安心してお帰りなさい」

坂本は、さきほどとは別人のように安らかな表情で事務所を出て行った。

やはりオヤジはたいしたものだ。日村はそう思った。脅したり、弱みにつけ込んだりするだけが交渉ではない。オヤジは、坂本を悩みから解放してやると同時に、自分が思う方向に話を持っていったのだ。

坂本は、『データ商事』や自分の勤め先から無理難題を押しつけられていたに違いない。永神のオジキが言っていたが、今回の再開発は、普通ならとてもまとまりそうにない話のようだ。それを、一発狙いの『データ商事』が前面に出て無理やり進めようとしているのだろう。

無理を通そうとすれば、どこかに過剰な負担が生じる。それを坂本が背負わされていたということなのだろう。

坂本は憔悴《しょうすい》しきっていた。どんなにしたたかな人間でも、無理難題を押しつけられれば参ってしまう。しかもヤクザ絡みなのだ。

『データ商事』の担当者は、時間どおりやってきた。一人ではなかった。明らかに堅気ではない男を伴っている。

「初めまして。『データ商事』の若山と申します」

阿岐本のオヤジと日村に名刺を渡す。「営業部・若山寛一」と書かれていた。きちんと背広を着てネクタイをしている。三十代半ばだが、ホストのように軟派な感じがする。

もう一人の男は名刺も出さないし、名乗りもしなかった。縦縞《たてじま》のスーツを着ており、口髭《くちひげ》を生やして、淡い色のついた眼鏡をかけている。

耶麻島組の組員に違いない。

阿岐本のオヤジは、にこやかに言った。

「さあ、おかけください」

若山たちは、ソファに並んで腰かけた。その向かい側に阿岐本が座る。日村は、オヤジの席の斜め後ろに立った。今度は、座れとは言われなかった。

若山が会話の口火を切った。

「お話があるとか……」

「単刀直入に申します。私どもは、ここから出て行くつもりはありません」

若山が怪訝な顔をする。

「何のお話でしょう?」

「しらばっくれるのは、時間の無駄ですよ。追放運動を組織させたのは、あなた方でしょう」

若山は、抜け目のない表情になった。

「この地域の再開発は、すでに決まったことなのです。あなたたちがここに居座ろうが、いなくなろうが、計画は進められることになります」

「それは嘘ですね」

阿岐本のオヤジが、あっさりと言った。若山は目を丸くした。

「嘘……?」

「計画が頓挫《とんざ》しそうなので、慌てておられるのでしょう。だから、そちらの方とごいっしょにいらしたのではないですか?」

組員らしい男は何も言わずに、じっと阿岐本を見つめている。若山がさらに狡猾《こうかつ》そうな顔つきになった。

「さすがですね。こちらの事情をよくご存じのようだ。ならば、話が早い。ひとつ、相談に乗ってもらえませんかね?」

「ほう、相談に……?」

「これから、商店街を中心に立ち退きの交渉に入らなければなりません。それに手を貸していただければ、それなりのお礼をしますが……。どうでしょう?」

阿岐本のオヤジは含み笑いをした。若山も、にやりと笑う。

「見くびってもらっては困りますな」

オヤジが言った。「私はあくまで、地域の住民の味方ですよ」

若山の笑いが顔に張り付いた。ゆっくりと剣呑《けんのん》な表情に変わっていく。

「地域の方々が再開発を望んでおられるのです」

「それも嘘ですな。昔からここに住む人たちの大半は、再開発など望んでいないはずです。立ち退きもうまく進まないでしょう。バブルの時代ならいざ知らず、ここの再開発など、無理な話ですよ。それは、おそらくあなたもわかっておられるはずだ。わかっていながら、引くに引けなくなっている」

若山は落ち着きをなくした。彼が無言なので、オヤジはさらに言った。

「引き時が肝腎《かんじん》なんですよ。引くにも度胸がいりますが、その覚悟も大切です」

若山の隣に座っている組員らしい男が、ふうっと息を吐いた。わずかに身を乗り出す。ずっと黙っていたが、何か発言しようとしている。

本当の交渉相手はこちらなのだ。

阿岐本のオヤジは、その男を見つめた。

23

「単刀直入に言うと、あなたはおっしゃった」

口髭の男が言った。「ならば、こちらも言いたいことを言わせてもらいます。あなたがたは、まるで私たちが加害者で、ご自分が被害者のような言い方をなさっている。しかし、実際のところ、加害者はあなたたちのほうなんですよ」

言葉は丁寧だが、口調は威圧的だ。阿岐本のオヤジが言った。

「ほう、私たちが加害者？」

「再開発計画の推進には、いろいろな人が関わっている。これまで少なからぬ金も動いています。あなたが、それをぶち壊そうとしているのです」

日村は、無言でその男に圧力をかけていた。こういうやり取りには慣れている。相手は、こちらに非があると言いつづける。うんざりしたり、ちょっとでもそれを認めるようなことを言うと、相手はそれにつけ込んでくる。

阿岐本のオヤジは、あくまでも落ち着いた口調で言った。

「もともと無理な計画だったのです。潮時を間違えると、たいへんなことになりますよ」

「潮時……？」

「意地を張っていると、取り返しのつかないことになると、申し上げているのです」

「それは、こちらの台詞ですね。立ち退きに手を貸してくれたら、それなりのお礼をするとまで譲歩しているのです」

「私どもは、先代からここに住んでおります。縄張りがどういうものか、あなただって、よくおわかりのはずでしょう」

口髭の男は、ちょっとひるんだ。だが、すぐに強気な調子を取り戻す。

「じゃあ、言わせてもらいます。あなたがたが、駒繋病院でやられているのは何なのですか？　最初に首を突っ込んできたのは、そちらなんですよ」

「だから、病院からもこの土地からも、私たちを追い出したいということですか？」

「まあ、そういうことですね」

「それは無茶な話だ」

「無茶はそちらでしょう。あなたがたは、長い間、病院とうまくやってきた業者を追い出そうとしている」

「理事会の判断です。私は監事として、病院の立て直しに責任があります。シノ・メディカル・エージェンシーが、長い間、病院とうまくやってきたというのは、間違った認識ですな。長年にわたって、うまい汁を吸ってきたと言うべきでしょう。今や、駒繋病院は、それを黙認できるような経営状態じゃないんです」

口髭の男の眼が、凄みを帯びた。

「シノ・メディカル・エージェンシーのバックに、耶麻島組がついていることを、承知の上でそういうことをなさるわけですよね」

とたんに、阿岐本のオヤジの声音も変わった。

「看板を出したからには、それなりの覚悟があるんだろうね？」

口髭の男よりずっと凄みがある。相手が落ち着きをなくした。貫目が違う。

口髭の男は、あくまでも強気の姿勢を崩そうとしない。だが、虚勢に過ぎないのは、誰の眼にも明らかだった。

「覚悟を決めなきゃならないのは、そちらじゃないですか？　耶麻島組の看板は伊達じゃありませんよ」

「言っとくがね、あんたじゃ話にならないんだよ。あんたが、どこの誰か知らないけど、アタマの俺と話がしたいのなら、もっとましな器量の人をよこすんだね」

口髭の男は、顔色を変えた。

「話をしたいと言ったのは、そっちじゃないか」

「私は、暴力団追放運動や立ち退きについて、『データ商事』の人と話がしたかったんですよ。どこの誰かもわからない、あんたのような人と話がしたかったわけじゃない」

こんなことを言われて腹を立てない暴力団員はいない。だいたい、こらえ性がないからグレたりするのだ。日村も人のことは言えない。

だが、日村は若い頃に阿岐本のオヤジに拾われ、修業を積んだ。でなければ、今目の前にいる口髭の男と同じような人間でしかなかっただろう。

彼は興奮した面持ちで言った。

「俺は、立石猛《たていしたけし》ってんだ。耶麻島組の若頭《わかがしら》だ。覚えておくんだな」

若頭と言えば、組のナンバーツーだ。つまり、日村と同じ立場ということになる。関東の博徒系の組は、代貸といい、関西系の組は若頭ということが多い。

耶麻島組は、もともとは関東の組だったはずだが、西の大組織に組み込まれ、習慣も関西風に改められたのだろう。

阿岐本のオヤジの声は、さらに凄みを増していく。

「若頭だって？　なめられたもんだね。だったら、相手をするのは、ここにいる日村で充分だ」

立石は、阿岐本のオヤジを睨みつけた。だが、オヤジに見返されて、眼をそらしてしまった。はなから勝負にならない。

立石が帰るきっかけを探しているのは明らかだった。オヤジがそのきっかけを与えた。

「『データ商事』さんとの話は終わった。坂本さんに無理難題を押しつけても、計画がうまくいくわけじゃない。もう、この話は終わりにするんだね」

『データ商事』の若山は、不安げに立石のほうを見た。立石は、何も言わない。言葉が見つからないのだろう。

オヤジが言葉を続けた。

「病院のことで何か言いたいらしいが、その件で話をしたいのなら、釣り合いの取れる相手を立てるんだね」

日村は、さっと戸口に立ってドアを開けた。お帰りはこちら、というわけだ。

立石は、腹立たしげな様子で立ち上がり、足早に戸口に向かった。若山が慌ててそのあとを追った。

彼らが出ていくと、日村は阿岐本のオヤジに言った。

「あれで再開発の計画を諦めるとも思えませんね」

「なに、もう結果は出てるんだよ」

「え……？」

「坂本さんだよ。なぜあの人があんなに困り果てた様子だったかわかるか？」

「無理やりに、自分らの追放運動なんてことを、やらされていたからでしょう？」

「それだけじゃ、あんなにやつれ果てたりはしないだろうね。おそらく、もう再開発の計画なんて、とっくに頓挫してるんだ。坂本さんの勤め先は、手を引くことにしたんだろう。だが、耶麻島組と『データ商事』がそれを許そうとしない。坂本さんは、板挟みの状態だったんじゃないのかね……」

そうかもしれないと、日村は思った。

永神のオジキも、もともと無理のある計画だと言っていた。

「計画が潰れたら、耶麻島組は、それを自分らのせいにしたがるんじゃないですかね？」

阿岐本のオヤジは苦笑した。

「おまえは、本当に苦労性だね……」

いや、オヤジが呑気なだけだと思った。だが、何も言わずにいることにした。

阿岐本がふと気づいたように言う。

「なんだか、いい匂いだね」

「ああ、たぶん健一が夕食を作っているんでしょう」

「腹が減ったな。どれ、今日は、健一の作った飯でも食おうかね」

「はあ……」

日村は、耶麻島組が次にどう出るか、気になっていた。背後には西の大組織がいる。それを考えると、目眩がしそうだった。


それから四日間は、何事もなく過ぎた。おそらく病院での騒ぎは続いているのだろうが、土日が挟まっていることもあり、阿岐本と日村は顔を出さなかった。

月曜の朝、病院に向かう車の中で、日村は思っていた。

今日も、患者が殺到していて、てんてこ舞いなのだろうな。金曜からは、アルバイト医の多賀がいない。大きな戦力ダウンのはずだ。医者や看護師たちの体力はいつまで持つのだろう。

車が病院に到着して、日村は待合室にやってきた。拍子抜けする思いだった。待合室には、五名の患者しかいない。

先日の喧噪が嘘のようだ。

阿岐本のオヤジの声が、背後から聞こえた。

「ほう、今日は静かだね」

「どういうことでしょう……」

「なに、あんな騒ぎは、長くは続かないと言っただろう」

たしかにオヤジの言うとおりになった。

「相手が根負けしたということですかね……」

「人をかき集めて、送り込むだけで、膨大な手間暇がかかるんだ。金もかかるだろう。効率の悪い、嫌がらせだったね」

「はあ……」

「それより、病院の雰囲気を知りたいんだ。おまえは、事務室で話を聞いてきな。真吉は、看護婦たちの話を聞いてくるんだ」

そう言うと、オヤジは院長室に向かった。真吉に、ナースステーションに行くように言い、日村は、事務室に向かった。

朝顔は、日村を見るなり言った。

「どうやら、私たちは戦争に勝ったようですね」

彼は、初めて会ったときとは別人のように、溌剌《はつらつ》としている。日村は尋ねた。

「今朝は、ずっとこんな感じなんですか？」

「当直の看護師に尋ねたところ、昨夜は、昨日同様に、猛烈に忙しかったようです。でも、日が昇る頃から、みるみる患者数が減っていったということです」

「なるほど……」

他の事務員たちの表情も明るい。今までにはなかった一体感のようなものを感じる。「会計の被害のほうはどうですか？　治療費を取れなかった患者の数とか……」

「まあ、それなりの被害はありますが……」

朝顔の表情は、それでも明るい。「なに、都や区の社会福祉関係の人たちと綿密に打ち合わせていますから、乗り越えられないほどのダメージじゃありません」

日村はうなずいて、院長室に向かおうとした。受付の前を通り過ぎるときに、野沢悦子と眼が合った。信じられないことに、彼女は、ほほえんで会釈をしてきた。

彼女は、本当に変わったらしい。

院長室では、オヤジと高島院長が話をしていた。院長が自分の席に着いており、オヤジはソファにいた。

日村を見ると、高島院長が言った。

「私たちは、戦いに勝ったようですね」

日村は、ちらりと阿岐本のオヤジを見た。オヤジは、にこにことほほえんでいる。

「事務長も同じようなことを、おっしゃってました」

「同じようなこと？」

オヤジが日村に尋ねる。「それで、事務室の雰囲気はどうだった?」

「明るい雰囲気でしたね。治療費が取れないなど、けっこうな損害があったはずなんですが、そんなものはどうにでもなる、といった口調でした」

それを聞いて、高島院長が言った。

「私も、同じように感じていますね。まだまだこの病院は危機を脱したわけではない。でも、その危機を乗り越えようという気運が高まってきたように感じます」

そこに、真吉が戻ってきた。オヤジが声をかける。

「真吉、ナースステーションの様子はどうだった?」

「夜勤の人はたいへんだったみたいですよ。でも、今日の勤務からは、ほぼ平常に戻ったと言ってます」

「雰囲気は?」

「それが、すごく明るくて、みんな元気なんです。どうしちゃったんだろうって感じです」

院長が言った。

「私たちは、いっしょに戦い、そして勝った。その高揚感があるんですよ」

真吉がぽかんとした顔で院長を見た。

「はあ、コウヨウカンですか……」

「そうです。今ほど、病院が一つになったと感じたことはありませんね」

日村はオヤジが「敵は、嫌がらせのつもりかもしれないが、案外、塩を送られたのと同じことになるかもしれない」と言っていたのを思い出していた。

なるほど、こういうことだったのかと、納得した。病院が潰されかねないほどの危機だった。彼らはそれを、力を合わせて乗り越えた。

高島院長は、高揚感と言っていたが、日村は絆だと思っていた。人と人の絆というのは、なかなか得難いものだ。それを、シノ・メディカル・エージェンシーと耶麻島組が与えてくれたことになる。

結果論だが、たしかに彼らにしてみれば、敵に塩を送った恰好になったのだ。病院は、たしかに活気に満ちているように感じる。初めてここに来たときとは、まったく違った雰囲気になっている。

しかし、と日村は思った。

これで終わるはずはない。オヤジは、これからどうするつもりなのだろう……。

阿岐本のオヤジは、満足げに笑っているだけだ。日村は、とてもオヤジのように悠然と構えてはいられなかった。

24

その日の午後三時頃、シノ・メディカル・エージェンシーの米田が病院にやってきた。一人ではなかった。同行者は、耶麻島組若頭の立石だった。

彼らは、まず事務室にやって来た。朝顔事務長が応対しようと立ち上がった。ほぼ同時に、日村も立ち上がっていた。

米田が朝顔に言った。

「契約の見直しの話を詰めたいと思いまして……。理事会監事をお迎えに上がりました」

朝顔が聞き返す。

「お迎え……？」

「ええ、こちらの方がご案内することになっています」

日村は、立石を見た。立石は、あらぬ方向を見ている。

朝顔が、不安げに日村のほうを見た。日村は、朝顔にうなずきかけてから言った。

「監事に知らせてきます」

院長室に急いだ。

「シノ・メディカル・エージェンシーの米田といっしょに、立石が来てます」

「立石って、誰だっけな？」

「耶麻島組の若頭です」

「ああ、あのチンケなやつか。何しに来たんだ?」

「米田は、契約の見直しの件だと言ってますが、おそらくそんな話じゃありません。いっしょに来いと言ってます」

「ふん……。組事務所にでも連れて行って、圧力をかけようってんだな……」

「おそらく、そういうことだと思います。どうします?」

「どうしますって、迎えに来たというんだから、行くっきゃねえだろう」

「危険だと思います」

「誠司……」

「はい」

「病院の人たちは、必死になって危機を乗り越えた。彼らのやり方で、戦ったんだよ。今度は、俺たちがやるべきことをやる番だろう」

たしかに、阿岐本のオヤジの言うとおりだ。だが、のこのこ敵の呼び出しに応じるのは、あまりに策がないような気がする。

そんな日村の思いなどお構いなしに、阿岐本のオヤジは、外出の支度を始めた。

「さて、あまりお迎えの人を待たせちゃいけねえ。出かけようぜ」

病院の前に黒塗りの大きなセダンが停《と》まっていた。坊主刈りの若いやつが、一人、その車の前に立っていた。

阿岐本と日村を後部座席に乗せると、立石は、助手席に収まった。米田は車に乗らなかった。彼の出番はもう終わったのだ。これから先は、フロント企業の出る幕ではない。

耶麻島組と阿岐本組の話し合いになるのだ。車が走り出すと、阿岐本のオヤジが話しかけた。

「あんた、立石さんとかいったね？」

立石は返事をしない。

「今日は、少しは気の利いた人に会わせてもらえるんだろうね？」

まだ返事はない。

阿岐本のオヤジもそれきり何も言わなかった。車は、国道２４６に出た。そのまま渋谷方面に向かう。

もともと、耶麻島組は三軒茶屋あたりを根城にしていたと、オヤジが言っていた。今、車は三軒茶屋とは反対方向に走っている。今は、拠点を移したということなのだろうか。

車は渋谷を通り過ぎ、青山方面に向かった。阿岐本のオヤジは、何も言わず車窓から外を眺めている。不気味なほど落ち着いている。

これが、喧嘩の前のオヤジの姿なのだ。

やがて車は、赤坂見附《あかさかみつけ》にあるホテルの玄関前で停まった。運転していた坊主刈りがさっと車を下りて助手席のドアを開ける。立石が下りて後部座席のドアを開けた。

阿岐本のオヤジが、立石に尋ねる。

「ここで話をするのかい？」

「私は、ただの案内役ですので」

「ほう、先日と違って、立場をわきまえてるじゃねえか……」

立石がホテルの中を早足で進んでいった。阿岐本のオヤジと日村がそれについていく。エレベーターで五階につく。

「こちらです」

案内された部屋は、贅沢《ぜいたく》なスイートルームだった。

阿岐本のオヤジが言った。

「ほう……。これは豪勢だね」

「しばらくお待ちください」

立石が部屋を出ていき、阿岐本と日村だけが部屋に残された。阿岐本は、いかにも座り心地のよさそうなソファにどっかと腰を下ろす。日村は立ったままだった。

「どうして、組事務所じゃなくて、ホテルなんかで会うんでしょうね？」

「さあな……。まあ、何にしろ、ここまで来たんだから、腹をくくんなよ」

言われるまでもない。医者、看護師、事務員たちが、必死の思いで戦い抜いたのだ。彼らを守るために、大げさではなく命も投げ出す覚悟だった。それがヤクザだ。

たっぷり十分ほど待たされた。ドアが開き、まず立石が姿を見せた。ドアを押さえている。

背広姿の六十歳前後の男が入ってきた。

すっきりとした濃いグレーのピンストライプのスーツを着ている。髪はオールバックだ。ビジネスマンのように見える。だが、ネクタイが派手すぎる。ポケットチーフも気障《きざ》だ。

小柄で細身だ。その男が嗄《しわが》れた甲高い声で言った。

「お待たせしました。耶麻島と申します」

組長のお出ましというわけだ。阿岐本は立ち上がって礼をした。

「阿岐本です」

「ご足労いただき、恐縮です。さ、どうぞ、お座りください」

阿岐本は再びソファに腰を下ろした。日村はその脇に立っている。耶麻島は、阿岐本と九十度の角度になる位置に座った。立石がその脇に立つ。

阿岐本のオヤジが言った。

「こういうところに案内されるとは思いませんでした」

「失礼のないように、ホテルの部屋を用意させていただきました」

日村は、組事務所で、耶麻島組の組員たちに取り囲まれるのを想像していたので、肩すかしを食らったような気分だった。

こちらも二人、先方も二人だ。耶麻島は余裕たっぷりの態度だが、阿岐本も山のように落ち着いている。

耶麻島が言った。

「あなた方は、駒繋病院の役員に名を連ねておられるのですね」

阿岐本が鷹揚にうなずく。

「はい。そのとおりです」

「それで、シノ・メディカル・エージェンシーとの契約を見直したいとおっしゃっていると
か……」

「有り体に申しますと、見直しというより、契約を解除したいと思っております」

耶麻島は、しばらく無言で阿岐本を見ていた。その表情は読めない。阿岐本のオヤジは、
じっと見返していた。

「なるほど……」

耶麻島はふっと眼をそらした。「しかし、駒繋病院とシノ・メディカル・エージェンシー
は、長い付き合いですからね。突然、契約を解除すると言われても、はい、そうですか、と
いうわけにはいかないでしょう」

「このままではね、病院がもたないんですよ」

「ほう……」

「経営は悪化する一方でしてね……。このままでは人件費もままならない。医者不足、看護
師不足という構造的な問題もあるのですが、それは私どもが手を出せる問題ではありません。

だから、やれるところから改善をしていくしかない」

「だからって、出入りの業者を切るなんて、そりゃあ血も涙もないやり方じゃないですか」

「シノ・メディカル・エージェンシーは、かなり高めのマージンを取っている。それが病院の経営を圧迫しているのですから、それを改めるのは、理事会としては、実にまっとうな決定だと思います」

「マージンが問題なら、それを見直せばいい」

阿岐本はかぶりを振った。

「放っておくと、病院は潰れてしまいます。まあ、そちらさんは、潰れたら潰れたで、機材や土地建物を売り払って金に換えれば済むと思っておいででしょうがね……。病院を頼っている患者さんも大勢おられる。私どもとしては、潰すわけにはいかないんですよ」

耶麻島は、小さく溜め息をついてから言った。

「あの病院の経営を立て直せるなどと、本気で考えているのですか？」

「もちろん本気ですよ」

「そのために、シノ・メディカル・エージェンシーを排除しなければならないと……？」

「はい」

耶麻島は、もう一度溜め息をついた。

「これは困った。昨今、シノギがきついのは、あなたもよくご存じでしょう。うちの組は、シノ・メディカル・エージェンシーの収入が頼りなんですよ」

「そういう話は筋違いでしょう。私は、病院の監事として話をしているのです。そちらの稼業の話をするために、ここに来たわけじゃない」

「きれい事はよしましょうや。あんたも私も同じ穴のムジナなんですからね」

「誤解してもらっては困ります。あなたは、シノ・メディカル・エージェンシーからの実入りをシノギだとおっしゃる。でもね、私らにとって、駒繋病院は、シノギじゃないんですよ」

「シノギじゃない……？」

「そう。うちの組が病院の経営をやるわけじゃない。私は、ただの監事に過ぎないんです」

「そんな話を信じると思いますか？　金にならないことに手を出すなんて……」

「信じるかどうかは、そちらの勝手ですがね、本当のことなんですよ」

事実だ。だから問題なんだと、日村は思った。オヤジの言葉が続いた。

「考えてもみてください。もし、病院が潰れるようなことになったら、シノ・メディカル・エージェンシーなどは、債権者になりますが、私ら債務者になっちまうんですよ。こんな割の合わないシノギなんてありません」

耶麻島はしばらく考え込んでいた。やがて、彼は言った。

「うちが関西の系列だってことは、ご存じでしょう？」

「知っていますよ」

「私たちが関係している会社が病院から追い出されたなどということになれば、私がよくても、関西が黙っちゃいませんよ」

やはり、そちらで攻めてきたか。関西の大組織の存在は、とてつもなくでかい。オヤジは、どう出るだろう。

日村は、はらはらしていた。阿岐本をちらりと見た日村は仰天した。オヤジは、くすくすと笑っていたのだ。

阿岐本が言った。

「関西が黙っていないって、それはないでしょう」

耶麻島も怪訝な顔をした。

「私が何かおかしなことを言いましたか？」

「はったりはおよしなさい。系列といっても、あなた、西の組の枝の枝でしょう？　こんな小さなことで騒ぎを起こしたら、助けに来るどころか、縁を切られるのがオチでしょう」

耶麻島は、言葉を吞んだ。

オヤジの言ったことは本当だろうか。日村は考えた。だが、判断がつかなかった。阿岐本組は独立独歩なので、組織の関係など、あまり考えたことがない。

「では、どうしても、シノ・メディカル・エージェンシーを切るという話を考え直してはくれないのですね？」

「歩み寄りの余地はあったかもしれませんよ。でも、そちらのやり方を見て、私は妥協しないことに決めたのです」

耶麻島の表情が曇る。

「こちらのやり方……？」

「関係の深い『データ商事』という不動産屋などを使って、私どもを地元から追い出そうとしたり、病院にホームレスなどの患者を昼夜問わず大量に送り込んだり……」

「そりゃ、何の話です？　そんな言いがかりをつけられちゃ、こっちもおとなしくしていられない」

「言いがかりだなんて、とんでもない。そこにおられる立石さんに訊いてみるといい」

耶麻島は、はっと立石を見た。立石は、真正面の窓を見つめていた。耶麻島は、その立石の顔をじっと睨みつけている。

「あなたのご存じないことでしたか……」

阿岐本が言った。「しかし、こちらが、たいへんな迷惑を被《こうむ》ったのは事実です。喧嘩を売られたも同然です。もし、そのつもりなら、こっちもそれなりの覚悟で応じますよ。おたくは、西の枝かもしれない。だが、こっちだって関東に親戚筋はたくさんいるんです。いざとなりゃ、すぐに千人くらいの兵隊は集められますよ」

オヤジの顔の広さや人望から考えると、この発言は、はったりではないかもしれない。日村はそう思った。

今まで、余裕たっぷりだった耶麻島の顔色が悪くなった。

「いや、喧嘩をするとか、そういう話じゃないんだ。まさか、そんなことになっていようとは……」

勝負あったと、日村は思った。

その瞬間に、阿岐本のオヤジは立ち上がった。

「これから、理事会を開いて、正式にシノ・メディカル・エージェンシーとの契約を解除することを決めたいと思います」

耶麻島は何も言わなかった。オヤジは、引き際も見事だ。

阿岐本は、戸口に向かいかけて立ち止まった。

「あ、それからね。シノ・メディカル・エージェンシーを追い出しておいて、私らが病院で大きな顔をしているというのも、あなたにとっては不愉快でしょう。理事会では、もう一つ報告事項があります。私は監事を辞めるし、うちの者も理事から引かせます」

日村は、思わず阿岐本の顔を見ていた。耶麻島がぽかんとした顔で尋ねた。

「病院の経営を立て直すんじゃなかったんですか？」

阿岐本は、にっと笑った。

「これで、私らの仕事は終わりです」

オヤジは、すたすたと出入り口に向かった。部屋を出るとドアの向こうから、耶麻島の大声が聞こえてきた。

「てめえ、俺に恥をかかせやがったな」

25

ホテルで、オヤジが病院の役員から身を引くと言ったとき、日村は、驚くとともに、心底ほっとしていた。

病院に戻り、夕刻臨時の理事会を開き、そのことを発表すると、驚いたことに、院長が異を唱えた。

「新理事会が発足して、たった二週間じゃないですか。これからというときに……」

それに対して、阿岐本のオヤジは言った。

「私らの役割は、もう終わりました。たしかに、院長がおっしゃるように、病院の本格的な立て直しはこれからです。だが、それはもう私らの仕事じゃない」

「あなたたちの役割というのは、シノ・メディカル・エージェンシーの排除のことですか?」

「それだけじゃありません。病院が一つになって、前向きになるお手伝いをすること。これが私らの役目だったのです。医療の世界は、素人が口出しできるような代物じゃない。でもね、どんな仕事だって、所詮人間がやるものなんですよ。だったら、やりようはいくらだってあります。それに気づいてほしかったんです」

院長は何も言わなかった。それでも、引き留めたがっているのは明らかだった。不思議なものだ。病院にやってきたばかりのときは、目の上のこぶだったはずだ。

阿岐本のオヤジがさらに言った。

「まだまだいろいろな問題が残っています。これから先、新たな問題も起きるでしょう。でも、あなた方ならだいじょうぶ。シノ・メディカル・エージェンシーや耶麻島組の嫌がらせを乗り切ったのは、私らじゃない。あなた方なんですよ。その気持ちを忘れないでほしい」

それから、オヤジは、新たな理事として、看護師長の太田道子と事務長の朝顔滋を推薦した。その人事はすぐに了承された。監事は、病院の経理を見ている税理士に頼むことにした。

「この理事会は、正式な新理事会が発足するまでの、暫定的な臨時の理事会ということで、処理しておいてください」

オヤジは言った。「さて、では、すみやかに新理事会を発足させてください。ツナギの理事や監事は、これで消えることにします」

阿岐本のオヤジと日村が立ち上がると、高島院長と夫人がさっと立ち上がった。玄関に向かおうとすると、二人は見送ると言い張った。

待合室は、すっかり明るくなっていた。照明のせいもあるが、職員の表情が明るいのだ。外来の受付が終わっているので、患者の姿はない。

事務室から朝顔が出て来て言った。

「お帰りですか？」

阿岐本のオヤジが、にっこりと笑って言った。

「私らは、これでお役ご免です。お世話になりました。今後は、あなたにも理事をやっていただきます」

「それは……。もう、病院にはいらっしゃらないということですか?」

「病気や怪我でやっかいになることもあるかもしれません」

朝顔は、慌てた様子で言った。

「ちょっと、待ってください。五分だけ……」

「待てと言われれば、いくらでも待ちますよ。どうせ、暇ですからね」

結局、五分以上待たされた。朝顔は、受付の野沢悦子といっしょに戻ってきた。野沢悦子は、花束を持っている。

ピンクのバラの花束だ。真吉が彼女のために買ってきたのと同じ花だった。

野沢悦子が言った。

「退院なさる患者さんには、こうして花束をお送りすることにしていますので……」

阿岐本のオヤジは、花束を受け取った。

「どうも、こういうの、くすぐったい気分ですね」

朝顔が言った。

「言葉にできないほどのお世話になりました」

「言葉にできないのなら、何もおっしゃらなくてけっこうですよ」

それから、阿岐本のオヤジは、院長に言った。

「お医者さんや、看護師のみなさんに、よろしくお伝えください」

院長がこたえるより早く、朝顔が言った。

「そういうお言葉は、ご自分で伝えてやってください」

「自分で……？」

朝顔が玄関のドアを開けてくれた。外に出ると、車の脇に今日出勤している看護師と、外科医の結城が並んで立っていた。

「いや、これは恐縮ですな」

阿岐本のオヤジは、しきりに照れている。

結城が日村に言った。

「ヤクザが、理事会を乗っ取るなんて、とんでもないと思っていたが、今は、理事会を放り出すことを、とんでもないことだと思っている」

「いや、自分らは……」

結城は、真剣な表情のまま言った。

「怪我をしたら、必ずこの病院に来てくれ。どんな怪我でも、俺が治してやる」

日村は、無言で頭を下げることしかできなかった。

別れの挨拶を交わし、車に乗り込む。真吉が車を出したとき、日村は振り返った。

看護師たちの笑顔が、まぶしい。そして、白く輝く病院の壁がまぶしかった。

暴力団追放運動の連中もやってこなくなり、日常が戻っていた。一ヵ月経ったが、駒繋病院が潰れたという話は聞かない。

何とか持ちこたえているに違いない。少しは経営は好転したのだろうか。阿岐本のオヤジが病院から手を引いてくれて、心底ほっとしている。

その一方で、日村は、病院のことが妙に気になっていた。

ある日の午後、オヤジが事務所に下りてきて、稔に言った。

「おい、車を出してくれ」

日村は尋ねた。

「お出かけですか？」

「おう、ちょっと病院の様子を見てこようと思ってな。おめえもいっしょに来い」

「はい」

思わず声が上ずるのを抑えられなかった。オヤジも、気になっていたのか。あるいは、日村の気持ちを察したのかもしれない。

車で病院に向かった。

「様子を見ると言っても、顔を出すわけにはいかねえ。外から見るだけだよ」

「わかっています」

車は、駒繋病院に近づく。たった二週間通っただけなのに、ひどくなつかしい気がした。病院が見えてくる。壁は、相変わらず真っ白だ。きれいに掃除されている。

玄関のドアが自動ドアに変わっていた。

「どうやら、うまくいっているようだね」

オヤジが言った。

「そうですね」

テツと稔が壁を洗っていたのを思い出した。朝顔や結城は、あの建物の中で、今日も忙しく働いているのだろう。

「さあ、引き上げようか」

阿岐本のオヤジが言った。


事務所に戻ると、「こんにちは」という元気な声がして、びっくりした。

坂本香苗だった。

日村は、健一を睨んだ。

「どうして、この子が事務所にいるんだ？」

「いや、追放運動も終わったんだし、いいだろうと、彼女は言うのですが……」

「いいわけねえだろう」

凄んでやった。

「どうしたんだい？」

阿岐本のオヤジが尋ねる。

「すいません。すぐに帰ってもらいますんで……。喫茶店のマスターのお孫さんです」

「へえ、じゃあ、あの追放運動の坂本さんの娘さんかい」

香苗は、オヤジにぺこりと頭を下げた。

「父がご迷惑をおかけしました」

オヤジは、にっこりする。

「だいじょうぶ。気にしてませんよ」

「私は、お爺ちゃんの味方だから、父には反対でした」

「家族仲良く、ですよ」

日村は言った。

「さあ、高校生がこういうところに出入りしちゃだめです。お帰りなさい」

香苗が言う。

「夕食を作るお手伝いをするだけですよ」

「あのですね、世の中の人は、自分らを毛嫌いしているんですよ。そんなのと付き合ってると、あんたも、嫌われますすよ」

「私、平気よ。悪い人とそうでない人の区別くらい、つくつもりよ」

「自分らは、悪い人です」

「そうじゃないと、私は思ってるの」

「いいから、お帰りなさい」

「まあ、いいじゃねえか」

オヤジが言った。「夕飯、いっしょに食べていくかい？」

「わあ、ありがとう」

日村は、驚いた。

「いいんですか？」

「地域の住民と仲良くして悪いってことはねえだろう」

そんなものだろうかと、日村は思った。

香苗と健一が食事の準備のために、二階に向かった。その姿を見て、ふとほほえましい気分になった。

つかの間の安らぎかもしれない。ならば、それを味わってもバチは当たらないだろう。

やがて、煮炊きの匂いが漂ってくる。

町に夕暮れがやってきた。

日村は、いつものソファにゆったりと腰を下ろした。


〈完〉

解説

関口苑生

本書『任俠病院』は、『任俠書房』（『とせい』を改題。以下同）『任俠学園』に続く〈任俠〉シリーズ第三弾である。

これは経営難に陥った会社や施設を、ヤクザが立て直すという異色のシリーズで、今野作品の中ではきわめて珍しいタイプの物語構成と言えよう。というのも、今野敏はこれまでインタビューなどでヤクザは嫌いだと公言していたにもかかわらず、あえてそのヤクザを主人公にしているからだ。

たとえば『ジェイ・ノベル』（二〇一一年十一月号）でも彼は、「もともと僕は暴力団が大っ嫌いで、本当になんであんな人たちがこの世の中にいるんだろうと思ってたんですよ。今までの小説でも悪役しか登場させてませんしね」

と語っていたものだ。それがどうしてこんなことになったのかというと、では逆に彼らの立場になってみたらどうだろう、いいヤクザっていないものかと思いついたのが、第一弾の『任俠書房』を書くきっかけになったのだという。

ところが、これが書いてみると主人公はやっぱり上と下に挟まれて苦労するタイプで、基本的には東京《とうきょう》湾臨海署《わんりんかいしょ》の安積《あづみ》警部補と似たような人物になっていたのだった。つまりは中間管理職の悲哀である。

日村誠司《ひむらせいじ》が代貸をつとめる阿岐本《あきもと》組は、いまどき珍しく任俠道をわきまえた正統派ヤクザで、地元地域住民からの信頼も厚い。物語は、その人情派ヤクザの阿岐本雄蔵《ゆうぞう》組長が、兄弟分の組長から倒産寸前の出版社や経営難の私立高校を再建する仕事を持ち込まれ、引き受けてしまうことから始まる人生模様の悲喜劇が描かれている。再建といっても、本当においしい物件事案だったら、こんな小さな組に話など持ち込まれるはずがなかった。ああそれなのに組長は、表街道を歩く文化的な事業に首を突っ込み、いい気分に浸りたいと思うのか、一も二もなく引き受けるのだった。しかし、実質的な仕事を任される日村はたまったものではない。ただでさえ苦労が多い毎日なのに、これ以上の余計なことはしたくもなかった。が、そうは言うものの、オヤジの指示は絶対で逆らえるわけがない。

かくして日村たちは乗り込んでいくのだが、当然のことながら行った先の周囲はすべて敵だらけで、心が休まる暇もないほど悪戦苦闘の日々が続くことになる。

結論から先に述べると、実はこれこそが作者の最大の狙いなのである。

傾きかけている会社に、ヤクザという社会の害悪が乗り込んできて、ろくな知識もないくせに思うさま蹂躙《じゅうりん》する――社員の側からしてみれば、おそらく百パーセントそう感じるに違いない。〈任俠〉シリーズはそんな最低最悪の状況から始まるのだ。

だが、そこから〝奇跡〟が起こる。

最初は周囲すべてが敵の状態から、日村たちの行動と真摯《しんし》な態度を見ていくに従って、こいつらはヤクザではあるけれど、もしかしていい奴なのかもしれないと思うようになる人間が、ひとりまたひとりと増えていくのである。今野敏はその過程を、実に自然な形ではらりはらりと一枚ずつ殻が剝がれていくように描いていく。これが読んでいて、なんとも気持ちいいのである。これこそが今野敏の世界なのだった。

本書にしても同様だ。

阿岐本組は堅気《かたぎ》の衆に迷惑をかけないヤクザである。地域住民との間も、まあ良好だと言ってよかった。ところが、古くからの住民も若い世代へと代が替わり、また、よそからの新しいマンション住民などが増えてきた頃から、次第に彼らを取り巻く環境が変化してくる。おまけに暴対法が施行されて以来、警察も暴力団追放の強化月間だの何だのと取り締まりを厳しくする一方だ。そんなこんなで、町内会や商店街の寄合では、阿岐本組とは一切関わりを持たないようにとの通達まで出す始末となる。いやそれどころか、もっとエスカレートして、彼らの立ち退《の》きを要求する追放運動にまで発展していくのだった。

誰だって自分の家のそばに暴力団事務所があれば怖いし、落ち着かない気持ちになるものだ。反対運動だって起きて当然かもしれない。今野敏はここでまず、そういった一般市民の感情と感覚を盛り込みながら、同時に逆の立場である反対運動を起こされた側の視点からも描いていったのだ。すると、そこで初めて見えてくるものがある。たとえば、彼らに出て行けと一方的にがなりたてるのは住民のエゴではないか、というようなこともそのひとつだ。

立場が違えば、ものの見方から何からすべてが違ってくるのである。

今野敏は、それら立場の違う人間たちの主張や思考を、きわめてわかりやすい形で読者に提示していくのだ。一般的に警察は正義であり、ヤクザは悪とされている。しかしそこにひとつ違った見方の要素を投げ入れてやると、それだけで様相はかなり変わってくる。本書の場合で言うと、阿岐本組はヤクザではあっても暴力団とは違うんだという論理をかませてみる。そうすると、書き方だって必然変わってきてしまうのだ。

「それぞれの人の立場の分だけ、ドラマが凝縮してくるんですよ。ことに日村の立場では警察や地域住民への対応に加えて、組長からの指示の対処、組員たちへの心配りと、気苦労は絶えません。これが書いていて面白い」（前出『ジェイ・ノベル』インタビュー）

阿岐本組は、組長以下総勢六名の小所帯である。組員で一番年上の三橋健一《みつはしけんいち》は、かつてこのあたりでは知らぬ者がいないほどの不良で、どんな喧嘩でも健一が駆けつければすぐに収まったと言われている。二之宮稔《にのみやみのる》は元暴走族だった。阿岐本に拾われ、組にやってきた当初は、手がつけられないほどの跳ねっ返りだった。パソコンおたくの市村徹《いちむらとおる》は、両親の離婚と再婚で引きこもりとなり、やがて政府のコンピュータに侵入するほどのハッカーとなった。一番下っ端の志村真吉《しむらしんきち》は特別な能力がある。生まれついての女たらしなのだ。真吉が何もしなくても、周囲の女が真吉に惚《ほ》れてしまうのである。

彼らは、阿岐本組に入るまではどこにも居場所がなかった。ここにやってきて、ようやく落ち着ける場所が見つかったのだった。日村もまったく同じで、もし住民たちの暴力団追放運動によって、事務所を追われるようなことがあれば、再び自分たちは心の拠り所を失うことになる。その腹立たしさ、悔しさは、堅気の住民にはわからない。

だからこそ、ここを出て行くような事態は絶対に避けなければならない。ここを追い出されれば、若い連中は野獣に戻ってしまうかもしれない。一般人はそんなことなど、どうでもいいと思っているのだろう。しかし日村は、あらゆる事態を考えて先を読みつつ慎重に行動し、組員たちにも厳しい教育をほどこしている。

そこへ今度は、潰れかけた病院の建て直しだという。日村が目眩《めまい》を起こしそうになるのも無理はなかった。が、それでもやらなければならなかった。そしてここから、彼らの涙ぐましい努力が始まるのだった。

病院というのは、医療業務は別として、外部の医療関連サービスで成り立っている部分がある。検査、滅菌、消毒、患者の給食、寝具類の洗濯、院内清掃、最近ではコンピュータ・システムもそうだが、こうしたものはすべて外注となっている。それらのサービスを一括して請け負う業者もあり、駒繋《こまつぎ》病院の場合もある代理店業者にまかせていた。だがこれがちょっと曲者で、かなり多額のマージンを取っているというのだ。それが、病院の赤字が膨らんだ原因のひとつでもあった。しかも、その代理店のバックには関西の枝の枝である、耶麻島《やましま》組という暴力団が控えていたのだった。

退《ひ》くことはできない。かといって、闇雲に進んで組同士の抗争となるのも避けなければならない。行くも下がるも地獄の中で、阿岐本組長はまず病院の外壁を掃除することを日村たちに指示するのだった。『任俠学園』のときもそうだったが、人の心は入れ物から始まるという信念からだ。次には薄暗い待合室の蛍光灯を取り替える、疲れた表情の事務員や看護師たちに笑顔を取り戻す……など、人の気持ち、感情を優先した作業に取りかかるのだった。本書で言うと、受付の女性に花を三輪贈ることで、その女性の笑顔を取り戻す場面がある。

こういう場面こそが今野敏の真骨頂と言ってよい。読んでいて、ほっこりと心が温かくなってくるのだ。人生というのは嫌なこと、くじけそうなこと、投げ出したくなることが無数にある。そうかといって押し潰されてしまうとお終いだ。一番ヤバいのは、それらの途中でぽっきりと心が折れてしまうことだろう。今野敏の小説は、そうしたことを防ぐ方法が何かあるんじゃなかろうかとの思いが常にある。ちょっとしたことの積み重ねで気分が変わる。気分が変われば生き方だって変わってくるかもしれない。そのきっかけとなるのが人と人との繫がり、つまりは人間関係なのだった。立場を超え、年齢性別を超え、互いを認め合い、慮《おもんぱか》ることでわずかでも救いの萌芽が生まれるのだった。

驚くのはこのときに、今野敏は決して人物を作りすぎず、雰囲気を強調しすぎたりはしないのだった。きわめて自然に、さりげない展開のうちに、くっきりと人物の性格が浮かび上がるよう描いていく。たとえば真吉の特殊能力にしても、業務に無理を強いられている医師、事務長などにしても、ことさら詳しくこれだけ苦労しているのだといった説明は一切しない。それでも、しっかりとこちらに伝わってくる。

これもまた、今野敏の職人技と言うよりないだろう。

（せきぐち・えんせい　文芸評論家）

『任俠病院』実業之日本社刊
単行本版　二〇一一年一〇月
ノベルス版　二〇一三年九月

中公文庫

任侠病院《にんきょうびょういん》

2015年9月25日　初版発行
2025年5月25日　14刷発行

著　者　今《こん》野《の》　敏《びん》

発行者　安部順一

発行所　中央公論新社
〒100-8152　東京都千代田区大手町1-7-1
電話　販売 03-5299-1730　編集 03-5299-1890
URL https://www.chuko.co.jp/

DTP　ハンズ・ミケ
印　刷　三晃印刷
製　本　フォーネット社

Published by CHUOKORON-SHINSHA, INC.
Printed in Japan　ISBN978-4-12-206166-8 C1193

中公文庫既刊より

各書目の下段の数字はＩＳＢＮコードです。978－4－12が省略してあります。

こ-40-23
任侠書房　今野敏
日村が代貸を務める阿岐本組は今時珍しく任侠道を弁えたヤクザ。その組長が、倒産寸前の出版社経営を引き受け……。『とせい』改題。「任侠」シリーズ第一弾。
206174-3

こ-40-19
任侠学園　今野敏
「生徒はみな舎弟だ！」荒廃した私立高校を「任侠」で再建すべく、人情味あふれるヤクザたちが奔走する！「任侠」シリーズ第二弾。〈解説〉西上心太
205584-1

こ-40-38
任侠浴場　今野敏
こんな時代に銭湯を立て直す⁉　頭を抱える日村に突然、阿岐本が「みんなで道後温泉に行こう」と言い出し……。「任侠」シリーズ第四弾！〈解説〉関口苑生
207029-5

こ-40-39
任侠シネマ　今野敏
今度は、潰れかけている映画館を救え⁉　昔ながらのヤクザ・阿岐本組は、今日も世のため人のために奔走する！　大好評シリーズ第五弾。〈解説〉野崎六助
207355-5

こ-40-24
新装版　触発　警視庁捜査一課・碓氷弘一1　今野敏
朝八時、霞ヶ関駅で爆弾テロが発生、死傷者三百名を超える大惨事に！　内閣危機管理対策室は、捜査本部に一人の男を送り込んだ。「碓氷弘一」シリーズ第一弾、新装改版。
206254-2

こ-40-25
新装版　アキハバラ　警視庁捜査一課・碓氷弘一2　今野敏
秋葉原を舞台にオタク、警視庁、マフィア、中近東のスパイまでが入り乱れるアクション＆パニック小説。「碓氷弘一」シリーズ第二弾、待望の新装改版！
206255-9

こ-40-26
新装版　パラレル　警視庁捜査一課・碓氷弘一3　今野敏
首都圏内で非行少年が次々に殺された。いずれの犯行も瞬時に行われ、被害者は三人組で、外傷は全くないという共通項が。「碓氷弘一」シリーズ第三弾、待望の新装改版。
206256-6

こ-40-20
エチュード　警視庁捜査一課・碓氷弘一4　今野敏
連続通り魔殺人事件で誤認逮捕が繰り返され、捜査は大混乱。ベテラン警部補・碓氷と美人心理調査官・藤森のコンビが真相に挑む。「碓氷弘一」シリーズ第四弾。
205884-2

こ-40-21
ペトロ　警視庁捜査一課・碓氷弘一5　今野敏
考古学教授の妻と弟子が殺され、現場には謎めいた古代文字が残されていた。碓氷警部補は外国人研究者を相棒に真相を追う。「碓氷弘一」シリーズ第五弾。
206061-6

こ-40-33
マインド　警視庁捜査一課・碓氷弘一6　今野敏
殺人、自殺、性犯罪……。ゴールデンウィーク最後の夜に起こった七件の事件を繋ぐ意外な糸とは？　藤森紗英も再登場！　大人気シリーズ第六弾。
206581-9

こ-40-16
切り札　トランプ・フォース　今野敏
対テロ国際特殊部隊「トランプ・フォース」に加わった元商社マン、佐竹竜。なぜ、いかにして彼はその生き方を選んだか。男の覚悟を描く重量級バトル・アクション第一弾。
205351-9

こ-40-17
戦場　トランプ・フォース　今野敏
中央アメリカの軍事国家・マヌエリアで、日本商社の支社長が誘拐された。トランプ・フォースが救出に向かうが、密林の奥には思わぬ陰謀が!?　シリーズ第二弾。
205361-8

こ-40-27
慎治　新装版　今野敏
同級生の執拗ないじめで、万引きを犯し、自殺まで思い詰める慎治。それを目撃した担当教師は彼を見知らぬ新しい世界に誘う。今、慎治の再生が始まる！
206404-1

こ-40-28
孤拳伝（一）新装版　今野敏
九龍城砦のスラムで死んだ母の復讐を誓った少年・剛は苛酷な労役に耐え日本へ密航。暗黒街で体得した拳を武器に仇に闘いを挑む。〈解説〉増田俊也
206427-0

こ-40-29
孤拳伝（二）新装版　今野敏
松任組が仕切る秘密の格闘技興行への誘いに乗った剛は、賭け金の舞う流血の真剣勝負に挑む。非情に徹し、邪拳の様相を帯びる剛の拳が呼ぶものとは！
206451-5

各書目の下段の数字はISBNコードです。978－4－12が省略してあります。

こ-40-30
孤拳伝（三）新装版　今野敏
中国武術の達人・劉栄徳に完敗を喫し、放浪する朝丘剛。忍術や剣術など、次々と現れる日本武術を極めた強敵たちに、剛は……⁉
206475-1

こ-40-31
孤拳伝（四）新装版　今野敏
岡山に美作竹上流の本拠を訪ねた剛は、そこで鉢須賀了太に出くわす。偶然の再会に血を滾らせる剛。果たして決戦の行方は――⁉　シリーズ第四弾！
206514-7

こ-40-32
孤拳伝（五）新装版　今野敏
それぞれの道で、本当の強さを追い求める剛とそのライバル達。そして、運命が再び交差する――。武道小説、感動の終幕へ！〈解説〉関口苑生
206552-9

こ-40-34
虎の道　龍の門（上）新装版　今野敏
極限の貧困ゆえ、自身の強靭さを武器に一攫千金を夢みる青年・南雲凱。一方、空手道場に通う麻生英治郎は流派への違和感の中で空手の真の姿を探し始める。
206735-6

こ-40-35
虎の道　龍の門（下）新装版　今野敏
「不敗神話」の中、虚しさに豪遊を繰り返す凱。「常勝軍団の総帥」に祭り上げられ苦悩する英治郎。その二人が誇りを賭けた対決に臨む！〈解説〉夢枕獏
206736-3

こ-40-36
新装版　膠着　スナマチ株式会社奮闘記　今野敏
老舗の糊メーカーが社運をかけた新製品。それは――くっつかない糊⁉　新人営業マン丸橋啓太は商品化すべく知恵を振り絞る。サラリーマン応援小説。
206820-9

こ-40-37
武打星　今野敏
一九七九年、香港。武打星（アクションスター）という夢があった――。ブルース・リーに憧れた青年が白熱の映画界に挑む、痛快カンフー・アクション。
206880-3

と-25-15
蝕罪　警視庁失踪課・高城賢吾　堂場瞬一
警視庁に新設された失踪事案を専門に取り扱う部署・失踪課。実態はお荷物署員を集めた窓際部署だった。そこにアル中の刑事が配属される。〈解説〉香山二三郎
205116-4

と-25-16
相剋
警視庁失踪課・高城賢吾
堂場瞬一
「友人が消えた」と中学生から捜索願が出される。親族以外からの訴えは受理できない。その真剣な様子にただならぬものを感じた高城は、捜査に乗り出す。
205138-6

と-25-17
邂逅
警視庁失踪課・高城賢吾
堂場瞬一
大学職員の失踪事件が起きる。心臓に爆弾を抱えながら鬼気迫る働きを見せる法月。その身を案じつつも捜査を続ける高城たちだった。シリーズ第三弾。
205188-1

と-25-19
漂泊
警視庁失踪課・高城賢吾
堂場瞬一
ビル火災に巻き込まれ負傷した明神。鎮火後の現場からは身元不明の二遺体が出た。傷ついた仲間のため、高城は被害者の身元を洗う決意をする。第四弾。
205278-9

と-25-20
裂壊
警視庁失踪課・高城賢吾
堂場瞬一
課長査察直前に姿を消した阿比留室長。荒らされた部屋を残して消えた女子大生。時間がない中、二つの失踪事件を追う高城たちは事件の意外な接点を知る。
205325-0

と-25-22
波紋
警視庁失踪課・高城賢吾
堂場瞬一
異動した法月に託されたのは、五年前に事故現場から失踪した男の事件だった。調べ始めた直後、男の勤めていた会社で爆発物を用いた業務妨害が起こる。
205435-6

と-25-24
遮断
警視庁失踪課・高城賢吾
堂場瞬一
六条舞の父親が失踪。事件性はないと思われたが、身代金要求により誘拐と判明、高城達は仲間の危機に立ち上がる。外国人技術者の案件も持ちこまれ……。
205543-8

と-25-28
牽制
警視庁失踪課・高城賢吾
堂場瞬一
娘・綾奈を捜し出すと決意した高城とサポートする仲間たち。そこに若手警察官の失踪と入寮を控えた高校球児の失踪が立て続けに起こる。
205729-6

と-25-29
闇《あん》夜《や》
警視庁失踪課・高城賢吾
堂場瞬一
葬儀の後、酒浸りの生活に戻った高城は、幼い少女の失踪事件の現場に引き戻される。被害者の両親をかつての自分に重ねあわせ、事件と向き合おうとするが……。
205766-1

各書目の下段の数字はISBNコードです。978－4－12が省略してあります。

と-25-30
献心 警視庁失踪課・高城賢吾　堂場瞬一
娘の死の真相を知る――決意した高城に、長野が新たな目撃証言をもたらす。しかし聴取後、目撃者が高城たちに抗議してきて……。人気シリーズついに完結。
205801-9

と-25-32
ルーキー 刑事の挑戦・一之瀬拓真　堂場瞬一
千代田署刑事課に配属された新人・一之瀬。起きる事件は盗難ばかりというビジネス街で、初日から若い男性が被害者の殺人事件に直面する。書き下ろし。
205916-0

と-25-33
見えざる貌 刑事の挑戦・一之瀬拓真　堂場瞬一
千代田署刑事課そろそろ二年目、一之瀬拓真。管内で女性ランナー襲撃事件が発生し、捜査に加わるが、なぜか女性タレントのジョギングを警護することに⁉
206004-3

と-25-35
誘爆 刑事の挑戦・一之瀬拓真　堂場瞬一
オフィス街で爆破事件発生。事情聴取を行った一之瀬は、企業脅迫だと直感する。昇進前の功名心から担当を名乗り出るが……。〈巻末エッセイ〉若竹七海
206112-5

と-25-37
特捜本部 刑事の挑戦・一之瀬拓真　堂場瞬一
公園のゴミ箱から、切断された女性の腕が発見される。その指には一之瀬も見覚えのあるリングが……。捜査一課での日々が始まる、シリーズ第四弾。
206262-7

と-25-40
奪還の日 刑事の挑戦・一之瀬拓真　堂場瞬一
都内で発生した強盗殺人事件の指名手配犯を福島県警から引き取り、駅へ護送中の一之瀬ら捜査一課の刑事たちが襲撃された！　書き下ろし警察小説シリーズ。
206393-8

と-25-43
バビロンの秘文字（上）　堂場瞬一
カメラマン・鷹見の眼前で恋人の勤務先が爆破。彼女が持ち出した古代文書を狙う、CIA、ロシア、謎の過激派組織――。世界を駆けるエンタメ超大作。
206679-3

と-25-44
バビロンの秘文字（下）　堂場瞬一
激化するバビロン文書争奪戦。鷹見は襲撃者の手をかいくぐり文書解読に奔走する。四五〇〇年前に記された、世界を揺るがす真実とは？〈解説〉竹内海南江
206680-9

と-25-14
神の領域　検事・城戸南
堂場瞬一
横浜地検の本部係検事・城戸南は、ある殺人事件の真相を追ううちに、陸上競技界全体を蔽う巨大な闇に直面する。あの「鳴沢了」も一目置いた検事の事件簿。
205057-0

と-25-18
約束の河
堂場瞬一
法律事務所長・北見は、ドラッグ依存症の入院療養から戻ったその日、幼馴染みの作家が謎の死を遂げたことを知る。記憶が欠落した二ヵ月前に何が起きたのか。
205223-9

と-25-23
断絶
堂場瞬一
汐灘の海岸で発見された女性の変死体。県警は自殺と結論づけたが、刑事・石神は独自に捜査を継続、地元政界の権力闘争との接点が浮上する。〈解説〉池上冬樹
205505-6

と-25-26
夜の終焉（上）
堂場瞬一
両親を殺された真野亮介は、故郷・汐灘を捨て、喫茶店を営んでいた。ある日、店を訪れた少女が事故で意識不明に。身元を探るため、真野は帰郷するが――。汐灘サーガ第三弾。
205662-6

と-25-27
夜の終焉（下）
堂場瞬一
父が殺人を犯し、検事になることを諦めた川上譲は、東京で弁護士として仕事に邁進していた。そこに舞いこむ故郷・汐灘からの依頼は、死刑を望む殺人犯の弁護だった。
205663-3

と-25-31
沈黙の檻
堂場瞬一
沈黙を貫く、殺人犯かもしれない男。彼を護り、信じる刑事。時効事案を挟み対峙する二人の傍で、新たな殺人が発生し――。哀切なる警察小説。〈解説〉稲泉　連
205825-5

と-25-34
共鳴
堂場瞬一
元刑事が事件調査の「相棒」に指名したのは、ひきこもりの孫だった。反発から始まった二人の関係は調査を通して変わっていく。〈解説〉久田　恵
206062-3

と-25-36
ラスト・コード
堂場瞬一
父親を惨殺された十四歳の美咲は、刑事の筒井と移動中、何者かに襲撃される。犯人の目的は何か？　熱血刑事と天才少女の逃避行が始まった！〈解説〉杉江松恋
206188-0

各書目の下段の数字はＩＳＢＮコードです。978－4－12が省略してあります。

- と-25-41 **誤断** 堂場瞬一
  製薬会社に勤める槙田は、副社長直々にある業務を任される。社会正義と企業利益の間で揺れ動く男たちの物語。警察小説の旗手が挑む、社会派サスペンス！

  206484-3

- ほ-17-6 **月光** 誉田哲也
  同級生の運転するバイクに轢かれ、姉が死んだ。殺人を疑う妹の結花は同じ高校に入学し調査を始めるが、やがて残酷な真実に直面する。衝撃のＲ18ミステリー。

  205778-4

- ほ-17-11 **歌舞伎町ダムド** 誉田哲也
  今夜も新宿のどこかで、伝説的犯罪者〈ジウ〉の後継者が血まみれのダンスを踊る。殺戮のカリスマvs.新宿署刑事vs.殺し屋集団、三つ巴の死闘が始まる！

  206357-0

- ほ-17-12 **ノワール 硝子の太陽** 誉田哲也
  沖縄の活動家死亡事故を機に反米軍基地デモが全国で激化。その最中、この国を深い闇へと誘う動きを、東警部補は察知する……。〈解説〉友清　哲
  206676-2

- ほ-17-13 **アクセス** 誉田哲也
  高校生たちに襲いかかる殺人の連鎖。仮想現実を支配する「極限の悪意」を相手に、壮絶な戦いが始まる！　著者のダークサイドの原点！〈解説〉大矢博子
  206938-1

- ほ-17-18 **あなたの本 新装版** 誉田哲也
  これは神の悪戯か、一冊の本が狂わす人間の運命――表題作をはじめ、万華鏡の如く広がる七つの小説世界。新たに五つの掌篇を収録。〈解説〉瀬木広哉
  207250-3

- ほ-17-19 **主よ、永遠の休息を 新装版** 誉田哲也
  暴力団事務所との接触で、若き通信社記者は、ある誘拐殺人事件の犯行映像がネット配信されている事実を知るが……。慟哭のミステリー。〈解説〉瀬木広哉
  207309-8

- ほ-17-20 **幸せの条件 新装版** 誉田哲也
  恋も仕事も中途半端な若手社員・瀬野梢恵に、突如下ったとんでもない社命。それは、日本の未来を変えるかもしれないものだった⁉〈解説〉田中昌義
  207368-5